KB124012

로크미디어가
유혹하는
재미있는 세상

ROK
MEDIA
로크미디어

다시 사는 재벌가 망나니 11

2021년 10월 20일 초판 1쇄 인쇄
2021년 10월 25일 초판 1쇄 발행

지은이 맹물사탕
발행인 김정수 강준규

기획 이기헌 왕소현 박경무 강민구
책임편집 김홍식
마케팅지원 배진경 임혜솔 송지유 이영선

발행처 (주)로크미디어
출판등록 2003년 3월 24일
주소 서울시 마포구 성암로 330 DMC첨단산업센터 318호
Tel (02)3273-5135 **편집** (070)7860-2726 **Fax** (02)3273-5134
홈페이지 rokmedia.com **E-mail** rokmedia@empas.com

ⓒ 맹물사탕, 2021

값 8,000원

ISBN 979-11-354-6866-7 (11권)
ISBN 979-11-354-9456-7 04810 (세트)

다시 사는 재벌가 망나니

맹물사탕 현대 판타지 장편소설

11

ROK
MEDIA

로크미디어

Contents

1장

1996년 4월 11일 15대 국회의원 선거 결과는 역사와 다소 다른 방향으로 흘러갔다.

'여당 측은 어느 정도 예상한 모양이지만.'

역사에 길이 남을 비극이자 대참사였던 성수대교와 삼풍백화점 붕괴가 '원래는 없던 일'이 되면서(아, 물론 삼풍백화점 붕괴가 일어나긴 했으나 전생처럼 대참사로 번지진 않았단 의미다) 전생에서처럼 서울 시장을 연거푸 갈아치우는 일 없이 무사히 서울 시장직을 방어해 낸 여당이었지만,

달은 차면 기운다고 했던가.

원래 역사 속에서는 여당이 서울시의원 의석 과반수를 차지했던 것이 이번 서울시에선 야당의 압승으로 막을 내렸다.

또, 원래라면 이 시기 본격적으로 대두대기 시작한 지역감정 조장이 이번엔 다소 흐지부지하게 흘러갔고, 특히 ××권역이 여야 가릴 것 없이 고르게 표를 가져가면서 여당의 행보에 제동을 가했다.

어쩌면 여기엔 위기의식을 느낀 야당 측이 하나로 결집했다는 것이 한몫했을지도 모르고.

어쩌면 현 서울 시장인 정찬동과 관련해 서울시에서 재정적 지원을 받는 특정 시민 단체가 모 대기업과 연루되어 있다는 보도가 나온 것 때문일지도 모른다.

'그 모 대기업이 조광이라는 건 알 사람은 다 아는 이야기가 되었지만.'

여당의 수난은 전국적으로도 이어졌다.

그와 동시에 터져 나온 것이 현 대통령의 친인척이 연루된 일련의 차명 계좌 비자금 폭로.

'곽철용의 거래인가.'

중우일보의 김기환 기자로부터 촉발된 해당 사안은 여타 대형 언론 매체의 후속 보도가 추가타를 날려 댔고, 대통령 친인척의 비자금이 '누구에게서 흘러나왔는지' 여부가 부각되기 시작했다.

특검이 조직되고 각종 압수수색이 속보로 보도되는 가운데, 박상대는 중우일보 등 언론 매체를 통해 그 의혹의 뿌리 중 하나로 제기되었던 '바른나라운동본부'와 재빨리 손을 끊었다.

그러면서 박상대는 D 지역구에 출마한 무소속 출신, '신한당 소속' 한종찬을 적극 지지, 그를 15대 국회의원으로 만들면서 세간엔 '킹 메이커'이자 다크호스로 급부상, 멀끔한 생김새와 더불어 적잖은 인기몰이를 했다.

그 결과 D구만큼은 여당이 수성을 성공했지만 그것도 전체적으로는 그 외 대부분 지역에선 여당이 참패를 당한, 상처뿐인 승리였다.

이로 인해 시의석 과반수를 잃어버린 정찬동 서울 시장은 껍데기만 남았고, 의석 과반수를 차지한 야당의 제동 속에서 힘을 펼치기가 어렵게 됐다.

한편, 특검 속에서 조광이 쪼개지기 시작했다.

바른나라운동본부는 세간의 생각 이상으로 재계와 밀착한 단체였다.

배후엔 조광이 가진 화물 노조 일부를 분리해 낸 신규 노조 파벌을 만들고자 하는 조짐이 보였고, 서서히 그 세를 키워 가던 것이 포착되었다.

그 자체가 불법은 아니었지만 그 설립 과정에서 여러 탈세 혐의가 드러났고, 더욱이 이 신규 노조의 존재는 현존하던 양대 노조 단체의 경각심을 불러일으켰다.

조광은 기업 방어에 나섰다.

복잡한 꼬리 자르기와 무수한 손절 끝에 '정신이 오락가락하고 현재는 껍데기뿐'이던 조성광 초대회장의 사임으로 이어졌다.

장남 조설훈은 주주총회를 통해 그 뒤를 이어 2대 회장직에 앉았지만, 그건 구멍이 숭숭 뚫린 허술한 자리였다.

조설훈은 아마 이 금치산자에 가까운 조성광 회장을 '보호'하며 적당한 승계의 때를 노리고 있었겠지만, 외부에서 가해진 압력으로 인해 주먹구구식으로 이루어진 승계는 그 계획을 무산시켰다.

조설훈은 조광을 지키기 위해서 어쩔 수 없이 동생인 조지훈과 손을 잡고 그를 부회장직에 앉혔다.

그 결과, 한때 실각되다시피 했다고 평가받던 조지훈의 세력이 다시금 부상하게 되었다.

'박상대를 실각시키지 못한 건 애석하지만, 조광의 분열을 야기했으니 결과적으로는 챙길 건 챙겼다고 해야 하나.'

박상대에게도 좋은 일만 있었던 건 아니었다.

원래라면 이즈음 예정되어 있던 최갑철의 차녀와 약혼식이 '일신상의 이유'로 취소되었으며, '상류층 네트워크' 사이에선 박상대의 사생아와 관련한 의혹이 알음알음 번져 나갔다.

'최갑철이 박상대를 손절할지 아닐지는 확실치 않지만…… 설령 결혼으로 이어지게 되더라도 둘의 부부 관계가 원만하지는 않겠지.'

매몰비용의 오류란 그런 거 아니겠는가.

아닌 척해도 최갑철 역시 그 시야가 좁아지는 건 어쩔 수
없는 것이리라.

그가 주창하는 '대의'라는 것도 어디까지나 최갑철 개인의
생각일 뿐, 그 자녀에게까지 최갑철 개인의 유지가 이어지리
란 생각은 들지 않는다.

'또, 겸사겸사 제 몫이 줄어들었다며 분통을 터뜨리던 조
세광을 보는 것도 즐거웠고.'

직전부터 스크린 골프 사업에 손을 대기 시작한 조세광은
이 돈 먹는 하마를 감당하려 은행 대출에 손을 댔는데, 이는
내년, IMF가 터지면 스노우볼이 구를 것이다.

한편 구봉팔은—그의 본의는 아니었지만—조지훈으로부
터 총애를 받게 되었다.

겉보기로는 어쨌건 조지훈의 파벌에 소속되어 있는 인물
이었고, 차기 실세로 거론되던 조설훈의 압박에도 불구, 그
의리를 지켰다는 것이 내부적으로 높이 평가되었단 듯하다.

'나쁘지 않은 오해였지.'

조지훈은 구봉팔을 옆에 끼고 다니면서 친분을 과시했고,
동시에 구봉팔로 하여금 조광 내에 남아 있던 '조직'을 결집
하도록 명했다.

구봉팔이 내게 '처리할 게 많다'고 했던 건 새마음아동복지
재단의 대대적인 개편과 더불어 조직 흡수를 포함한 이야기
였던 셈이었다.

구봉팔의 새마음아동복지재단은 조지훈의 세력으로 흡수되었지만, 뒤숭숭한 시국인지라 조지훈도 감히 이를 착복해서 이용할 생각은 하지 않았다.

그 대신이랄지, 정화물산의 규모가 커졌다.

정화물산의 꼭두각시 사장은 회사의 실질적 오너랄 수 있는 구봉팔 전무(前 상무)의 요구에 응해 신규 직원을 대거 채용, 조광 내 조지훈 파벌의 전진기지로 쓰이게 되었다.

이럭저럭, 나쁘지 않은 외부 흐름이었다.

거기에 더해, 회사 내부적으로도 좋은 소식이 이어졌다.

게임 개발 회사 '넥스트'를 차린 임정주는 얼마 전 SJ소프트웨어를 퍼블리셔로 낀 채 국내 최초의 온라인 게임 '바람의 왕국'을 출시했고, 이는 전생에 비해 높은 PC 보급률에 힘입어 이럭저럭 나쁘지 않은 성과를 내보이고 있었다.

거기에 각종 외주 제작으로 쌓인 노하우가 더해져, 미래 기준으로 눈이 높아진 내가 보기에도 그 만듦새가 나쁘지 않아 보였다.

'아직 초고속 인터넷망이 본격적으로 보급되기 전이니 지금으로선 출시에 의의를 두는 정도지만…… 그것도 머지않았지.'

또한 통통 프로덕션이 제작한 CBS 예능 프로그램인 〈신장개업〉은 얼마 전 일요일 첫 방송을 마쳤고, 이는 〈먼 나라 이웃사촌〉에 이어 적잖은 사회적 반향을 불러일으키면서 '종가 손맛'과 박화영의 이름을 전국에 알렸다.

이 역사적인 첫 방송엔 1.5집 앨범이라는 이 시대엔 다소 생소한 방식으로 컴백한 SBY가 게스트로 출연했다.

SBY의 컴백 방식은 이 시대에 제법 센세이셔널한 반응을 불러일으켰는데, 이 1.5집 앨범은 그 수록곡이 정규 앨범에 비해 숫자가 부족한 대신 '온라인 공간에 무료 공개'하는 식으로 이뤄졌던 것이 세간의 주목을 이끌어 냈다.

동시에 발표한 삼광전자의 MP3 플레이어 후속 모델의 전용 CM 송으로 퀄리티 높은 곡을 선보이며 시대를 앞서간 마케팅을 선보이기까지.

비록 불완전한 형태와 상업성에 영합했다는 까닭으로 여타 음악 방송에 나갈 수는 없었지만 최수정이 만든 홈페이지의 트래픽이 터져 나갈 만큼 홍보 효과를 톡톡히 누리며 '그래서 2집 앨범은 언제 나오느냐'는 문의가 쏟아지게 했다.

기대한 최상의 방향은 아니지만, 이럭저럭 과도기에 해당하는 2/4분기치곤 최선의 방향으로 그 스타트를 끊었다.

다만.

'……나로선 이 모든 소식이 마냥 기쁘진 않군.'

그도 그럴 것이.

이태석은 서재에서 내게 말했던 대로, 삼광전자의 자회사인 SJ컴퍼니를 인수하려 하고 있었다.

이 잘 차려지다 못해 만한전석에 가까운 밥상을 냉큼 집어 삼키려고 하다니.

그러나 나는 어디까지나 바지사장. 대표이사로 앉아 있는 사모까지 이태석의 편을 들고 나서면 SJ컴퍼니 사장인 이성진은 그 직함을 내려놓아야 했다.

암만 절차상 문제가 없다곤 하나, 날강도도 이런 날강도가 없다.

'그야 싸우려면 못 싸울 것도 없지만…….'

소탐대실.

물론 장래 내가 삼광전자를 삼키려면 여기서 SJ컴퍼니를 놓아줘야 하는 것도 사실이지만…….

'아깝단 말이지.'

이 매몰 비용의 오류에 사사건건 번뇌가 끼어드는 건 나라고 최갑철이나 조세광과 다를 바 없었다.

뭐, 이태석도 아주 날강도인 것은 아니었다.

내가 고수하고 있는 방침인 비상장 경영을 유지한 채 '학업에 집중해야 할 때'를 지나고 나면 때를 봐서 돌려준다고 했다.

'아니, 내가 중학교도 시험 쳐서 들어가는 학력고사 세대도 아니고.'

하지만 왠지 그건, 크면 돌려주겠다며 자녀의 세뱃돈을 갈취하는 부모 같다고 해야 할까.

통계적으로 그 돈을 회수한 어린이는 표본으로 만들 수도 없으리만큼 극소수라는 것이 학계의 정설인 만큼, 선뜻 손이 나아가질 않았다.

거기에 표면상 증자한 주식 일부를 내게 쥐여 주고 간접적으로나마 경영권을 행사할 수 있게끔 배려해 주기까지.

「배당금에 얹어서 바란다면 퇴직금도 주마. 음, 한 1,000만 원 정도면 어떠냐? 용돈으론 부족하지 않을 게다만.」

누가 그런 푼돈을.

「또, 네가 복귀할 때까지 사장 자리는 공석으로 비워 두마.」

하지만 이태석의 제안은 어쨌건 전임 사장에 대한 존중과 배려가 담뿍 묻어나 있었고.

「생각할 시간을 주세요.」

나는 이 거절할 수 없는 제안을 붙들고 어영부영 미련 섞인 시간을 보내는 중이었다.

'뭐, 그야 이젠 나 없이도 회사가 굴러가긴 하겠지만……'

내가 없어도 굴러갈 만한 회사를 만들었더니, 이건 이것대로 문제였다.

'그렇다고 나 없으면 작동하지 않는 회사란 성장에 한계가 있는 것이니.'

더군다나 내가 자리를 비운 사이 회사를 꾸려 나갈 사람이 무려 이태석이니, 회사 경영도 어련히 알아서 잘하겠지마는.

그렇긴 해도 이 시대에 선점할 만한 건 거진 챙긴 상황이긴 했다.

몇 가지 미련이 남은 일도 있긴 하나, 상황을 봐서 선택할 일이고.

'흐음, 몇 개 정도는 이태석 몰래 경영해도 될 거 같긴 한데……'

아니, 그것도 어려울까.

나는 한숨을 푹 내쉬었다.

"웬 한숨을 그렇게 쉬세요?"

김수연의 말에 나는 고개를 저었다.

"아무것도 아니야."

"걱정거리가 있다면 이 후배에게 기탄없이 털어놓아 보세요. 혹시 알아요? 제가 도움을 드릴 수 있을지도 모르죠."

"음."

나는 잠시 김수연의 아버지이자 동부지검장인 김보성 검사에게 내가 알고 있는 이태석의 비자금을 알릴까, 생각했다가 관뒀다.

'금일 그룹에서 저질렀던 왕자의 난도 아니고, 내가 어떻게 그러겠어.'

김수연이 생글생글 웃는 낯으로 말을 이었다.

"또, 설령 도움은 되지 않을지라도, 어떤 문제는 누군가에게 털어놓는 것만으로도 마음은 편해지잖아요?"

퍽 정론이긴 한데, 이 속이 시커멓고 음흉한, 사실상 스토커에 가까운 여자애한테 어떤 내용이건 입 벙긋할 구석은 추호도 없다.

"게다가 저는 여기서 선배 편이니까요."

그러든가 말든가.

"거기, 회의에 집중해 주시겠습니까?"

김민정의 으르렁거림에 김수연은 어깨를 으쓱였다.

"회장님께서 칠판에 안건을 적는 동안 잠시 상담했을 뿐인데요?"

"회의 중에는 정숙해 달라는 의미입니다, 4학년 4반 반장 김수연 씨."

"어머, 이 자리에선 저만 떠든 게 아니지만, 그래도 조심할게요."

이야, 지질 않네.

김민정은 그 곁의 아무런 죄 없는(?) 부회장이자 김수연의 오빠, 김수철을 째려보았고, 김수철은 어깨를 움츠리며 칠판에 '떠드는 사람 김수연' 외 4명을 적었다.

김민정은 그 시선을 다시 정면으로 향하며 말을 이었다.

"그럼 1996년 4월 12일, 천화초등학교 전교회의를 시작하겠습니다. 이성진 씨, 앞으로 나와 주세요."

나는 한숨을 내쉬며 단상에 섰다.

"6학년 1반 이성진입니다. 질문하십시오."

내 말이 떨어지기 무섭게 여기저기서 손을 번쩍 들었다.

'이놈의 인기란.'

다들 나를 향한 원망의 눈빛이 흉흉했다.

그리고 이 자리는 나를 상대로 한 청문회장이기도 했다.

'거, 반찬 좀 바꾼 거 가지고.'

천화초등학교의 전교회장으로 김민정이 당선된 후, 정례를 따라 김수철이 부회장에 등극했다.

김수철은 의외로 놀라우리만큼 순순히 선거 결과에 납득하는 모습을 보였는데, 나는 그 배후에서 김수연이 무어라 로비를 펼친 걸지도 모르겠단 생각이 들었으나 확신할 수는 없었다.

여담이지만 김민정은 그때 일로 나에게 무척 화를 냈고, 며칠간은 말도 건네지 못하게 만들어 왠지 이번 생 들어 마주했던 그녀와의 옛 시절을 떠올리게 만들었다.

이래저래 정권(?)이 안정되기 시작하자 그녀는 당초 공약대로 급식 처우 개선에 들어갔다.

그렇게 해서 주최된 이번 전교회의 안건은 급식 시스템 개선.

나는 천화초등학교의 선거판을 휘저은 저번 소요 사태의 장본인으로서 청문회에 호출되었다.

물론 급식 업체 선정은 이런 애들 자리에서 결정되는 것이 아닌, 교내운영위원회와 봉효삼광장학재단을 통해 결정된다.

그러니 이번 회의 결과는 어디까지나 해당 의사 진행 과정의 참고 자료로만 쓰일 뿐인 짜고 치는 바닥이다.

하지만 유권자들로 하여금 그들에게 '의사결정 과정에 내 표가 행사되었다'는 착각과 동시에 김민정 정권의 지지율을 공고히 하는 역할도 수행할 필요가 있었고, 여기엔 누군가 한 사람, 욕받이가 필요했다.

'그 욕받이가 바로 나란 게 좀 그렇긴 하다만.'

어쨌건 내가 이 전교회의란 이름의 청문회장에 호출된 것도 그와 무관하지 않았다.

"우리 학교는 타 초등학교 급식의 모범이 되는 곳입니다!"

"우리가 먼저 변해야 전국의 초등학생이 바뀝니다!"

"한 사람에 의해 좌지우지되는 급식 시스템을 개편하라!"

"우리는 고기를 원한다!"

지난번 미역줄기볶음의 악몽이 여간했던 모양인지, 나는 단상에 서자마자 각 학급을 대표하는 반·부반장들의 질타를 받게 되었고, 사실상 만악의 근원 취급을 당해야만 했다.

우-우-!

함성과 야유가 쏟아지고 김민정은 머리가 지끈거린다는 양 고개를 저었다.

"정숙, 정숙해 주세요!"

탕, 탕, 하고 교편을 몇 차례 두들기고 나서야 장내는 다소간 진정을 되찾았다.

'전생의 이성진이 누리던 독재 체제 속에서도 이 물결은 어찌하지 못했겠군.'

김민정이 입을 뗐다.

"그러면 이성진 씨."

"예."

"발언하시죠."

나는 준비된 자료를 사무적으로 읽어 내려갔다.

"앞서 이 자리에 함께해 주신 천화초등학교 학우 여러분께 이 자리를 빌려 인사드립니다. 천화초등학교 6학년 1반 이성진입니다."

꾸벅, 고개를 숙인 뒤, 나는 엄지손가락을 아래로 내린 임원들의 소리 없는 아우성을 지켜보며 다시 입을 뗐다.

"저는 천화초등학교의 급식 조리 및 재료를 납품하는 신화식품의 대리인으로서 이 자리에 섰습니다. 저에게 제시된 갖가지 의혹에 대해 숨김없이 말씀드리겠습니다."

여기저기서 손을 들었으나, 김민정은 그들을 일부러 무시하며 입을 열었다.

"이성진 씨는 지금, 얼마 전 천화초등학교의 급식 메뉴를 임의대로 변경하였다는 혐의를 받고 있습니다."

모두의 시선이 집중되는 가운데.

"이는 사실입니까?"

나는 그 물음에 시인했다.

"사실입니다."

웅성웅성.

김민정은 한 손을 들어 터져 나오려는 야유를 제지하면서 내 말을 받았다.

"동기는 무엇이었나요?"

"물론 천화초등학교 학우 여러분의 영양 균형과 건강을 생각한 결정이었습니다."

웅성거림은 다시금 야유와 함성으로 변해 여기저기서 터져 나왔다.

"고기에도 비타민은 있다!"

"김치가 있는데 무엇이 걱정입니까!"

"지금 당장 미역 납품 업체와의 커넥션을 해명하세요!"

"어째서 미역국조차 아닌 미역 냉국을 택했지? 이건 음모다!"

"혹시 매점 이모랑 모종의 거래가 있었습니까?"

"매점에 쏟은 내 용돈을 돌려줘!"

이 자리에 돌멩이가 있었다면 나에게 돌팔매가 날아왔을 거 같다.

"정숙, 정숙해 주십시오!"

탕, 탕, 하고 김민정이 교탁을 두드리는 사이, 부회장인 김수철은 묵묵히 칠판의 '떠드는 사람' 항목을 분필로 채워 나갔다.

김민정이 나를 보았다.

"학우들의 영양 균형을 생각한 결정이었다면 다른 메뉴도 있었을 텐데요. 굳이 미역 위주의 식단을 구성한 까닭이 있습니까?

"그건 제가 미역을 사랑하기 때문입니다. 미역에는 요오드가 다량 함유되어 있을 뿐만 아니라, 다이어트에도 좋은……."

다시금 야유가 쏟아졌다.

"헛소리 집어치워!"

"물러나라! 물러나라!"

"미역왕자, 물러나라!"

나는 그 야유와 비난 모두를 감내하면서 그윽한 시선으로 김민정을 바라보았다.

'욕받이 역할은 이만하면 충분하지 않아?'

김민정은 내 시선에 짧게 고개를 끄덕인 뒤 '정숙'을 외치곤 청중을 바라보았다.

"그러면 지금부터 천화초등학교의 급식 제조 및 납품 업체 변경 건을 다수결에 붙이겠습니다. 나눠 드린 쪽지에 찬성이면 동그라미, 반대는 가위 표를 그려 제출해 주십시오."

긴장과 침묵, 팽팽한 공기.

기이하리만큼 가라앉은 정적 속에서 볼펜을 끼적이는 소음만이 들려왔고, 부회장인 김수철은 돌아다니며 표를 수거했다.

김민정은 쪽지를 하나하나 펼치며 칠판 위 찬성/반대 항목을 바를 정(正)자로 채워 나갔다.

반대표 세 개가 나왔을 때는 소소한 웅성거림이 있긴 했지만, 그 외는 모두가 찬성, 압도적 과반수.

김민정이 마지막 쪽지를 내려놓으며 입을 뗐다.

"본 안건은…… 과반수가 찬성에 동의했습니다."

와아아—!

여기저기서 함성이 터져 나오고, 몇몇 아이들은 모자를 높이 던져 올렸다.

"만세!"

"고기다!"

"우리가 승리했어!"

김민정은 그 소란스러움을 제지할 생각도 않고 담담한 얼굴로 말을 이었다.

"……천화초등학교 전교회의 일동은 해당 결과를 교내운영위원회에 제출하도록 하겠습니다. 다음 안건으로는 동아리 예산 조정과 관련해서……."

크나큰 승리를 거뒀다는 기쁨에 경도되었는지, 청중은 김민정이 뒤이어 일방적으로 발표한 동아리 예산 삭감 건을 그냥저냥 받아넘겼다.

이날이 있고서, 김민정이 공언한 대로 회의 결과는 교내운영위원회에 제출되었고, 천화초등학교는 어른들의 회의를 거쳐 기존 급식 업체이던 신화식품을 S&S로 변경하였다.

그렇게 민주주의는 승리하였으며 투쟁으로 쟁취한 천화초등학교의 영광은 후세까지 길이 알려지리라.

나는 벤치에 앉아 캔 콜라를 홀짝이면서 아이들로 북적이는 식당을 바라보았다.

그야 물론, 기존 신화식품에서 변경한 신규 급식 업체인 S&S의 대표이사가 나라는 사실은 알려지지 않은 채이긴 했지만.

'이게 정치지.'

어차피 신화식품에서 S&S로 사업부를 이관하는 과정에 이미 결정된 사안을 보여 주기 식으로 때웠을 뿐이었다.

진행 중인 정책에 숟가락을 얹어 공치사를 돌리는 것쯤은 상식이고.

일이 이렇게 빠르게 추진될 수 있었던 것도 어디까지나 간판만 바꿔 달았을 뿐, 실질적 권한이 내게 있었던 덕분이었다.

'아니, 오히려 이미라에게 소유권이 있던 신화식품 때보다 개입은 더 쉬워졌지.'

그렇기에 오늘처럼 포퓰리즘적 선심성 메뉴를 대거 선정하는 것도 내 재량하에 가능한 이야기였다.

그러고 있으려니 등 뒤에서 익숙한 목소리가 들렸다.

"선배, 식당에 안 가셨어요?"

김수연이었다.

"지금 6학년 이용 시간인데."

천화초등학교의 급식은 교내에 지은 식당 시설을 학년별로 시간을 두고서 이용하게끔 되어 있었다.

"여론이 잠잠해질 때까진 한동안 매점이나 이용할까 해서."

나는 다짜고짜 곁에 앉아 빵 봉지를 뜯는 김수연을 물끄러미 보았다.

"그러는 너는?"

"지나가다가 선배가 보여서요. 데이트나 할까 했죠."

그런 것치곤 아예 매점에서 빵과 우유까지 사 온 모습이었고, 나는 픽 웃었다.

"왜, 모처럼 애들이 바라는 돈가스도 넣어 줬는데. 해림식품의 베스트셀러인 '한 입 돈까스'를 무려 다섯 개씩 배급하고 있는걸?"

"기름진 거 별로 안 좋아해요."

"미역 애호가였구나."

"그건 아니지만요."

"편식은 몸에 안 좋아."

"걱정 마세요. 골고루 챙겨 먹고 있어요."

김수연은 크림빵을 내게 내밀었다가, 내가 고개를 저으니 얌, 하고 한 입 베어 물었다.

김수연은 크림빵을 입안에서 오물거린 뒤 우유로 삼키곤 입을 뗐다.

"그러고 보니 반대표가 세 개였죠. 저랑 회장님 몫을 제외하고 남은 한 개가 선배라고 생각하면, 굉장히 정직하게 표가 분산되었네요?"

"나는 찬성 쪽에 던졌는데?"

"어머, 그래요?"

"뭐, 아마 숨은 미역 애호가가 있었던 모양이지."

"그럴 리 없잖아요."

김수연은 입을 삐죽이며 단언하더니 나를 향해 눈을 흘겼다.

"음, 어쩌면 선배를 짝사랑하는 누군가가 소중한 한 표를 몰래 행사했을지도 모르겠네요."

"나를 향한 애정은 미역 혐오를 극복할 만큼 대단한 거였군."

"그러게 말이에요."

김수연은 내 흰소리를 태연히 받아넘기곤 말을 이었다.

"만약 선배가 전교회장 선거에 출마했다면 압도적인 표차이로 저희 오빠를 이겼겠는걸요?"

"그럴지도 모르지."

"부정은 안 하시네요."

"부정할 것까지도 없어. 나는 공부도 잘하고 얼굴도 잘생겼으니까, 펜 몇몇 정도는 있는 게 당연하지 않겠니?"

김수연이 나를 물끄러미 쳐다보았다.

"선배, 왠지 마치 남 이야기하듯 말씀하시네요."

뭐, 엄밀히 말하면 남이긴 하지.

나는 대답 대신 콜라를 홀짝였다.

이후 김수연은 내가 반응을 하든 말든 아랑곳하지 않으며 무어라 재잘재잘 떠들어 댔다.

김수연이 내게 보이는 노골적인 친애의 표시는 비록 그 형태는 다를지언정, 어느 정도 전생부터 예정되었던 일이었다.

전생의 소위 이성진 패거리에는 김수연의 오빠인 김수철이 포함되어 있었는데, 김수철과 인연이 닿아서였는지 그 당시 김수연 또한 자연스레 이성진과 제법 친밀한 관계를 맺었다.

김수연은 그때도 이성진에게 제법 노골적인 애정을 과시했는데, 이성진은 그런 김수연을 조금 어려워하며 거리를 두었으나…….

이래저래 지내다 보니 피차 머리가 굵어지곤 풋사랑을 주고받는 연인 관계로까지 발전한 바였다.

다만.

「왠지 모르게 결혼까지 생각하고 있는 거 같단 말이야.」

결국엔 누구 한 사람에게 얽매이기 싫어하는 이성진이 다시금 의도적으로 거리를 두면서 둘의 짧았던 관계는 흐지부지해졌지만.

아마, 이성진의 생각처럼 김수연은 이성진과의 관계를 '확정 요소'로 만들고자 하는 계획까지 두고 있지 않았을까.

나는 당시에도 김수연이 제법 전략적이었다고 생각했다.

별 볼일 없었던 김수철과 달리 김수연은 그녀의 아버지의 뒤를 잇듯 사법고시를 통과, 퍽 이른 나이에 검사가 되었으니 둘은 장래를 결속하기에도 '신분 차'가 나지 않는 관계였다.

'왠지 모르게 이성진이 가정을 꾸릴 만한 놈이란 생각은 들지 않지만.'

만일 이성진이 결혼을 한다고 하면, 김수연은 그 첫 번째 후보나 다름없었을 것이다.

'뭐, 나도 그럴 생각은 들지 않고…….'

그건 김수연을 향한 호오의 감정보다, 나라는 인간의 정체성과 관련된 것이기도 했다.

빵을 다 먹어 치운 김수연은 빈 봉투를 곱게 접은 뒤 자리에서 일어나 탁탁, 치마를 털었다.

"그러면 선배, 나중에 또 봐요."

"……그래."

하나둘, 내 앞에 가로놓인 문제를 치울수록 그 이면에 도사린 다른 문제가 시일을 두고 찾아왔다.

'……무선사업부 정도는 이태석에게 돌려줄까.'

나는 콜라를 마저 비우곤 벤치에서 몸을 일으켰다.

1996년 5월 모일, 한강 둔치.

변사체 한 구가 발견되었다.

2장

최초 발견자는 평소 새벽 조깅을 즐겨 한다는 A씨로, 물가
에 떠내려 온 거무튀튀한 물체를 보고 당시 '누가 밤중에 커
다란 쓰레기를 버린 줄 알았다'는 생각을 떠올렸다고 한다.

A씨는 그것이 단순한 쓰레기가 아니라는 걸 알게 된 후,
근처 공중전화 박스를 향해 달려가 곧장 112에 신고.

05:34 인근 ××파출소에서 신고 10분 만에 출동하여 임
시 현장 보존에 나섰고, 이후 지부 경찰서로 연락이 닿았다.

변사체는 얼굴이 뭉개지고 손가락이 잘려 지문조차 찾을
수 없었다.

신원을 특정할 수 있는 소지품도 전무, 부패 및 훼손 정도
가 심했으며 국과수를 통해 30대 초중반의 출산 경험이 있는

여성이라는 것을 알아냈다.

"……그나마 다행인 건 훼손이 사후에 일어났다는 정도임
다."

"……쓱."

그걸 다행이라고 해야 할지.

아니, 훼손 과정의 고문은 없었을 테니 다행이긴 할까.

"사망자의 사인은 질식사로, 기도…… 훼손 정황이 발견
되었다는 국과수 보고가 있었슴다."

부하의 보고를 전해 들으며 형사반장은 담배에 불을 붙였
다.

여기저기서 전화벨 소리가 시끄럽게 울리는 형사과 내부
는 굳이 반장이 내뿜은 담배 연기 때문만이 아니더라도 이미
천장이 뿌연 연기로 가득했다.

"목을 졸랐군그래."

반장은 입에 담배를 문 채 양손을 비트는 동작을 보였고,
보고자는 고개를 끄덕였다.

"넵, 손으로다가. 압박 흔적이 있었다고 함다."

"혹시 인근에 실종 신고 들어온 건 없고?"

"관계 부처의 협조하에 수사 중임다."

반장은 후우, 담배 연기를 길게 뿜었다.

"이빨도 몽땅 뽑히고, 지문도 지웠으니까, 아주 철두철미
해. 훼손 정도로 봐선 계획 살인인가 본데."

반장의 말에 보고자가 고개를 끄덕였다.

"예, 아마도요."

"……혼잣말까지 일일이 맞장구칠 필요는 없고. 잠수부 조사는 어때? 뭐 추가로 발견된 거 있어?"

반장의 말에 보고가 이어졌다.

"아, 예. 그게 말이죠. 인근에서 조각난 벽돌과 시체의 결박흔과 일치하는 밧줄이 발견되었다고 함다. 아마도 벽돌이 부서지면서 시체가 물 위로 떠오른 모양임다."

"얀마, 그걸 먼저 보고해야지."

반장은 인상을 찌푸리며 면박을 주었고, 보고자는 머리를 긁적였다.

"죄송함다."

"됐고……."

반장이 코로 한숨 섞인 담배 연기를 뿜었다.

"벽돌 종류는?"

"예?"

"마, 벽돌이 한둘이냐. 점토 벽돌도 있을 거고, 그 뭐냐, 시멘트도 있을 거 아니야. 누군가는 보도블록으로 까는 것도 벽돌이라 퉁 칠 수도 있는 거고."

"어…… 그게…… 조사해 보겠슴다."

"쯧. 그거 하나하나가 중요한 단서가 될 수도 있단 말이야. 제대로 조사해 와."

"옙!"

반장은 제자리로 돌아가는 보고자에게서 고개를 돌리며 혀를 찼다.

"아무튼 범인은 한강 유속에 벽돌이 박살 날 걸 몰랐단 건가? 프로인지 아마추어인지 모르겠군, 이거."

반장은 의자를 빙글 돌려 벽면에 붙은 서울시 지도를 물끄러미 쳐다보았다.

뒤처리의 미숙함은 둘째 치더라도, 살해 및 훼손은 현장에서 일어나지 않았을 것이다.

반장은 생각에 잠겨 책상 위에 놓인 삼광전자의 신형 핸드폰의 폴더를 습관적으로 딸깍딸깍 열었다 닫더니, 뚜껑을 덮으며 정진건을 보았다.

"정 형사, 교통과에 연락은 해 봤나?"

"아, 예."

정진건이 물고 있던 막대사탕을 입에서 뺐다.

"범행 추정 시각을 전후해서 차량 통행 조회 중입니다."

"음."

반장은 고개를 끄덕이곤 의자에 등을 기댔다.

"뭐, 찾아도 별 의미는 없을 거야. 서울시 한가운데서 버젓이 강물로 시체를 버린다는 건 어지간한 담력이 없으면 안 되는 데다가 대포차를 썼을지도 모를 일이고."

반장이 덧붙였다.

"그래도 일단 계속 찔러는 봐."

"예."

"이 정도면 치정살인이나 금품갈취도 아닐 거 같고. 이거 그 뭐냐, 화성에서 있었던 연쇄살인인가 뭔가 하는 그런 걸로 가는 건 아니겠지?"

정진건은 대답하지 않았다. 이번에는 반장의 혼잣말임을 그는 알고 있었으므로.

반장은 괜한 짜증을 투덜거림으로 바꿔 입에 담았다.

"아무튼 말세다 말세. 21세기가 내일 모레인데 이게 뭐냔 말이야. 우리나라도 CCTV가 늘어나야 해."

이쯤하면 반장의 푸념이 공연한 불똥으로 튈 수 있다는 걸 경험으로 알아챈 강력반 일동은 주섬주섬 자리를 정리했다.

"현장 다녀오겠습니다."

"아, 저도."

"저는 실종 신고 들어온 거 없는지 확인 좀……."

정진건도 그중 하나로, 그는 서류를 챙겨 자리에서 일어섰다.

"강 형사."

"아, 예. 서배님."

고참 정진건에게 버디 삼아 붙인 신참, 강하윤 형사가 몸을 벌떡 일으켰다.

"우리도 움직이자. 현장이나 둘러보자고."

캐 봐야 나올 건 없겠지만, 그건 여기 담배 연기로 가득한 실내에 앉아 있어도 마찬가지였다.

특히 이는 얼마 전부터 금연에 돌입한 정진건에게 무척 괴로운 일이기도 했다.

"어, 교통과 전화 안 기다리시고요?"

그가 알고 있는 교통과 일 처리 속도를 감안하면 한참 뒤에나 사후약방문식 보고가 올 것이 뻔했지만.

정진건은 초짜에게 군이 그런 구태의연한 것까지 알려 줄 필요는 없다는 양 발걸음을 옮기며 고개만 까딱였다.

"일 있으면 핸드폰으로 올 거야."

강하윤 형사가 자료를 챙겨 졸래졸래 따라붙었다.

"선배님, 핸드폰도 있으십니까? 좀 봐도 됩니까?"

정진건은 어깨를 으쓱이며 재킷 안주머니에서 삼광전자가 내놓은 야심작, 클램을 슬쩍 보여 주었다.

정진건의 핸드폰을 본 강하윤의 눈이 휘둥그레졌다.

"우와, 이거 요즘 유행하는 그거 아닙니까?"

"응."

"그러고 보니까 반장님도 한 대 갖고 계시던데, 어떻게 뽑으셨습니까? 형사 월급이야 뻔한데……."

강하윤은 거기까지 말하곤 아차 하며 양손으로 입을 가렸고, 정진건은 그런 후배를 보며 피식 웃었다.

"받았어."

"……받았다고요? 누구에게요?"

강하윤은 조심스럽게 정진건을 살폈다. 그녀는 정진건을 뒷돈이나 받고 다니는 부류가 아니라 생각했고, 그래서 초임 형사 특유의 정의감과 동료를 향한 신뢰가 흔들리는 구간 사이에서 혼란스러워했다.

정진건은 그런 강하윤의 심정을 안다는 양 어깨를 으쓱였다.

"불법은 아니야. 사실 그렇게 보이긴 해도 이건 시중에 판매되는 물건이 아니거든."

"……제 눈에는 광고에서 보던 거랑 똑같아 보이는데요?"

"응, 뭐라더라……."

정진건은 머릿속으로 딸의 친구인, 그 되바라진 소년이 했던 말을 떠올리며 그가 했던 말을 입에 담았다.

"시중에 판매하는 건 S 뭐시기로 시작하는 제품 코드고, 이건 그 뒤에 별도의 알파벳인가 숫자가 추가된다더라고."

듣긴 들었지만, 구체적인 건 떠올리기 힘들었다.

"어어, 그러면……."

"명목상으론 일반인을 상대로 하는 제품 테스트. 자기 재량으로 뿌릴 수 있는 것 중 하나라고 해서 넙죽 받았지."

엄밀히 말하면 아주 공명정대하고 깨끗한 건 아니었지만, 이 정도는 그러려니 하고 넘어갈 수 있는 시대였다.

강하윤은 그걸 지적하고 싶어 입을 옴짝이다가 고개를 절레절레 저었다.

"선배님께 들어도 잘 모르겠습니다."

"뭐, 나도 프로모션이 어쩌고 저쨌단 건 들었다만, 자세히는 몰라. 기부 비슷한 거라고도 들었고…… 반장님이 갖고 있는 것도 내 거랑 같은 거거든."

"아, 그랬습니까?"

반장까지 연루된 물건이라는 걸 알게 되니, 강하윤의 표정이 오묘하게 변했다.

속으론 '그렇담 나쁜 것도 아니겠구나' 하는 생각을 하고 있는 게 뻔했다.

강하윤 형사는 좋게 말하면 솔직하고, 솔직하게 말하면 생각이 표정에 드러나는 타입이다.

형사로서 좋은 자질은 아니지만, 그 정도 미숙함은 경험으로 메꿔지리라.

"뭐라더라, 머지않은 미래엔 핸드폰이 생활필수품이 될 거라나."

"삐삐가 나왔을 때도 그런 이야기는 나왔습니다만…… 그래도 말씀을 들으니 왠지 머리가 좋으신 분인 거 같습니다."

"음."

머리가 좋으신 분이라.

전교 1등을 놓치지 않는 데다 사업체도 잘 굴리고 있다니 어떤 의미론 그렇기도 하지만, 그래도 정진건에게 이성진은 딸아이 또래인 것도 있어서, 조금 되바라진 꼬맹이에 불과했다.

"게다가 높으신 분 같고요."

"그렇지."

정진건이 운전석에 앉고 강하윤은 조주석에 앉아 안전벨트를 맸다.

"선배님, 괜찮다면 핸드폰, 좀 더 자세히 봐도 되겠습니까?"

정진건은 강하윤에게 핸드폰을 건넨 뒤 차를 몰았다.

강하윤은 눈을 반짝이며 핸드폰을 만지작거렸고, 정진건은 그런 강하윤을 힐끗 살폈다가 입을 뗐다.

"강 형사가 핸드폰에 흥미가 있을 줄은 몰랐는데."

"있으면 편할 거 같단 생각은 하고 있습니다. 무전기보다 훨씬 가벼우니까요."

"응, 있으니 편하긴 하더군."

"선배님, 혹시 그분과 친하십니까?"

정진건은 '딸아이의 친구다' 하고 말하려다가 설명하기 귀찮아져서 그냥 둘러댔다.

"……이래저래 개인적인 친분이 있긴 해."

"우와아."

언론을 통제하고 있기라도 하는지, 이성진은 그 파격적인 신분에도 불구하고 세간에 잘 알려지지 않았고 본인도 남들에게 알려지길 바라는 눈치가 아니었다.

정진건은 문득 박스 가득 핸드폰을 싣고 있던 이성진을 떠올리며 생각난 김에 툭 말을 던졌다.

"왜, 혹시 강 형사 것도 받을 수 있는지 물어봐 줄까?"

"예에? 아닙니다, 괜찮습니다!"

강하윤이 기겁하며 손을 저었다.

"저는 나중에 돈 모아서 사겠습니다."

강직하긴.

하지만 이성진이 말하기론 '어차피 폐기 처분할 거라서요' 하며, 왠지 사업을 접는 듯한 뉘앙스마저 풍겼기에 '비매품 클램' 재고가 잔뜩 있을 거란 생각이 들긴 했다.

'버리는 것도 돈이 든댔지.'

잠시 이성진에 대해 생각하다 보니 변사체가 발견되었던 한강 둔치까지 도착했다.

이미 현장 조사는 마쳤지만 강물 근처엔 아직 폴리스 라인과 정복을 입은 순경이 남아 있었고, 행인들은 여기에 무슨 일이 있었나 싶어 기웃거리기도 했다.

'이만한 일이 보도거리가 안 되고 있다니, 언론 통제는 확실한걸.'

높으신 분의 지시였다던가, 한강 둔치에서 발견된 변사체와 관련한 보도는 '신원 미상의 익사체'로 통제 중이었다.

레임덕이 한창인 여당에선 공연한 일로 시민들에게 불안

감을 조장할 필요가 없다는 식의 '협조 공문'을 보냈고, 경찰 서장은 이를 따랐다.

한강에서 발견되는 익사체란 그리 드문 것도 아니었던 데다가 지금은 전직 대통령의 재판과 수사 내용 보도로 한창 시끄러웠다.

아직은 마음만 먹으면 언론 통제도 가능한 시절이었다.

정진건은 폴리스 라인을 넘으며 순경에게 형사 신분증을 보여 주었고, 경례를 받으며 주위를 둘러보았다.

"선배님, 그럼 저는 따로 건질 것이 없는지 확인해 보겠습니다."

"그래."

정진건도 말은 현장 조사라곤 했으나, 이미 조사단이 철수한 지 오래되어 유의미한 증거품이 나올 거란 생각은 하지 않았다.

그래도 한적한 곳이라, 생각을 정리하기엔 나쁘지 않았다.

'시체가 발견된 곳이라곤 믿기 힘들 만큼 평화롭긴 하지만.'

유유히 흐르는 한강 물결 저 멀리, 상류 방향으로 ××대교가 보였다.

'만약 벽돌을 달아서 던졌다고 하면…….'

아마 인적이 드문 새벽. 위치로 보아 ××대교에서 잠시 차를 세운 뒤, 시체를 던지고 달아났을 것이다.

'시체가 가라앉을 무게의 벽돌까지 달았다면, 단독범은 아닐 거 같고.'

잘만 하면 표적의 범위를 좁힐 수 있겠다.

정진건은 수첩을 꺼내 메모했고, 그때 강하윤이 외쳤다.

"아, 선배님! 이거 좀 보십시오!"

뭔가 했더니, 한강에 서식하는 민물고기 한 마리가 퍼덕거리고 있었다.

밀물에 쓸려나온 물고기 한 마리가 뭐 대수랴 싶어 인상을 찌푸렸던 정진건은 이내 미간을 좁히며 성큼 걸음을 옮겼다.

현실이란, 이따금 기이한 일이 발생하곤 한다.

아가리 바깥까지 내장이 삐져나온 물고기 배 속에서 반지가 나왔다.

'이거, 신입이 한 건 해냈군.'

과연 유의미한 증거일지, 아닐지는 아직 모를 일이긴 하지만.

현장에서 새로 발견된 증거품을 국과수로 보내고 난 뒤, 정진건이 두 개째 막대사탕을 입에 물었을 즈음.

우─웅.

"꺄악?"

강하윤의 안주머니에서 핸드폰 진동이 울렸다. 그녀는 이내 낯선 진동의 정체가 정진건에게 돌려주지 않은 핸드폰임을 자각하곤 얼굴을 붉히며 정진건에게 핸드폰을 돌려 주었다.

"저, 전화 왔습니다, 선배님."

정진건은 '누가 전화를 걸었는지 알려 주는 기능은 못 만드나' 하고 생각하며 핸드폰을 받아 폴더를 열었다.

"××경찰서 강력반 정진건 형사입니다."

─아, 정 형사. 나야, 박 경위.

"아, 예. 오랜만입니다, 소장님."

매번 안부를 주고받을 만큼 친한 사이는 아니었지만, 몇 가지 일이 엮이며 몇 차례 소주잔을 주고받았던 사이였다.

─핸드폰? 잘 들리네, 이거.

"생각보다 괜찮더군요."

─응, 거기 형사과에 전화 거니까 외근 갔다면서 정 형사 핸드폰 번호를 알려 주더라고.

이걸 사생활 침해로 봐야 할지.

─애들은 잘 크지? 제수씨도 잘 계시고?

"예에, 뭐, 덕분에."

─응, 언제 밥 한번 먹어야지. 곱창전골 얼큰하게 잘하는 집 하나 알아 뒀거든.

"그럼요. 언제 시간 나시면 연락 주십시오."

─응, 응. 그러고 보니 얼마 전에 말이야, 낚시를 하러 갔는데…….

정진건은 핸드폰 너머의 상대와 형식적인 인사말을 주고

받으며 승용차에 등을 붙였다.

1~2분가량 맞장구를 치며 그 이야기를 받아 주고 있으려니 본론이 나왔다.

―아, 그런데 요즘 그쪽, 뭔가 사건이 터졌다며.

"예."

언론을 통제하고 입막음 단속을 하고 있는 일이긴 했으나, 그래도 경찰청 내부에선 알음알음 이 엽기 범죄 정보가 퍼져 나가고 있었다.

하지만 파출소 소장으로 말년을 무사히 보내는 것이 소망인 박 경위가 단순 호기심 삼아 그런 걸 캐묻고 다니진 않을 터.

정진건이 그 생각을 떠올린 찰나 수화기 너머 말이 이어졌다.

―혹시나 해서 물어보는 건데.

박 경위가 운을 뗐다.

―이번 피해자 말이야, 혹시 유부녀였나?

이걸 형사의 직감이라고 불러야 좋을지.

정진건은 핸드폰을 어깨와 목 사이에 끼우며 수첩을 꺼냈다.

"……잘 모르겠습니다만, 무슨 일입니까?"

―아, 그게 말이지. 그거랑 이거랑 관계가 있는지는 나도 아직 모르겠는데, 우리 파출소에서 애 하나를 맡고 있거든.

이어지는 박 경위의 말은 제법 새겨들을 만한 내용이었다.

박 경위가 소장으로 있는 관할구역 인근 모텔, 장기 투숙을 하고 있던 모자(母子)가 있었다.

옷차림이 화려했고, 또 그 둘의 생김새가 퍽 미형이었다는 말을 모텔 주인은 전했다.

―그런 것치곤 싸구려 모텔, 음, 이런 말은 좀 그런가? 아무튼 거기 묵는다는 게 좀 이상하긴 했나 보더군.

"애는 몇 살쯤 됩니까?"

―글쎄…… 이 애가 도통 아무 말도 하질 않아서. 자네 딸내미랑 비슷한 또래 같은데. 얼마 전에 국민학교 들어갔었지?

"……큰애는 내년이면 중학생입니다."

올해부터 국민학교의 명칭이 초등학교로 변경되었다는 건 굳이 정정해 주지 않았다.

―아, 맞다, 맞아. 내 정신 좀 봐. 하하하. 뭐, 그렇다면 그보단 좀 더 한참 어리고.

박 경위가 말을 이었다.

행방불명이 된 어머니 쪽은 선금을 치렀고, '알아서 할 테니 방 청소는 하지 말아 달라'고 부탁했다.

모텔 주인은 며칠간 그 말을 따랐다.

―그런데 말이야.

어쨌건 기묘한 손님이었다.

장기 투숙이라고는 하지만 그래도 방을 치우긴 해야 했고,

심지어는 애꿎은 모텔에 찾아와 동반 자살을 하는 경우도 드물지 않았기에 문득 생각이 미친 주인은 혹시나 하며 몇 차례 양해를 구한 뒤 비상 열쇠로 방문을 열었다.

그리고 거기엔 어머니는 오간 데 없이, 그 손을 붙잡고 말없이 따르던 소년이 홀로 있었고.

거기엔 빈 컵라면 용기가 그득 쌓여 있었던 데다가 세탁하지 않은 옷가지가 한가득 놓여 있었다.

─그래서 우리도 처음엔 애를 버리고 도망갔나, 생각했거든.

"예."

─그런데 여자가 가져온 짐이 그대로더라고. 게다가…….

모텔은 밤중엔 전역 후 휴학 중인 아들이 카운터를 본다고 했다.

모텔 주인집 아들은 어느 날 밤 여자가 가벼운 옷차림으로 핸드백만 쥔 채 밖을 나가더란 걸 박 경위에게 알렸다.

─보니까 모텔 투숙객 정보…… 그 왜, 방 내줄 때 쓰는 그거도 가짜였나 보더라.

이쯤하면 없는 시간을 내서라도 찾아갈 필요가 있을 것 같다.

─안 바쁘면 와서 커피나 한 잔 마시게. 새로 온 순경이 커피를 잘 타.

"곧 찾아뵙겠습니다."

─응. 그래. 그럼 수고하고.

정진건은 전화를 끊은 뒤, 근처에서 대기하고 있던 강하윤을 불렀다.

"강 형사, 차에 타."

"예."

강하윤은 가타부타하는 일 없이 곧장 조수석에 탔고—장 롱면허라고 했다—정진건은 차를 몰았다.

조수석의 강하윤은 '무슨 일입니까?'를 눈으로 물었고, 정 진건은 앞서 박 경위와 통화한 내용을 간추려 들려주었다.

"으음."

강하윤은 침음을 냈다.

"이번 사건과 연관이 있을까요?"

"……그건 가서 알아봐야지."

어느 쪽이건 좋은 이야기는 아닐 것이다.

'차라리 애를 버리고 도망간 몹쓸 엄마면 좋겠는데.'

정진건은 끊고 있던 담배가 간절했다.

박 경위가 소장으로 있는 F동 파출소는 현장과 그리 멀지 않았다.

정진건은 경찰차 옆에 차를 댄 뒤 강하윤을 대동하고 파출 소 안으로 들어갔다.

"예, 무슨 일이십니까."

새파란 순경이 일어서며 쭈뼛쭈뼛 정진건에게 인사를 건넨 찰나, 박 경위가 그 말을 비집고 저 안쪽에서 몸을 일으켰다.

"정 형사, 여기야."

정진건은 짧게 묵례하곤 성큼 걸음으로 파출소 안쪽을 향했다.

그 와중 신입은 '형사?' 하고 중얼거리며 경례를 해야 할지 말지, 어정쩡하게 서 있다가 강하윤을 보곤 어색한 웃음을 지으며 도로 자리에 앉았다.

"일찍 왔구먼."

정진건은 박 경위와 악수를 주고받았고.

"애인이야?"

박 경위는 뒤따라온 강하윤을 보며 시시한 농담을 던졌다.

"강력반 강하윤 형사입니다."

강하윤은 딱딱하게 그 인사를 받았지만, 박 경위는 너스레를 떨었을 뿐이었다.

"미인이네. 정 형사, 좋겠어."

"……유능한 친굽니다."

다소 빈말이 섞인 평가이긴 했지만, 박 경위는 그 한마디에 강하윤의 경직된 얼굴이 부드럽게 풀어지는 걸 못 본 체하며 고개를 돌렸다.

"응, 그래. 그래도 여자가 있으니 한결 낫겠군."

그러면서 모두의 시선은 박 경위의 눈을 따라 자연스럽게 소년을 향했다.

파출소 안쪽, 싸구려 인조가죽 소파 앞, 신문지를 식탁보처럼 두른 낮은 탁자 위엔 인근 분식집에서 시킨 경양식 돈가스가 플라스틱 접시째 놓여 있었다.

소스로 범벅된 눅눅한 돈가스는 박 경위가 잘게 썰어 놓았으나 그 외엔 손 하나 대지 않은 모습이었다.

그리고 그 앞에 무표정한 얼굴로 앉아 있는 소년.

소년이라곤 하나, 예닐곱 살 정도 되어 보이는 꼬마애였다.

옷은 고급이었으나 오랫동안 세탁을 하지 않아 다소 꾀죄죄했다. 하지만 혼자서도 목욕은 매일 했는지 용모만큼은 깔끔했다.

그걸 제외하면, 제법 잘생기고 영리해 보이는 남자애였다.

박 경위의 말마따나, 정진건은 강하윤이 이 자리에 있어 준 게 다행이다 싶었다.

정진건은 자타공인 조폭과 분간이 되지 않는 생김새였고, 그 외모에 주눅 들지 않는 애들은 그의 두 딸과 이성진 정도가 고작이었으므로.

정진건의 눈짓을 받은 강하윤은 미소 띤 얼굴로 자세를 낮춰 소년과 눈을 맞췄다.

"안녕?"

"……."

소년은 아까 전부터 이 모두를 의식하고 있었던 양 그 인사에 몸을 움찔하긴 했으나, 시선은 여전히 조각난 돈가스에 고정된 채였다.

"누나는 강하윤 형사라고 해. 하윤이 누나라고 불러 줄래?"

"……."

"으, 음, 실은 몇 가지 묻고 싶은 게 있는데……. 우리 친구, 이름부터 알 수 있을까? 이름이 뭐니?"

"……."

"몇 살? 누나는 스물세 살인데."

"……."

스물네 살이면서.

정진건은 속으로 생각했다.

"누나는 우리 친구 편이야."

"……."

"혹시 만화 좋아해? 로봇 나오는 거. 요즘은 뭐더라, 다간이었나?"

"……."

강하윤의 끈질긴 청유에도 소년이 끄떡없자 강하윤은 힐끗 정진건을 살폈고, 정진건은 계속해 보라는 양 고개를 끄덕였다.

"돈가스 맛있겠다. 누나도 조금 먹어 봐도 될까?"

"……."

그 말에 목석처럼 움직이지 않을 것 같던 소년은 말없이 스윽, 딸려 온 스테인리스 포크를 밀었다.

"고마워. 배고팠거든."

강하윤은 차갑게 식은 돈가스가 진미라도 되는 양 한 조각 먹은 뒤, 미소 띤 얼굴로 한 점, 포크로 찍어 소년 앞에 내밀었다.

"혼자 먹기 아깝다. 친구도 먹어 볼래?"

"……배 안 고파요."

두드리다 보면 열리고, 지성이면 감천이라 했겠다, 드디어 소년의 말문이 트였다.

정진건은 박 경위의 어깨를 툭툭 치곤 밖으로 나가 있자는 신호를 보냈다.

"저 애 목소리, 이제야 처음 듣는군."

"……그랬군요."

박 경위도 호락호락한 인물이 아닌데, 그가 두 손 들었다니.

"애들한텐 경찰서, 하면 죄를 지어야만 오는 곳이란 인식이 있으니까 말이야. 나 참, 그런 시절 지나간 게 언젠데."

파출소 앞 담벼락에 등을 기댄 박 경위가 담뱃갑에서 장초하나를 툭 내밀었다.

"한 대 줄까?"

"끊었습니다."

"아, 그래?"

박 경위는 담배를 입에 물었다.

"요즘엔 금연이 유행인가 보군."

"딸이 싫어해서요."

거참.

박 경위는 피식 웃으며 라이터로 불을 붙였다.

담배 끝이 빨갛게 타들어 가고.

후우.

내뿜은 연기가 5월 봄 낮 햇살에 녹아들 듯 사라졌다.

"잠시 통화 좀 하겠습니다."

"응? 아, 그래. 천천히 해."

정진건은 핸드폰을 꺼내 반장에게 전화를 걸었다.

정진건의 보고를 들은 반장은 한동안 아무 말도 하지 않았고, 핸드폰 너머 담배 끝이 타들어 가는 소리가 들렸다.

─……그럼 일단 이쪽이 받아야겠군.

"예."

─인가 처리는 내 쪽에서 해 둘 테니까, 정 형사는 진행이나 해 둬.

"예, 알겠습니다."

─아, 그런데 애는 어디다 두지? 혹시 생각한 곳이라도 있나?

정진건은 생각해 둔 바가 있다는 양 거침없이 대답했다.

"예. 민간 협조를 받긴 하겠지만요."

─잘됐군. 그럼 그쪽으로 알아서 진행하고…….

통화를 마친 정진건은 핸드폰 폴더를 닫아 안주머니에 넣었다.

"일단 모텔에 들러서 짐을 챙겨 와야겠습니다."

담배를 다 태운 박 경위는 꽁초를 야외 재떨이에 비벼 껐다.

"보관실에 챙겨 뒀어. 차에 싣기만 해."

"감사합니다."

"뭘, 하루 이틀 일도 아니고."

박 경위는 히죽 웃었다가 웃음기를 살짝 거두며 말을 이었다.

"보니까 여행용 캐리어던데, 비행기표가 덕지덕지 붙어 있더군. 최근 날짜 건 없었지만, 일단 알아 두라고."

"예."

만일 실종자가 비행기 탑승을 했다면 그 신원을 파악하기란 훨씬 수월하다.

'생각보다 일이 잘 풀리겠군.'

물론 거기엔 변사체와 실종자가 동일인이라는 불편한 전제가 따라붙겠지만.

파출소 내부로 돌아온 정진건은 강하윤에게 눈짓했다.

어느새 소파에 마주 앉아 두런두런 이야기를 하던 강하윤이 소년에게 미소 띤 얼굴로 말을 건넸다.

"잠깐만 기다려 줄래?"

"⋯⋯네."

모기 소리만 하긴 했지만, 대답까지 하는 걸 보니 소년은 그새 강하윤에게 어느 정도 마음을 연 모양이었다.

"네, 선배님."

"애는 우리가 데려가기로 했어."

강하윤은 딱딱한 얼굴로 고개를 끄덕였다. 그러면서도 아이가 자기 이야기를 하는 줄 모르게 고개를 돌리지 않은 건 제법이라고, 정진건은 생각했다.

"그러면 음, 선배님 댁에 데려가실 겁니까?"

경위보다 아이의 안위를 먼저 챙기는 모습은 왠지 그녀다웠지만.

"아니. 우리 집은 맞벌이여서 집이 비어."

"아, 그럼 저희 집에⋯⋯."

"출근은 안 할 생각이야?"

"⋯⋯아. 그럼 시설에 맡길 생각이십니까?"

정진건은 피식 웃었다.

"그쪽은 생각해 둔 게 있으니까 염려 마."

"그러셨습니까."

역시 선배님, 하고 눈을 반짝이는 강하윤을 뒤로하고 정진건은 핸드폰을 꺼냈다.

"그 전에 먼저 높으신 분에게 부탁을 드려 봐야 하지만."

"……예?"

몇 차례 신호음이 가고, 상대가 전화를 받았다.

–예. 이성진입니다.

핸드폰 너머로 들리는 이성진의 맑은 목소리를 정진건은 태연함을 가장하며 받았다.

"응. 나 서연이 아빤데."

정진건이 신원을 밝히자 다소간 사무적으로 느껴지던 이성진의 목소리가 밝게 갰다.

–아, 정진건 형사님. 오랜만입니다. 그간 별고 없으셨는지요?

역시 애답지 않은 통화 태도라 생각하면서 정진건은 쓴웃음을 지었다.

"그래. 별일은 없고?"

–하하. 네, 뭐. 시험 기간인 것만 제외하면요.

그 말에 정진건은 자신의 두 딸이 최근 왠지 방에 틀어박혀 잘 나오지 않더란 걸 떠올렸다.

"아, 그랬지. 바쁠 텐데 괜히 전화를 걸었나?"

–괜찮아요. 오히려 시험 기간엔 학과 일정이 일찍 마쳐서 좋으니까요.

암만 이성진이 또래에 비해 되바라졌다곤 하나 맏딸과 동갑내기인 꼬맹이랑 예의상이라도 안부를 주고받는 건 정진건도 상상할 수가 없어서, 그는 단도직입적으로 용건을 꺼냈다.

"그렇다면 다행이고. 다름이 아니라 한 가지 부탁할 게 있어서."

－부탁요?

핸드폰 너머 이성진은 아주 짧은 침묵 뒤 말을 이었다.

－그럼요, 제가 할 수 있는 일이라면 얼마든지 도와드려야죠. 어떤 일인가요?

정진건은 힐끗, 파출소 한구석 소파에 앉은 이름 모를 소년을 확인한 뒤 말을 받았다.

"요한의 집에서 애 하나를 잠시 맡아 주었으면 해서."

－요한의 집에서요?

"응, 그래."

보통은 사정을 물어볼 법도 하건만, 이성진은 그러는 일도 없이 흔쾌히 수락했다.

－알겠습니다. 그럼 요한의 집에서 뵐까요?

그래서 정진건도 굳이 말할 필요가 없는 내용까지 입에 담았다.

"예닐곱 살쯤 되는 애야. 잠시면 돼. 오래 걸리진 않을 거고."

－예.

"그러면 요한의 집에서 보자."

통화를 마친 정진건은 딸각, 하고 핸드폰 폴더를 닫았다.

"흐음."

전화를 걸기 전부터 이성진이 이번 제안을 거절할 것이라고 생각하진 않았지만, 그래도 곤혹스러운 일 한 가지는 일단락되었다.

가만히 정진건의 통화가 끝나길 기다리던 강하윤이 불쑥 물었다.

"요한의 집요? 거기가 어딥니까, 선배님?"

정진건은 목소리를 살짝 낮춰 강하윤의 말을 받았다.

"고아원이야."

"고아원······."

강하윤의 우려 섞인 침음에는 이 시대에 여전히 남은 고아원을 향한 선입견에서 비롯한 것이었고.

정진건은 그런 강하윤에게 신경 쓸 것 없다는 양 일부러 미소를 지어 보였다.

"괜찮아. 몇몇 부분은 우리 집보다 더 쾌적하니까."

"······네."

강하윤은 좀처럼 없는 정진건의 거리감 좁힌 대꾸에 가만히 고개를 끄덕였다가, 그녀 스스로도 이 상황의 어색함을 무마하고자 거리감 좁힌 말을 미소 띤 얼굴로 건넸다.

"그런데 선배님, 말씀하신 높으신 분과 말을 놓으시는 걸 보니 사적으로 친밀하신 듯합니다. 따님이랑도 아는 사이신 것 같고요."

아, 강하윤은 통화 상대를 마냥 '높으신 분' 정도로만 알고 있었지.

정진건은 쓴웃음을 지었다.

"아니, 뭐, 친한 건 아니고……."

딸의 학교 친구? 핸드폰의 후원자? 아니면 번듯한 사업체의 사장? 혹은 삼광 그룹의 장손?

정진건은 이성진의 존재를 무어라 설명해야 할지 몰라 대강 얼버무렸다.

"내가 말을 높일 상대는 아니야."

"……잘 모르겠습니다?"

고개를 갸우뚱하는 강하윤을 보며 정진건은 어깨를 으쓱였다.

"아무튼 그렇게 됐으니까, 저 애……."

"아, 이름은 강선이라고 합니다."

"강선?"

이름까지 알아냈나. 정진건은 강하윤을 제법 대견스레 여기며 고개를 끄덕였다.

"강 형사처럼 강 씨야? 외자?"

정진건의 지적에 강하윤은 아차 하며 우물쭈물 대꾸했다.

"……그건 저도 잘 모르겠습니다. 저에게 강선, 두 음절만 말해 주었습니다."

"흠."

싹수가 있긴 한데, 정작 중요한 부분이 다소 미숙하단 말이지. 경험 부족일까.

정진건은 잠시 생각에 잠겼다.

'혹시 저 애 나름대로 의식해서 성씨를 숨기고 있는 건가?'

그렇다는 건 저 강선이라는 소년은 부친의 이름을 알고 있을지도 모른다.

'게다가 만일 일부러 그걸 숨기고 있다면.'

이 사건의 실마리는 저 소년의 부친이 쥐고 있을 것이다.

'……혹시 그 부친이란 사람이 이름만 대면 아는 인물이라거나?'

이 모든 게 형사의 직감이라 불리는 확증 편향과 뒤섞이며, 정진건은 한강에서 발견된 변사체와 실종된 소년의 모친이 동일인일지 모른단 억측을 떨치기 어려웠다.

'후우. 그냥 외자로 지은 이름이면 좋겠는데.'

이 직업엔 금연의 작심을 깨트리는 것이 너무 많단 생각을 하면서 정진건은 고개를 저었다.

"그럼 강 형사는 강선이 챙겨서 차에 태워. 곧장 요한의 집으로 갈 테니까."

"예, 알겠습니다."

박 경위와 신참 순경이 트렁크에 짐 싣는 걸 도왔다.

"이렇게 바빠서야 우리 파출소가 자랑하던 커피 맛도 못 봤네."

박 경위의 말에 정진건은 픽 웃으며 순경을 보았다.

"저 친굽니까?"

"응? 아니, 아니야. 다른 친구인데, 잠깐 순찰 갔어."

"그랬군요."

"뭐더라, 드롭인가 뭔가 하는 이상한 도구를 쓰던데. 뭔가 복잡하긴 해도 맛은 썩 괜찮더라고."

잘은 모르겠지만 믹스 커피는 아닌 모양이었다.

박 경위의 '커피 잘 타는 순경'이 있다는 것도 허언 섞인 빈말은 아닌 듯했고.

"처음엔 뭔 난리인가 싶었는데, 막상 보니 괜찮더군. 제법 유능한 친구이기도 해서 내버려 뒀어."

정진건은 그 말을 사교적인 미소로 받아 끊었다.

"다음에 기회가 되면 찾아뵙죠."

"그래. 제수씨한테도 안부 전해 주고."

정진건은 트렁크를 닫은 뒤, 박 경위와 악수를 나누고 운전석에 올랐다.

강하윤은 강선과 함께 뒷좌석에 타 있었고, 그녀는 대답 없는 강선에게 조곤조곤 꾸준히 말을 걸어 주었다.

"거기서 강선이는 몇 밤만 자고 올 거야."

"……네."

"어쩌면 거기서 새로운 친구를 사귈지도 모르겠네."

"……."

'강하윤의 말마따나 잠시 머무는 곳이면 좋겠는데.'

정진건은 백미러를 조금 조정해 뒷좌석을 비춘 뒤 요한의 집으로 차를 몰았다.

D구에 자리 잡은 보육원, 요한의 집은 작년 연말 이성진이 방문한 이후 많은 것이 바뀌고 있었다.

정기 셔틀 운행으로 자원봉사자들의 방문이 늘었을 뿐만 아니라 정규 보육 교사도 정식 채용하여 더 이상 수녀들의 '봉사심'에 기댈 필요가 없어졌고, 기존의 대성성당에 기생하는 듯한 형태도 가톨릭 주교구의 정식 인가 후 제대로 된 협력 체계로 바뀌었다.

예전, 컨테이너 박스를 이어 붙여 만들었던 식당도, 이전엔 없었던 강당도 새로 준설되었으며 낡은 고아원 건물도 다시 손을 보았다.

이 모든 건 새마음아동복지재단에 SJ컴퍼니의 막대한 재정적 지원이 쏟아진 것도 있었지만, 조지훈의 비호하에 정화물산의 진정한 실세로 거듭난 구봉팔이 이사장으로 앉아 투명한 경영을 이어 간 덕분이기도 했다.

'그렇다고 내가 구봉팔이란 인물을 마음에 들어 하는 건 아니지만.'

정진건은 요한의 집으로 차를 몰아 들어가며 입안의 막대 사탕을 굴렸다.

조광이라는 기업 자체가 근본부터 깡패나 다름없는 곳이었다.

정진건은 그런 조광의 관계자가 이런 살기 좋은 보육 시설을 경영하고 있다는 것부터가 아이러니한 일이라 생각했다.

'그런 조광도 내부는 제법 복잡해졌지.'

그 공고하던 내부 구조에 변화의 조짐이 일어나고 있는 건, 공교롭게도 이성진이 요한의 집을 방문한 이후였다.

우연의 일치일까.

'글쎄.'

우연도 거듭되면 필연이라고, 정진건은 왠지 이 모든 변화가 이성진과 무관하지 않으리라 생각했다.

'……그야 나쁜 녀석은 아닌 거 같긴 한데.'

그래도 정진건이 생각하는 이성진은 그 속을 알 길이 없는 녀석이긴 했다.

이성진은 그 부친인 이태석으로부터 사업부 하나를 인수받긴 했으나, 이성진이 받은 멀티미디어 사업부란 별다른 실적도 거두지 못하던 곳이었다.

그러니 이성진은 사실상 맨땅이나 다름없는 곳에서 SJ컴퍼니를 일으켰을 뿐만 아니라 삼광 그룹에겐 전인미답의 땅이던 여러 사업을 성공시키며 듣도 보도 못한 히트 상품을 여럿 만들기까지 했다.

당장 정진건이 가지고 다니는 전 세계적 히트 상품 클램조차도 SJ컴퍼니 측이 입안한 상품이라고 하니, 이성진을 향해선 '장래가 촉망된다'는 표현이 아닌 이미 현재 시제로 진행 중인 걸물이란 평가도 가능할 정도였다.

'그러다 보니 호사가 중에선 SJ컴퍼니의 실질적 오너로 배후의 이휘철 설을 강력하게 밀고 있었지.'

경제 범죄는 전문이 아니어서 정진건도 잘은 모르지만, 그쪽에 몸담고 있는 동기 몇몇은 '한번쯤 조사해 봐야 하는 거 아니냐'는 말을 다소 공공연하게 떠들고 다녔다.

'문제는 그럴 구실이 없단 거겠지만.'

비록 경영 절차상 약간의 편법이 쓰이긴 했으나 그 자체가 기소감은 아니었고, 더군다나 SJ컴퍼니가 있는 성남시에서도 대표이사로 있는 서명화에게 모범 납세자 상을 주며 생색내고 싶어 안달일 정도이니 경영 자체는 놀라우리만치 깨끗했다.

'너무 잘나서 무언가 흠결이라도 찾고 싶어 하는 것도 인간의 본성일까.'

한편 뒷좌석의 강선은 '사설보육원 요한의 집'이라 적힌 간판을 보고도 표정에 미동이 없었다.

정진건은 주차장에 차를 세웠다.

"자, 내리자."

"아, 옙!"

저 멀리 아이들은 새것 같은 옷을 입고, 그 옷이 더럽혀져도 상관 않은 채 새 축구공을 차는 중이었으며, 이따금 까르륵, 맑은 웃음소리가 5월 초 봄 하늘 높이 울려 퍼졌다.

엉거주춤 차에서 내린 강하윤은 강선이 듣지 않게끔 목소리를 낮춰 정진건에게 속닥였다.

"선배님, 여긴 제가 생각하던 것보다 좋아 보입니다."

정진건도 서류로만 살폈을 뿐 요한의 집 방문은 처음이었지만, 고아원은 듣던 것 이상이었다.

"그렇지?"

"요즘 고아원은 듣던 이상으로 좋군요."

"여기가 특별한 거야."

"그렇습니까?"

"음."

그쯤, 차가 들어설 때부터 서로가 그 존재를 의식하던 저 멀리, 텃밭을 일구던 나이 든 수녀가 목장갑을 벗으며 정진건의 차가 주차된 곳으로 다가왔다.

"어서 오세요. 요한의 집입니다."

수녀의 말씨는 자연스러웠다.

누가 봐도 아이를 맡기러 온 부부처럼은 보이지 않을 테지만, 정진건은 용건부터 묻지 않는 그 자연스러움에 어딘가 속세와 떨어진 종교인 특유의 초연함 그 너머를 느꼈다.

정진건은 앞으로 나서며 두 손으로 명함을 내밀었다.

"처음 뵙겠습니다. ××경찰서 강력반 소속 정진건 형사입니다."

강력반 형사라는 정진건의 소개에 보통은 움찔하거나 놀랄 법도 하건만, 그녀는 이렇다 할 미동도 없이 연륜이 느껴지는 미소로 공손히 명함을 받았다.

"네, 반갑습니다. 요한의 집 원장으로 있는 소피아라고 합니다. 오실 거라고 이성진 군에게 미리 전화를 받았습니다만, 일찍 찾아오실 줄은 몰라서 준비가 미흡했던 점, 양해 부탁드립니다."

"아뇨, 아닙니다."

그래서 소개를 듣고도 눈 하나 깜짝하지 않은 걸까?

아무튼 이성진은 일 처리 하난 철저한 녀석이었다.

그러면서 소피아 수녀는 자연스럽게 고개를 돌려 강하윤의 손을 꼭 붙잡고 있는 강선을 보았다가 강하윤의 묵례를 받곤 미소 띤 얼굴로 고개를 끄덕였다.

왠지 모르게, 소피아의 그 첫인상에서 정진건은 그녀가 할 말과 하지 않아도 될 말을 구분해 입에 담는 사람일 거란 생각이 들었다.

소피아가 다시 정진건을 보았다.

"안쪽으로 안내하겠습니다."

정진건 일행을 원장실로 안내한 소피아는 양해를 구한 뒤 인터폰으로 누군가를 호출하곤 조용히 포트에 물을 끓였다.

원장실은 포트 물 끓는 소리와 주섬주섬 서류를 챙기는 소피아의 부스럭거리는 소리, 저 멀리 창밖의 아이들의 웃음소리 외에 들리지 않았다.

정진건은 이 세속과 동떨어진 듯한 외따로운 원장실이 어딘지 어색해 괜스레 소파에 앉은 자세를 고쳐 앉았다.

여기선 왠지 모르게 가톨릭 신자가 아닌 정진건조차 고해성사를 해야 할 것 같았고, 원장이 묻지 않아도 무언가 내밀한 비밀 한두 가지를 자연스레 털어놓아야만 할 것 같은 느낌이었다.

소피아는 맑은 향이 나는 허브티와 강선에게 줄 시원한 주스, 옆구리에 낀 두툼한 파일을 탁자에 소리 없이 내려놓았다.

"드세요."

여전히 말이 없는 강선을 제외한 두 사람은 소피아가 타온 허브티를 예의상 한 모금씩 마셨다.

"정진건 형사님이라고 하셨죠?"

정진건은 맞은편의 소피아를 공연히 의식하며 다시 한번 자세를 고쳤다.

"예, 그렇습니다."

"그리고 동행하신 분은 강하윤 형사님."

강하윤이 자세를 꼿꼿이 했다.

"예, 옙."

"그리고⋯⋯."

소피아가 고개를 돌려 강선을 보았다.

"이름이 뭐니?"

다소 사무적인 어조인 그 말씨는 불필요하게 친절하지도 않았고, 그렇다고 해서 거리를 두는 어조도 아니었다.

자리가 어느 정도 공적인 자리임을 암시하는 목소리는 강선으로 하여금 마냥 응석을 부려도 될 자리가 아님을 알렸는지, 소년은 묻는 말에 순순히 대답했다.

"⋯⋯강선, 입니다."

소피아는 그윽한 미소를 띠며 고개를 끄덕였다.

"그렇구나. 선생님은 이곳 요한의 집 원장 선생님인 소피아라고 한단다. 보다시피 성당 수녀님이기도 하고."

"⋯⋯."

그 뒤로는 강선도 대화를 주고받을 의지를 보이지 않았고, 소피아는 강선의 태도를 아랑곳하지 않겠다는 양 돋보기안경을 쓰고 서류를 펼쳤다.

"혹시 성씨가 어떻게 되는지 알 수 있을까?"

"⋯⋯,"

"그래, 그러면 일단은 강선이라고 해 두자꾸나."

그녀는 원생들의 명부란 아래, 이름란에 여백을 두고서 '강선' 두 글자를 볼펜으로 꾹꾹 눌러 써 내려갔다.

"밥은 먹었고?"

"……네."

"그래. 혹시라도 배가 고프면 말하렴. 저녁은 6시에 먹지만, 필요하다면 간식도 만들어 줄 테니."

애들을 많이 보고 다뤄 본 경험에서 우러난 것일까, 이 자리에 앉아 보았을 수많은 입원 예정자들을 대하며 겪어 온 소피아의 태도는 담백하면서도 과잉이 없었다.

소피아는 돋보기안경을 벗어 안경집에 넣은 뒤 강선을 보았다.

"그럼 강선 군."

"……."

"강선 군은 당분간 여기서 지내게 될 거란다. 그러니 혹시 못 먹는 음식이 있다면 미리 말해 주렴."

"……."

"어른들이 이건 먹으면 안 된다고 말한 건 없니?"

그건 강선의 눈높이에 맞춰 알레르기 여부를 확인한 것이었겠지만.

"……콜라요."

"그랬구나. 기억해 둘게."

소피아는 그렇게 티 내지 않고 자연스럽게 강선의 고아원 생활에 필요한 신상을 하나둘 알아냈다.

원래라면 위탁인이 알려야 할 사안을 소피아는 사정을 살

퍼 강선에게 직접 물었던 것인데, 그걸 잠자코 보면서 정진 건은 속으로 적잖이 감탄했다.

소피아가 강선이 별다른 잔병치레 없이 건강하다는 것까 지 알아냈을 즈음, 똑똑, 원장실 문을 두드리는 소리가 들렸 다.

"원장님, 손님이 찾아오셨습니다."

"네, 들어오세요."

달각 문이 열리고 수녀가 아닌 소속 보육 교사가 꾸벅 묵 례했다.

그리고 열린 문틈 사이로 자연스럽게 이성진이 원장실 안 으로 발을 들였다.

"안녕하세요, 원장님."

"어서 오세요. 안나도 왔구나."

소피아의 말에 이성진을 따라 원장실로 들어온 전예은이 미소 띤 얼굴로 고개를 숙였다.

소피아가 정진건을 보았다.

"정진건 형사님. 괜찮으시다면 잠시 선생님께 강선 군이 지낼 보육원 안내를 맡겨도 좋을까요?"

"물론입니다."

소피아는 고개를 끄덕이곤 자리에서 일어나 강선의 어깨 를 톡톡 두드렸다.

"강선 군, 여기 계신 장혜미 선생님이랑 잠시 요한의 집을 둘러보고 오자꾸나."

강선은 아무 말 없이 소피아의 뒤를 따랐고, 소피아와 강선이 잠시 원장실을 나갔다.

그사이 이성진이 빙긋 웃는 얼굴로 정진건을 보았다.

"인사가 늦었습니다. 일찍 오셨네요, 정진건 형사님."

그 얼굴을 보며 정진건이 픽 웃었다.

"굳이 너까지 찾아올 필요는 없을 텐데. 눈코 뜰 새 없이 바쁜 거 아니었어?"

"하하, 요즘은 그렇지만도 않아요. 게다가……."

이성진은 쓴웃음으로 그 말을 받으며 문간을 힐끗 쳐다보았다.

"형사님을 이 자리에 소개한 사람이니 저도 찾아뵙는 것이 예의인 것 같아서요."

반박할 내용이 떠오르지 않는 정론이긴 했다.

'뭐, 협조를 부탁한 이상 저 녀석이 어떻게든 개입해 올 거란 건 짐작했지만.'

한편 이성진의 등장 즈음부터 줄곧 어리둥절한 얼굴이던 강하윤은 마치 그가 이 자리의 관계자라는 양 언급된 이성진의 존재에 그 혼란이 더욱 가중된 얼굴로 이성진을 물끄러미 쳐다보았다.

'선배님이랑 아는 사이? 누구? 이 자리를 소개?'

그 시선을 눈치챈 정진건이 어깨를 으쓱였다.

"소개가 늦었군. 인사해. 이쪽은 강하윤 형사. 강 형사, 이쪽은 이성진."

"처음 뵙겠습니다. 강하윤 형사님. 이성진이라고 합니다."

이성진의 정중한 인사에 강하윤은 당황하며 그 인사를 받았다.

"어, 어어? 음, 안녕?"

"네, 안녕하세요."

이성진은 뒤이어 자연스럽게 그와 동행한 전예은을 소개했다.

"정진건 형사님, 강하윤 형사님, 여기는 제 비서인 전예은 씨입니다."

전예은이 정중히 허리를 굽혔다.

"처음 뵙겠습니다. 사장 비서인 전예은입니다."

마침 원장과 면식이 있어 보이던 초면의 소녀가 궁금하던 정진건은 그 소개에 눈썹을 씰룩였다.

"……비서라고?"

이성진이 고개를 끄덕였다.

"네. 무척 유능한 비서죠."

"……거참. 아, 미안. 그쪽…… 예은 양? 예은 양을 얕잡아 보는 건 아니고……. 아, 혹시."

정진건이 아차 하며 고개를 들었다.

"얼마 전 내 딸이 회사를 방문했을 때 안내를 해 주었다던……?"

저번 달이었나, 저저번 달이었나, 정진건은 자신의 딸이 이성진의 회사를 찾아갔단 걸 신이 나서 미주알고주알 떠들어 대던 걸 떠올렸다.

그 내용엔 '마치 우리 또래 정도로만 보이는' 비서가 포함되어 있었다는 것이 기억났다.

전예은이 미소를 지었다.

"네. 따님이신 정서연 양과는 면식이 있어요."

"아, 아아. 역시. 그랬군. 아차, 말을 높여야 할까요?"

게다가 '또래처럼 보일 뿐, 연상'이라는 말도 기억해 냈지만.

"괜찮습니다. 형사님께서 편하신 대로 말씀하세요. 이래 보여도 저, 아직 열일곱 살에 불과하거든요."

"하하, 그럴……까."

'이래 보여도' '아직'이라니?

많이 쳐 봐야 중학생 정도로만 보이는 전예은을 수사하는 덧붙임치곤 기묘한 말이었다.

또다시 한편.

'……비서?'

잠자코 있던 강하윤의 눈이 핑핑 돌았다.

말만 들으면 웬 어린애 소꿉장난 소개 같았고, 그래서 몰래카메라 같은 건 아닐까 의심마저 드는 상황이었다.

'어, 그러니까, 정리하자면 저 애가 비서를 데리고 다니는 신분이고, 둘 다 선배님의 따님이랑 면식이 있고, 어, 회사에서? 엥?'

그제야 강하윤의 머릿속으로 선입견의 안개가 걷힌 퍼즐이 맞춰졌다.

'아⋯⋯!'

요한의 집에 강선을 소개한 (비서까지 대동하고 다닐 만큼)높으신 분인 데다가 (정진건이)말을 높일 상대는 아니라고 하는 대상.

그게 바로 눈앞의 소년, 이성진이었다.

물론 상식으론 말이 안 되지만, 정황 근거가 그렇다는데.

하다못해 여기 오기 전 정진건이 귀띔이라도 주었다면 당혹감이 덜했겠지만, 강하윤은 이내 강선까지 대동했던 마당에 피차 그럴 겨를이 없었다는 것을 인정해야 했다.

"일단 자리에 앉아서 기다리지."

"그럴까요? 예은 씨."

정진건의 권유에 두 사람은 얌전히 맞은편에 앉았고, 이성진의 눈짓을 받은 전예은이 입을 뗐다.

"사실, 여기 오기 전부터 정진건 형사님의 말씀은 많이 들었어요."

흔한 인사치레일까, 생각하며 정진건이 말을 받았다.

"이 녀석이 뭐라 말을 했던 모양이군."

"음, 저희 사장님의 말씀뿐만이 아니라 인영 오빠에게도 형사님 이야기를 들었거든요."

인영 오빠?

정진건은 머릿속에서 한 사람을 떠올렸다.

"혹시 조인영?"

"네. 실은 저도 이곳 요한의 집 출신이거든요."

"……아하."

그 말에 정진건의 머릿속에 끼어 있던 소소한 의문이 하나 불식되었다.

'그래서 원장 수녀님이 저 애를 대함에 거리감이 없었던 거였군.'

거기에 더해 안나라고 하는 세례명까지.

조인영을 이성진에게 소개한 것이 정진건이었고,

'……음, 저 녀석네 회사는 요한의 집 출신에 대한 특채라도 있나.'

정진건이 시답잖은 생각을 떠올리던 찰나.

이윽고 소피아가 자리로 돌아와 잔잔한 미소가 어린 얼굴로 입을 뗐다.

"실례했습니다."

뒤이어 소피아는 이 자리에 모인 인물의 면면을 살핀 뒤 말을 이었다.

"보아하니 이미 인사를 마치신 것 같군요. 원래라면 모두와 면식이 있는 제가 소개를 드려야 마땅했지만, 그럴 겨를

이 없었습니다. 양해 부탁드립니다."

그 말에서 정진건은 그녀가 일부러 필요 이상으로 길게 자리를 비운 것이란 걸 눈치챘지만, 가타부타 따지고 들지는 않았다.

"안나는 얼마 전 이곳 요한의 집을 퇴원한 아이랍니다. 지금은 베드로(조인영)와 함께 이성진 사장님 아래서 일을 도와드리고 있죠."

"아…… 그렇습니까."

전예은에 대해선 (이제 갓)알고 있던 내용이었지만, 정진건은 마냥 맞장구를 쳤다.

'굳이 숨길 것도 아니란 거겠지.'

그렇다는 건 소피아도 정진건의 소개를 받기 전, 그가 이미 조인영을 통해 이 장소와 희미한 연결 고리가 있다는 걸 알고 있었을 테지만 그녀는 일부러라도 언급하진 않았다.

'생색을 내기 싫어서일까, 아니면 경계를 사고 있는 걸까.'

소피아가 입을 열었다.

"그러면 형사님."

"예."

"요한의 집에서 강선이를 보호하는 것에 이견은 없습니다만, 저희가 알아 두어야 할 것이 있다면 알려 주시지 않겠어요?"

민간인에게 모든 걸 알려 줄 수는 없겠지만, 정진건도 어느 정도는 털어놓을 각오를 마친 바였다.

정진건은 소피아를 보며 입을 뗐다.

"우선, 저희도 아는 바는 많지 않습니다. 일단 공유드릴
수 있는 정보는 현재 강선의 모친이 실종 상태라는 겁니다."

정진건은 강선이 발견된 모텔과 그 경위를 담담히 털어놓
았다.

하지만 그러면서도 한강 변사체와 관련한 의혹이며 연결
고리는 제외했다.

한강 변사체 건은 언론 통제까지 걸고 있는 마당이니, 아
무리 이성진은 이래저래 도움을 준 적이 많았고, 그 협조 덕
에 일이 수월하게 풀린 적잖이 있었다 하더라도 그런 걸 발
설할 수는 없는 법이니까.

"……해서, 저희가 그 애의 이름이 강선이라는 걸 알게 된
것도 불과 몇 시간 전입니다."

그러면서 정진건은 힐끗, 이성진을 살폈다.

엄밀히 말해 이번 사건은 단순 유기 사건으로 치부해도 될
일.

흔한 케이스는 아나, 이런 경우는 국가가 지정한 보호시
설에 강선을 임시 보호조치 하는 것이 적합한 절차이고, 보
통은 아이를 버리고 달아난 실종자 때문에 강력반 형사가 절
차를 무시하고 민간에 고개를 숙이는 일은 없다.

그러니 정진건이 파악한 이성진이라면 방금 그가 말한 내

용에서 어떤 위화감을 눈치챘을 법도 하건만, 그는 잠자코 정진건의 이야기를 듣기만 할 뿐 끼어들지 않았다.

다만.

"그러면 이름 외에는 아는 게 없네요. 정확한 나이도, 사는 곳도."

그 정도의 감상만을 입에 담았을 뿐이었다.

"그런 셈이지."

"혹시 가명은 아닐까요?"

"그렇게는 생각하지 않아. 그 이름을 입에 담을 때마다 의식하는 모습을 보였거든."

게다가 여간한 예닐곱 살 정도의 어린아이가 그런 거짓말을 형사 앞에서 할 정도의 담력은 없다.

거짓말을 하는 것과 사실을 밝히지 않는 것엔 큰 차이가 있으니까.

이성진이 고개를 끄덕여 맞장구를 쳤다.

"그랬군요."

그리고 정진건은 이성진이 거기서 무어라 더 캐물을 것이라 생각했는데.

"그럼 원장님, 사정이 이렇게 되었으니 모쪼록 편의를 부탁드리겠습니다. 혹시 필요한 것이 있다면 기탄없이 말씀해 주세요."

이성진은 더 캐묻는 법 없이 소피아에게 예의 바른 부탁을 할 뿐이었다.

"괜찮습니다. 사장님의 마음은 이미 넘치도록 받았습니다."

소피아도 미소로 이성진의 말을 받을 뿐.

'……어라?'

이걸로 끝?

"그럼 모처럼 요한의 집에 찾아왔으니 주위를 둘러봐도 될까요?"

"네. 아이들도 안나가 온 걸 반길 거예요."

정진건은 자리에서 일어서는 이성진을 보며 어리둥절해했지만, 이를 내색하진 않았다.

'……그냥 단순히 선량한 조력자 위치에서 그칠 생각일까?'

하긴 뭐, 이성진은 다소간의 오지랖은 있긴 해도 자신과 아주 무관한 일엔 냉정히 선을 긋는 녀석이었으니까.

그러나 왠지.

'……내가 불러 놓고도 이런 말 하는 건 좀 그렇긴 하지만.'

이성진이 구태여 여기까지 행차한 건, 무언가 이유가 있지 않을까.

정진건은 '형사의 감'이란 이름하에 근거 없는 추측을 막연하게 떠올릴 뿐이었다.

우리는 원장실을 나와 강선이 머물 요한의 집을 잠시 둘러
보기로 했다.

'구봉팔이 예산 관리를 제법 잘하는 모양인데.'

정화물산의 진정한 실세로 거듭난 구봉팔도 이젠 더 이상
새마음아동복지재단의 돈을 횡령해 상납할 필요가 없어졌으
니, 굴러 들어오는 막대한 예산을 적재적소에 쓰고 있었다.

여기에 더해 다소간 음지화해 있던 요한의 집에 별도의 홈
페이지도 제작, 맺음이로 자원봉사자를 적극적으로 유치하
고 있어서, 요한의 집은 시대 상황을 감안하지 않더라도—
아무리 그래도 지상낙원까진 어폐가 있지만—이럭저럭 살
기 좋은 보육원으로 손꼽힐 것이었다.

"현재 요한의 집 인원은 사장님이 방문하셨을 때보다 더
늘어나긴 했지만, 덕분에 확장도 추진 중이어서 강선이 지내
기엔 문제가 없을 겁니다."

원장의 설명을 들으며 걷다 보니 여기저기서 전예은의 품
에 와락 안겨 오는 아이들이 보였다.

"언니!"

아무리 존재감이 옅은 그녀라 할지라도 동고동락해 온 아
이들마저 그녀를 그렇게 여겨 왔단 의미는 아니었다.

"있잖아, 언니, 이 옷 예쁘지?"

"누나, 나 방금 한 골 넣었어!"

"이제 여기에는 안 오는 거야?"

전예은은 아이들 한 사람 한 사람 눈을 맞춰 주며 끌어안아 주거나 머리를 쓰다듬어 주었고, 그녀는 저 멀리 보육교사 곁에 우두커니 서 있는 강선을 힐끗 쳐다보곤 아이들에게 입을 뗐다.

"오늘부터 새로운 친구랑 함께 지내게 될 텐데, 너희들이 누나고 형이니까 잘해 줘야 해. 알았지?"

"네!"

"걱정 마. 나도 인영 오빠처럼 이따금 여기 들를게."

그걸 흐뭇하게 지켜보고 있으려니, 조그만 여자애 하나가 내 옷깃을 꾹꾹 당겼다.

"응? 왜?"

"오빠가 예은 언니네 보스예요?"

"……네가 말한 보스가 고용주란 의미라면 그렇지."

"혹시 지위를 남용하거나 그러는 건 아니시죠?"

"……."

사람을 뭐로 보고.

특히나 요즘엔 이태석에게 경영권을 강탈당하다시피 해서 이름 그대로의 바지사장으로 지내고 있던 터라, 권한은 최소한으로 축소된 참이었다.

아니.

패킷몬 게임 방식으로 비유하자면 바지사장을 넘어 허수아비로 진화 중인 단계에 필사적으로 진화 취소 버튼을 누르고 있는 중이라고 해야 할까.

여자애가 당돌하게 말을 이었다.

"저는요, 언니가 안 바빠서 여기 자주 오면 좋겠거든요."

"……왜, 그러면 예은 언니를 아예 백수로 만들어 주랴?"

"백수가 뭐예요?"

"여건만 받쳐 주면 좋은 거야."

"그럼 저도 장래희망에 백수라고 쓸래요."

그랬다간 선생님한테 혼날걸.

안 듣는 척하면서 다 듣고 있었는지, 그즈음 아이들과 어울리고 있던 전예은이 고개를 홱 돌려 나를 보았다.

"사장님, 애한테 이상한 거 가르치지 마세요."

"애들도 현실을 알아야 하지 않겠어요?"

"그래도 아직은 꿈을 꿀 나이라고 생각해요."

요즘 들어 생각하는 건데, 전예은이 나를 대하는 태도도 조금씩 변하고 있었다.

그녀도 예전엔 나를 다소 어려워하면서 불편해했으나, 지금은 제법 누나 행세를 하려고 든다고 할까.

"게다가 사장님의 농담은 이따금 듣는 사람의 눈높이를 고려하지 않아서, 마치 진담처럼 들려요."

"진담입니다만?"

"그런 것까지 포함해서요. 되도록 그런 건 안 하시면 좋겠어요."

이렇게, 혼도 내고.

나는 고개를 저었다.

'내가 호랑이 새끼를 거뒀지.'

지금은 그나마 처음 그녀에게 조건으로 내건 'SBY의 가요무대 1위 달성'이라는 억제기가 가로막고 있었지만, 아마 그것이 해금되는 것도 시간문제일 것이다.

전예은도 내게 공공연히 '7월 전에는 1위 달성을 해 보이겠다'고 말했고, 그러면서 '늦어도 올해엔 가능'하단 말을 덧붙였으니.

'3분기에 2집 앨범으로 1위 달성을 노릴 생각일까.'

그건 특히 1996년 여름이 국내 가요무대에 '스피드'며 '쿵따리 샤바라' 등등 공전절후한 히트곡이 대거 쏟아지던 시기와 맞물리는 때이기도 해서, 나는 전예은이 그녀가 가진바 능력을 프로듀싱과 컴백 시기 조율에 적극 활용하고 있다는 것도 알 수 있었다.

'그러니 전예은은 현재 나이를 감안하지 않더라도 엄청나게 유능한 셈이지.'

지금은 여건상 그 능력을 제대로 써먹지 못하고 있지만, 나나 전예은이 의사결정 권한을 제대로 행사할 때가 온다면.

'그때부터 시작이야.'

뭐, 그나마 이태석도 마동철을 전무로 앉혀 둔 SJ엔터테인먼트며 내 개인적인 인맥이 얽힌 SJ소프트웨어 쪽은 어느 정도 내게 일임하긴 했으나, 나도 예전처럼 대놓고 사업을 확장하는 건 억제되고 있었다.

이런 대폭적인 사내 조직 개편에 이사로 앉아 있던 김민혁도 그 입장이 애매해져서, 그는 슬슬 한국대 복학이냐 아니면 이 기회에 군대를 다녀오느냐를 두고 고민하는 중이었다.

더욱이 SJ컴퍼니의 중핵을 이루던 멀티미디어 사업부 멤버들을 삼광전자에 빼앗긴 건 다소 속이 쓰린 이야기였다.

이태석에겐 SJ컴퍼니로 내보낸 별동대가 훌륭하게 성장해 그 품으로 다시 되돌아왔으니 손해 볼 것이 없다곤 해도.

'남경민도 덩치를 키운 무선사업부로 복직시켰고 말이야.'

남경민을 비롯한 멀티미디어 사업부 멤버는 이태석의 인사 조치에 기쁨 반 서운함 반반이 뒤섞인 표정을 보였다.

「그래도 엄밀히 따지면 모두가 삼광 그룹 소속이니 앞으로도 잘 부탁드리겠습니다.」

남경민도 굳이 그런 말을 내게 개인적으로 전해 왔으니, 그들로선 그들을 사실상 토사구팽했던 삼광전자에 큰 애사심은 없어 보였다.

그렇다곤 하나, 전체적으로나 장기적으론 이태석의 판단

이 주효했다.

SJ컴퍼니가 단독으로 할 수 있는 일에는 모름지기 한계가 뚜렷했고, 지금도 윈도우 OS 유통이며 MP3 플레이어, 핸드폰 사업 등 굵직굵직한 사안은 모두 삼광전자와 협력하에 이루어지고 있었으므로.

게다가.

'이태석도 IMF 외환 위기를 대비하는 듯해.'

구체적으론 무엇이 닥칠진 모르나, 무언가 사태가 심상치 않다는 걸 이태석도 느낀 것이다.

'그나마 이태석이 사안을 대국적으로 보고 있다는 것이 다행이지.'

얼마 전까지만 해도 이태석은 이휘철에게 이 호경기가 언제고 계속되리란 낙관론을 주창해 오고 있었으나, 그도 삼광전자의 사장직만이 아닌 그룹 전체를 총괄하는 높은 자리에 올라서고 보니 시장에 나도는 자금의 유동성이 심상치 않다는 걸 은연중 깨달은 모양이었다.

비록 삼광전자는 연이은 히트 상품 등으로 호가를 달리고 있었으나, 그건 어디까지나 삼광전자만의 이야기일 뿐이었다.

이미 1994년부터 대한민국의 전체 경상수지는 적자로 들어서는 중이었고, 정부는 OECD 가입국이라는 감투를 쥐기 위해 1인당 1만 달러 GDP를 고수하려 저환율 정책을 지향했다.

그건 이번 정부의 레임덕을 막기 위한 수작이었고, 심지어는 언론까지 나서 이를 대대적으로 홍보하려 국가 전체가 모종의 캠페인을 펼치는 중이었다.

'여야 정당 싸움이나 할 때가 아닌데 말이야.'

대한민국의 경제는 그 청신호가 적신호로 바뀌는 주황불 아래 있었다.

구(舊) 멀티미디어 사업부를 인수하고 무선사업부의 덩치를 키운 이태석은 사업을 확장하는 대신 내실을 다지는 데 힘쓰기 시작했다.

여기저기 흩어진 주식을 긁어모았고, 해외로 빠지는 투자와 자금줄을 그러모았다.

그렇게 모은 돈을 이태석은 이 국가 주도의 저환율 정책에도 불구하고 역행, 북미 지역에 법인을 설립하거나 공장을 세우는 등, 회사의 자산을 각종 달러며 달러로 변용 가능한 채권으로 바꾸기 시작했다.

물론 내부 반대는 있었으나, 클램의 대박으로 명분은 충분했다.

'주력 수출 시장인 북미 지역으로의 투자는 현시점에서 물들어올 때 노 젓는 격이니 말이지.'

이 모든 상황이 전생과 달라진 건, 원래라면 이 시기 사내 정치 파벌 다툼으로 겨를이 없던 이태석에게 힘이 주어졌기 때문이었다.

이태석이 주도한 여러 상품은 이휘철이 물려난 삼광전자의 재무제표 건전성을 끌어올렸고, 이태석으로 하여금 이휘철의 뒤를 이어 2대 회장에 앉을 만한 자격이 충분하단 걸 증명해 냈다.

'동시에 이휘철이 생존해 있다는 것도 영향이 있을까.'

원래라면 이태석이 삼광전자며 삼광 그룹의 실권을 거머쥐는 것이 IMF로 인한 대규모 구조조정과 피바람, 그 칼자루를 휘두른 것에서 비롯하였으나, 지금은 상황이 달랐다.

비록 일선에서 물러났다곤 하나 이휘철은 건재했고, 심지어는 그가 SJ컴퍼니의 실질적 오너일지 모른다는 달가운 찌라시마저 증권가를 나돌고 있었다.

이 와중 삼광전자가 SJ컴퍼니의 경영권에 개입, 무선사업부를 확장한다는 경영 보고가 있고 부턴 그 가치 평가가 부풀려져 삼광전자의 주가는 이 상승 추세에 박차를 가했다.

'……이 모든 게 폭풍 전야의 고요라는 것만 제외하면 잘 굴러가는 것처럼 보이지.'

그건 어쩌면, 이곳.

요한의 집에 맡겨진 저 강선이라는 소년의 입장처럼.

나는 정진건의 부탁을 들을 때부터 '혹시나' 하는 생각으로 요한의 집에 굳이 전예은을 대동하고 찾아왔지만.

'……그럴 필요까진 없었겠……아니, 그렇지만도 않겠군.'

이것도 인연이라면 인연일까.

사실, 나는 저 '강선'이라는 꼬맹이가 누군지 알고 있었다.

지금은 비록 앳된 티가 역력했지만, 그 토대를 이루고 있는 이목구비의 행태는 내가 기억하는 녀석과 동일했으므로.

나는 고개를 저었다.

'일단 문제는 저 녀석이 이곳 요한의 집까지 오게 된 경위 겠지.'

그것도 전예은의 초능력이 있으니 내가 알게 되는 건 시간 문제에 불과했지만.

'저 꼬맹이를 어떻게 엮으면 좋을까.'

나는 잠시, 이 상황을 내게 유리한 방향으로 바꿀 여지가 없을지 고민했다.

'암만 나라도 정진건 같은 베테랑 형사는 좀처럼 다루기가 힘든데.'

정진건 형사는 공과 사의 구분이 명확해서, 비록 이번 '모종의 사건'에 내 협조를 구하긴 했어도 지켜야 할 선은 명확히 구분하고 있었다.

그즈음, 정진건의 품속에서 핸드폰 진동음이 울렸다.

"잠시 실례하겠습니다."

그는 원장에게 양해를 구한 뒤 자리를 옮겨 전화를 받았고, 그 자리에 엉거주춤 서 있던 강하윤과 내 눈이 마주쳤다.

"어, 으음. 성진이라고 했니?"

그녀는 내게 무어라 말을 건네야 할 것 같은 압박감이라도 느낀 양 어색하게 입을 뗐다.

그러나 나라고 해서 그녀와 괜히 척 질 필요는 없고.

사업가로선 국가 공무원과는 두루두루 친해지는 것이 좋은 법이다.

"네, 형사님. 이성진이라고 해요."

나는 그녀 앞에 무기로 쓰이는 미소로 답했고, 강하윤은 마주 웃었다.

"그래. 어쩌다 보니 성진이랑 제대로 이야기를 주고받을 경황이 없었네."

"네, 누나. 아, 누나라고 불러도 될까요?"

내 말에 강하윤은 볼을 붉적였다.

"으, 응? 그래. 나도 그렇게 불러 주는 게 편할 거 같네."

"네, 누나."

결정타로 미소를 한 번 더 날려 주니, 강하윤이 내게 품고 있을 모종의 경계심도 해체되었다.

이 얼굴과 나이도 쓰기 나름이라니까.

"그런데 성진이는 선배님이랑은 무슨 사이니?"

"음, 정진건 형사님의 따님이랑 학급 친구예요."

"아, 천화초등학교 다닌다던?"

상사의 자녀가 다니는 초등학교까지 꿰고 있다니, 그건 좀 어떨까 싶긴 하다만.

'흠, 아니지. 잠시만.'

경험 많고 노련한 정진건을 좌지우지하긴 힘들겠지만, 이 초짜 형사를 이용한다면.

'내가 의도하는 방향으로 밑그림을 그려 나갈 수도 있겠는 걸.'

나는 강하윤의 말에 고개를 끄덕였다.

"네. 아, 맞다."

나는 일부러 아차 하는 얼굴을 보이며 주머니를 뒤적였다.

"그러고 보니까 누나에게 제대로 된 소개도 못 했네요."

나는 '저는 이런 사람입니다' 하는 걸 알려 주는 명함을 한 장 꺼내 강하윤에게 내밀었다.

SJ컴퍼니 사장 이성진

강하윤은 내 명함을 받아 든 채 눈을 껌뻑거렸고.

나는 그녀에게 빙긋 미소를 지어 보였다.

"혹시 핸드폰 갖고 계세요?"

3장

　정진건과 강하윤, 두 형사를 배웅한 뒤, 나는 멀어져 가는 자동차를 향해 미소 띤 얼굴로 손을 흔들다가 곁에 선 전예은을 힐끗 쳐다보았다.

"봤죠?"

내 말에 전예은은 고개를 끄덕였다.

"네."

착 하면 척이었다.

　지금은 귀찮게 따라붙는 원생들도, 듣는 사람도 없는 한적한 공터에서 전예은은 차분하게 가라앉은 어조로 덧붙였다.

"방금 전 정진건 형사님의 통화는 국과수 측의 보고였어요. 여기 오기 전, 강하윤 형사님이 물고기 배 속에서 반지를 발견하셨나 봐요."

"흐음. 절대반지도 아니고, 참."

"네? 절대반지요?"

"그런 게 있습니다."

이 시기엔 아직 아는 사람만 아는 비유였다. 전예은이 책을 즐겨 읽긴 해도 아직 판타지 장르 자체가 마이너한 대한민국에서 《반지의 제왕》을 아는 건 무리가 있겠지.

그렇게 생각하고 있으려니.

"아, 혹시 J.R 톨킨이 쓴……. 이해했습니다. 정말 그 정도로 공교로운 일이네요."

"……."

알고 있네.

모르는 게 뭘까.

"요한의 집에 기증받은 도서가 있거든요."

"드디어 제 생각도 읽게 된 겁니까?"

"예? 아뇨, 왠지 사장님이 그걸 궁금해하실 거 같아서요."

뭐, 전예은이 나를 꿰뚫어 보기 시작하면 그것도 문제이긴 해.

나는 턱을 긁적였다.

"그나저나 물고기 배 속의 반지? 그건 정진건 형사가 제게 감추고 있는 수사 내용과 관계가 있는 내용입니까?"

"음……. 잠시만요. 어디서부터 설명을 드려야 할지."

전예은은 잠시 생각을 정리한 뒤 입을 뗐다.

"지금으로부터 사흘 전 한강에서 변사체 한 구가 발견되었어요. 사체는 심하게 훼손되어 신원을 알 수 없었고, 정진건 형사님은 현장 검증 도중 방금 말씀드린 반지를 발견했습니다……."

전예은의 설명이 이어졌다.

그 뒤 얼마 지나지 않아 정진건은 모 파출소 소장인 박태수 경위를 통해 모텔에 방치되어 있던 강선을 인계받았다.

그리고 강선의 모친은 실종 중.

정진건은 두 사건이 무언가 상관관계가 있으리라 생각하곤 강선의 신변을 보호하고자 요한의 집에 그를 맡겼다는 걸, 나는 전예은의 입을 통해 알게 되었다.

'흐음.'

하나하나 떼어 놓고 본다면 연관성을 꿰기 힘들지만, 그 시기가 공교롭다.

하물며 '강선'의 모친이 실종되었고, 그 아버지가 누구라는 것을 알고 있는 나로서는 더더욱.

이번 일이 공교롭다고 여겼다.

하지만 나는 일단 모른 척 시치미를 떼고 물었다.

"그러면 강선의 풀네임은 뭐죠?"

"아, 네. 박강선이라고 합니다."

"박 씨였군요. 모친의 이름은요?"

"음…… 정순애입니다."

역시.

나는 아까 전, 강하윤에게 핸드폰을 줄 겸 찾아간 차에서 꺼낸 가방을 열어 그녀에게 서류 한 장을 슬쩍 보였다.

"혹시 실종된 박강선의 모친은 이 사람 아닙니까?"

방순애의 인적 사항과 프로필 사진이 기재된 문서를 보고, 전예은은 눈을 동그랗게 떴다.

"아, 네. 맞아요. 얼굴도 강선이의 기억 속에 있는 것과 유사하고…… 어? 사장님은 어떻게……."

"뭐, 저도 혹시나 해서 챙겨 둔 것일 뿐입니다. 그것이 이번엔 공교롭게 맞아떨어진 것에 불과하죠."

나는 그렇게 둘러대며 서류를 도로 집어넣었고, 전예은은 의혹과 의심이 뒤섞인 얼굴을 차마 티 내지는 못하며 나를 바라보았다.

'아니, 내가 뭘 어떻게 한 건 아니거든.'

설마하니 내가 정순애를 '실종시켰다', 그렇게 생각하고 있는 건 아니겠지만.

나는 쓴웃음을 지으며 물었다.

"어떻게 아는지 궁금하신 모양이군요."

"……네."

나는 어조를 바꿔 다시 물었다.

"혹시 박강선의 아버지가 누구인지는 알아요?"

"……아뇨. 강선이의 기억 속에도 아버지의 얼굴은 없어서요."

아무리 전예은이라 할지라도, 직접 본 것이 아니라면 모른다. 전예은의 그 능력에도 한계는 있었다.

"하지만 이름은 알고 있어요. 강선이의 모친인 정순애 씨가 거듭 말하곤 했거든요."

나는 싱긋 웃으며 전예은의 말을 받았다.

"제가 맞혀 보죠. 박상대 아닙니까?"

내가 그 모친이 누구인지 서류를 갖고 다녀서일까, 이번에는 전예은도 놀라지 않고 고개를 끄덕였지만, 그런 그녀도 박상대가 누구인지는 모르는 눈치였다.

나는 담담히 입을 뗐다.

"얼마 전 15대 국회의원 선거가 있었죠?"

"네. 4월 11일. 기억하고 있어요."

"박상대는 이곳 D 지역구에 출마 예정이었던 사람입니다."

"어……. 그러면 사장님 말씀은……."

나는 이어지는 전예은의 말을 단호하게 끊어 냈다.

"저도 구체적으로 누가 사주했다, 그걸로 무슨 이득을 노렸다는 것까진 모릅니다. 그저."

나는 요한의 집으로 발걸음을 옮겼고, 전예은은 그런 내 뒤를 졸졸 따라붙었다.

"박강선이 정순애와 박상대 사이에서 난 사생아라는 것만 알고 있을 뿐이죠."

"……음."

힐끗 쳐다본 전예은의 표정이 딱딱하게 굳었다.

"뭐, 저도 그렇다는 걸 '알고만 있을 뿐'입니다."

"……."

전예은은 입을 다물었고, '어째서 그런 정보를 알고 있느냐'며 캐묻지 않았다.

이성진이 장래 유망한 정치인의 치부를 꿰고 있다.

이 이상은 그녀 스스로도 선을 넘어 관여하는 일이라 여기고 있는 것이리라.

박상대의 사생아 스캔들은 무기로 사용할 예정이었으나, 그 날 끝이 부러지고 만 칼이었지만.

'게다가 만일.'

박상대가 정순애의 실종과 '관계'가 있다고 한다면.

얼마 전 최갑철의 개입으로 흐지부지되며 엎어지고 만 저번 일도 엄청난 스캔들로 갚아 줄 수 있으리라.

'단순한 스캔들 수준으로 그칠 일이 아닐걸.'

정순애는 한강의 변사체일까, 아닐까.

전예은에게 전해 들은 시신의 훼손 정도로만 본다면, 나름대로 시체 처리를 고심했단 것이었다.

평범한 일은 아니었고, 뒤가 구린 이야기임은 분명했다.

나는 은연중 한강의 변사체가 실종 상태인 정순애임을 직감하는 중이었고, 이는 정진건도 마찬가지일 터.

더욱이 내가 기억하는 박상대라면, 충분히 그럴 만하고도 남는다.

'혼자서 할 수 있는 일도 아니고.'

만일 조력자가 있다고 하면 그건.

'그 과정에 조광의 조설훈과 연결 고리까지 드러난다면 나로선 땡큐지.'

이는 박상대의 당락 여부를 두고 조광에 간접적인 압박을 계획했던 것보다 훨씬 날카로운 비수였다.

'박상대의 정치생명뿐만 아니라 사회적 말살까지 가능하지. 조광의 조설훈 파벌이 무너지는 것도 물론이고.'

인생사 새옹지마라고 했던가.

한편으론.

'저번 일에는 일부러 전예은을 배제하긴 했지만, 이런 식으로 엮이고 마는군.'

만약 전예은이 박상대를 '대면'해 보았다면 그 연관 관계를 좀 더 자세히 알 수 있겠지만, 나나 전예은 같은 일개 시민이 감히 국회의원 후보이자 최갑철의 예비 사위인 박상대를 만나 볼 여력을 낼 수 있을 리가 없다.

'게다가 나는 곽철용과 이휘철을 통해 사실상 그들에겐 접근 금지 명령이 떨어진 것이나 매한가지고.'

잠자코 있던 전예은이 입을 열었다.

"그러면 사장님, 이번에 알게 된 사실을 형사님들께 알려 드릴 건가요?"

"일단은 그렇습니다만."

나는 어깨를 으쓱였다.

"저희가 알고 있단 방식이 문제겠죠. 만일 예은 씨의 초능력으로 박강선의 신상을 캐냈다고 말하면, 어떻게 되겠습니까."

그걸 믿어도 문제고, 또 증명이 되는 것도 문제였다.

전예은은 쓴웃음을 지으며 고개를 숙였다.

"……그렇죠."

비록 이번엔 전예은의 능력과 내 능력을 빌어 그 귀납 과정을 스킵하고 말았지만.

상식선 안쪽의 일에는 모름지기 순서와 절차라는 것이 있기 마련이니까.

"나랏일 하시는 분들에게 선량한 민주 시민으로서 도움을 드리려면, 우선은 강선이의 마음을 여는 일부터 시작해 봐야 겠군요."

"음……. 맞아요. 강선이가 알고 있는 것만 해도 이 정도나 되니까요. 정진건 형사님이라면 분명 약간의 실마리만으로도 사건의 관계성을 파악해 내실 수 있을 거예요."

전예은의 말마따나, 강선이 입을 열기만 하면 수사에 가속도가 붙을 것이다.

뭐, 그게 어려운 일이긴 하지만.

"그럼 부탁할게요, 예은 씨."

"……네?"

남 가려운 곳을 살살 긁어 줄 줄 아는 전예은에게는 가능한 일일 것이다.

「통신사 개통만 마치면 아무 문제 없이 사용 가능할 거예요.」

조수석에 앉은 강하윤은 이성진의 말을 떠올리며 손에 든 클램 패키지를 만지작거렸다.

운전대를 쥔 정진건은 그런 강하윤을 곁눈으로 살폈다가 전방을 주시하며 입을 뗐다.

"강 형사도 결국 한 대 받았군."

"네? 아, 넵."

어딘지 모르게 현실과 동떨어진 듯한 느낌의 장소에서, 왠지 비현실적으로 느껴지는 이성진과의 만남 속에 어영부영하다 보니 신형 핸드폰을 한 대 받아 챙기고 만 강하윤이었다.

엄밀히 따지면 정진건도 같은 경위로 핸드폰을 받아 챙긴 공범(?)이었으니, 그걸 두고 왈가왈부하는 일은 없었지만.

강하윤은 오늘 처음 만났을 뿐인 이성진에게 그런 걸 받고만 스스로가 어딘지 기이했던 모양으로 어색하게 무릎 위에 놓은 핸드폰 케이스를 만지작거렸다.

"묘하게 사람을 조종할 줄 아는 녀석이지."

"예?"

"아, 뒷담화는 아니야. 뭐랄까, 예전부터 조금 그런 느낌이 있어서."

그러면서 정진건은 이성진과 안면을 트고 이야기를 주고받게 되었던 2년 전을 떠올렸다.

"그때가, 어디 보자…… 내 딸한테 컴퓨터를 한 대 장만해 주었을 때거든."

그 뒤 이어지는 조인영과 짝퉁 PC, 뒤이어 용산 시내를 정리했던 이야기를 들으며 강하윤은 고개를 끄덕였다.

"그러면 용산 PC 상가가 요 몇 년 사이 재정비가 된 것도 배후에 선배님과 성진이가 있었던 겁니까?"

"배후 어쩌고 할 이야기는 아니지만."

때마침 내려온 윗선의 지시로 ××경찰서는 용산구청과 협력해 대대적인 단속에 들어갔고, 용산 전자상가 인근의 집창촌과 깡패, 양아치들을 쫓아냈다.

그 결과 대한민국의 조립형 PC 보급률에 일조했다고 하면 조금 과장일까, 아닐까.

"그래도 어느 정도 계기는 되었던 셈이지."

"안 그래도 저, MP3를 사러 용산에 다녀왔지 뭡니까. 그때도 왠지 참 깨끗해졌단 생각을 했습니다."

정진건이 떨떠름한 얼굴로 중얼거렸다.

"……아, MP3. 그거 산 거야?"

"예. 요즘 최신 유행이지 않습니까?"

"그걸 미리 말했으면 성진이가 엄청 좋아했을 건데."

강하윤이 고개를 갸웃했다.

"성진이가 말씀입니까? 아, 그건 혹시 세대 차이를 넘어 말이 통한다는 느낌입니까?"

"아니. 걔, '고객님' 앞에선 태도가 징그러울 만큼 급변하는 녀석이라서."

"……고객님?"

"응? 말 안 했나. 걔, 삼광 그룹 장손이야."

"……."

정진건의 말에 강하윤은 할 말을 잊고 입을 헤벌리더니.

"엑? 에에엑?"

고개를 확 돌려 이젠 보일 리 없는 요한의 집 방향을 바라보았다가.

"그랬습니까?"

정진건을 보았다.

"딸한테 듣기론 MP3? 그것도 성진이 저 녀석이 만든 거라더라. 대당 얼마씩 로얄티를 받는 모양이고."

"……."

"……명함 주고받는 거 같더니, 걔도 별말 안 한 모양이군."

거기에 더해, SJ컴퍼니가 삼광과 어떻다는 정보는 알 사람만 아는 정보였단 것도, 정진건 새삼 깨닫게 되었다.

'징그러울 정도로 언론 통제를 하는 모양이야.'

정작 본인은 애써 숨기거나 하질 않으니, 언론 통제도 그 대단한 집안에서 하고 있는 일일까.

'뭐, 그건 그렇고.'

엿들을 사람을 의식한 건 아니지만, 요한의 집과 어느 정도 거리가 멀어지고 나니 그도 말을 꺼낼 생각이 들었다.

정진건은 어조를 바꿔 입을 뗐다.

"방금 국과수로부터 연락을 받는데."

곧장 정진건이 브리핑을 시작하자 강하윤은 얼떨떨한 기분을 뒤로하며 자세를 바로잡으며 그의 말을 경청했다.

"그쪽 말로는 반지 안쪽에 이니셜이 새겨져 있었다고 하더군."

국과수 측은 강하윤이 찾아낸 반지에서 진흙과 오물을 씻어 낸 뒤, 그것이 3캐럿짜리 다이아몬드가 박힌 18K 금반지임을 알아냈다.

"이니셜이라면……."

정진건은 담담하게 말을 받았다.

"S&S."

"S&S……."

강하윤의 정진건의 말을 가만히 입안에서 굴리더니 무릎 위의 핸드폰 케이스를 손가락 끝으로 톡톡 두드렸다.

"왠지 햅반 제조 회사랑 명칭이 같은 거 같습니다."

"……."

"아, 죄송합니다. 무심코……."

"아니야. 생각이 떠오르는 대로 입에 담아 보는 것도 좋지. 단서는 어디서 연결 고리가 툭 튀어나올지 모르니까."

정진건은 긴장한 기색의 강하윤에게 일부러 픽 웃어 보였다.

"여담이긴 한데, 그 S&S의 대표이사가 이성진이야."

"……엑."

"뭐, 그렇다고 해서 이성진이 범인일 리는 없잖아. 방금 건 흘려들어."

"예……."

정진건이 흐음, 하고 코로 한숨을 내쉬었다.

"어쨌건 그 자체론 특별할 것이 없어. S&S라는 이니셜이 어느 두 사람의 이름자를 따온 것일지도 모르고, 무슨 자기만의 암호일지도 몰라. 하지만 그 자체만 놓고 보면……."

정진건이 핸들을 부드럽게 꺾어 고가도로로 진입하면서 말을 이었다.

"일단 반지는 고급이었고, 그 반지에 이니셜을 새긴 업체가 있다는 것, 일단 수사는 그쪽에 초점을 맞춰 봐야겠지."

당장은 할 수 있는 일이 없으니까.

정진건이 생략한 그 말을 강하윤은 찰떡같이 알아들었다.

"예."

"운이 따라 준다면 업체를 통해 피해자의 신원을 특정할 수 있을지도 모르고."

"옙. 아, 선배님. 방금 전까진 그런 자리가 아니어서 여쭙질 못했습니다만."

"말해."

"혹시 강선이와 변사체의 유전자를 대조해 볼 수는 없을까요?"

그 말에 정진건은 머리를 긁적였다.

거, 얼마 전부터 시도 중인 과학 기법인데 제법 알고 있군.

"그것도 방법이긴 한데……. 사실 거기엔 절차라는 게 있거든."

"절차…… 말씀입니까?"

"영장 받는 것처럼 말이야, 윗선에 이래저래 보고할 일이 생겨. 그러다 보면 우리가 강선이를 고아원에 맡겼단 것도 보고해야 하고."

유전자 감식엔 적잖은 돈이 든다.

또, 돈을 타내는 일은 쉽지 않다.

"아."

"또, 높으신 분 중엔 유전자 감식이란 걸 사이비 취급하는 분도 계시거든. 또, 사실 나도 관련해선 잘 몰라."

"……."

아마, 강하윤이 말한 걸 승인받으려면 담당 검사가 배정된 이후에나 찔러볼 수 있지 않을까.

"……음, 알겠습니다. 그럼 보류하는 걸로."

"일단 킵은 해 두자고. 뭐, 국과수에선 강 형사의 방식을 환영하긴 할 테지만."

강하윤이 메모하는 것을 지켜보면서 정진건이 툭 뱉었다.

"일이 그렇게 됐으니까, 일단 가기 전에 시내에 들러서 핸드폰부터 개통하자."

"예? 하지만……."

강하윤이 우물쭈물하며 말을 받았다.

"선배님. 배려는 감사드립니다. 하지만, 공적인 업무 도중에 제 개인적인 일을 챙기는 건……."

"업무에 쓴다면 딱히 개인적인 것만은 아니지 않아?"

정진건이 끊어 낸 말에 강하윤은 어색하게 웃었다.

"그렇긴 합니다만……."

"게다가 나도 요 며칠 써 봐서 하는 말인데, 그동안 핸드폰이라는 거 없이 어떻게 살았는지 모르겠어. 엄청 편하더군."

"그렇습니까?"

"응. 공중전화 박스를 찾아다닐 필요도 없고, 동전을 챙길 이유도 한 가지 줄어드니까."

"아, 정말입니다. 무전기도 거리가 멀면 잘 안 터지고 말입니다."

"교외 쪽으로 빠지면 핸드폰도 잘 안 터지는 곳이 있다고 하지만, 최소한 서울 시내에 있는 동안은 문제없어."

그러면서 정진건은 '핸드폰을 개통하는 것과 동시에 언제나 상사의 호출을 받아야 한다'는 사실은 입 밖에 내지 않았다.

'이거 왠지 본의 아니게 핸드폰 이용 홍보 대사라도 된 거 같군.'

정진건은 괜스레 떨떠름한 입안을 막대사탕으로 풀어 낼까, 하다가 빈손이 없다는 걸 깨닫곤 입맛만 다셨다.

그러잖아도 요즘 나잇살이 끼기 시작해서, 단것으로 니코틴을 대체하는 것도 생각은 해 볼 문제였다.

"강 형사, 성진이 명함 받았지?"

"예."

"개통하면 그쪽에 먼저 전화라도 걸어 줘."

"예? 아, 예. 물론입니다. 최신 유행하는 핸드폰을 받았으니 감사차 연락을 해야 한단 생각은 하고 있었습니다."

정진건이 피식 웃었다.

"그것뿐만은 아니야."

"예?"

"내 생각인데, 성진이도 지금쯤 강선의 입을 열어 보려고 시도 중일 거 같거든."

"……."

"딱히 성진이의 오지랖이 넓어서 그렇다는 건 아니고. 녀석 나름의 친절함이나 호의 정도야."

"으음."

"뭐, 표면에 나서지는 않겠지. 거기 계시던 원장 수녀님이 알아낼 수도 있고, 그 비서 여자애가 알아낼 수도 있어. 어쨌건 이성진의 귀에도 내용이 들어갈 거고, 그 정보는 아무래도 나보단 강 형사가 받아 챙기는 게 좋아 보이는군."

나한테는 이런저런 업무 전화가 많이 걸려 오니까, 하고 중얼거린 정진건은 재차 덧붙였다.

"게다가 변사체에 관해선 그 녀석도 모르고 있으니…… 아마 강선의 실종된 어머니의 신원을 알아내는 정도에서 도움을 주지 않을까 싶군."

"……왠지 아무것도 모르는 애를 수사에 이용하는 느낌이어서 기분이 이상합니다."

그 말에 정진건은 무어라 반박하려다가 입을 다물었다.

'아무것도 모르는 순진한 애, 는 아닐 건데.'

그건 정진건이 그 나름대로 파악한 이성진의 인맥 관리 방법 중 하나였다.

별것 아닌 것처럼 보이는 호의를 이용해 심리적 채무를 지우고, 언젠가 그걸 활용해 이득을 노리거나, 그렇지 않더라도 대상의 호의를 이끌어 낸다.

그 자체는 특출날 것 없이 머리 좀 굵은 어른이라면 누구나 생각해 봄 직한 요소며 처세술이었으나, 이성진은 고작 자신의 딸과 동갑내기에 불과한 꼬맹이였다.

그걸 감안하면 어린애답지 않은 그 계산된 모습이 조금 불쾌할 뿐이고, 그가 어린애임을 의식하지 않으면 되레 피차 질척이는 일 없이 깔끔하고 괜찮은 인물이란 게 정진건의 생각이었다.

"어쨌건 이번 사건의 열쇠는 강선이가 쥐고 있으니, 그쪽도 소홀히 하면 안 되겠지."

오늘 요한의 집 방문은 강선을 고아원에 맡겼으니 안심했다, 정도로 끝낼 일이 아니었다.

"강선의 모친이 누구인지, 그 이름만 알게 되어도 수사엔 큰 도움이 될 거야."

"예, 정말입니다."

강하윤의 맞장구를 들으며, 정진건은 문득, 왠지 모르게 ―아무런 근거도 없이―이성진은 강선이 누구인지 알고 있는 건 아닐까, 생각했다.

'……그야말로 괜한 억측에 불과하겠지만.'

「아직은 마음의 문을 굳게 닫아 두고 있어서, 당장 사정을 듣긴 어려울 거 같아요.」

전예은의 말마따나 강선은 이래저래 그에게 흥미를 보이는 다른 원아들의 관심에도 불구하고 '나는 여기 있을 사람이 아니'라는 듯 구석에 홀로 있기 일쑤였다.

'뭐, 거센 바람보단 뜨거운 햇살이 나그네의 외투를 벗기는 법이니까.'

그것도 내게는 어디까지나 형식상의 절차에 불과한 일이지만, 목적보단 수단이 중요한 일도 있기 마련이다.

'하다못해 변사체와 강선의 유전자를 대조해 보려면 영장을 내놓을 합당한 증거가 있어야 할 테니까.'

내가 기억하기로는 아직, 유전자 검사가 보편화된 시대는 아니었다.

국내에 DNA 감식이 수사에 적극적으로 활용되기 시작한 건 2000년대 이후였고, 지금은 도입 단계.

승인을 받기까진 그 절차가 제법 복잡하리라.

'결정적인 한 방으로 쓰일 일이 있을지는 모르지만, 아직

은 아니야.'

게다가 아닌 말로, 한강의 변사체, 실종된 강선의 모친, 물고기 배 속에서 발견된 반지 세 가지 요소는 서로의 영역을 침범하는 일 없이 무관계한 것일지도 모른다.

반지에 새겨졌다는 이니셜은 (하필이면 내가 대표이사로 앉아 있는 식자재 업체인)S&S.

누군가 제3자가 결혼이 파투 난 걸 계기로 홧김에 던진 반지일지도 모르니, 나로서도 억측은 금물.

끼워 맞춰 보자면 '정순(s)애 & 박상(s)대'일 수도 있지만, 그게 아니면 Super man&Span일 수도 있지 않겠는가.

'슈퍼맨과 스판이라. 참 괜찮은 농담 하나를 건져 냈는데, 이걸 남들한테 자랑할 수가 없군.'

생각에 잠겨 창밖을 바라보고 있으려니 소피아 수녀원장이 미소 띤 얼굴로 말을 건넸다.

"고민이 깊으시군요."

나는 고개를 돌려 소피아를 보았다.

지금은 잠시, 전예은에게 애들을 맡겨 두고 원장실에 앉아 그녀가 내온 차를 마시는 중이었다.

"아, 죄송합니다. 원장님을 앞에 두고 잠시."

"아닙니다. 사장님께서는 원체 바쁘신 분이니까요."

요즘엔 딱히 그렇지만도 않은데.

소피아는 미소 띤 얼굴로 덧붙였다.

"여기서만이라도 잠시나마 고민을 내려놓고 계실 수 있다면 저로선 더할 나위 없겠습니다."

고민이야 산더미처럼 산재해 있지만, 크리스찬도 아닌 내가 그녀를 앞에 두고 고해성사하듯 무언가를 털어놓을 생각은 추호도 없었다.

그래도 나는 보란 듯 미소를 지어 보였다.

"감사합니다. 왠지 모르게 여기를 생각에 잠기기 좋은 곳이란 생각은 하고 있습니다."

"부담 갖지 말고 찾아와 주세요. 실은 은근히 사장님의 안부를 묻는 아이들도 있거든요."

"어라, 그랬습니까?"

"사장님께 드릴 말씀은 아니지만, 아이들도 알 건 아니까요. 사장님 덕분에 생활이 쾌적해졌다는 정도는 꿰고 있습니다."

"하하, 제가 한 게 뭐가 있다고요."

"겸손도 미덕이지요."

소피아는 빙긋 웃으며 말하곤 차를 한 모금 마셨다.

'게다가 그 대상이 나라서 하는 말이 아니라, 모두에게도 그런 존재로 다가가는 것이겠지.'

엄격하면서도 자애롭기는 힘든 일이며, 책임자의 위치에서 두루 존경과 사랑을 받기란 병행하기 어려운 일이나.

요한의 집에서 그녀는 원생들에게나 고용인 및 봉사자들

모두에게 두루 인망이 높았다.

나는 잠시 소피아, 아니 한영희를 두고 생각했다.

오래 전, 그녀의 외조카인 백설희는 모종의 이유로 극단적인 선택을 했고, 구봉팔은 그 복수를 위해 조광에 몸을 의탁한 채였다.

그런 구봉팔이 요한의 집으로 돌아와 그들과 다시 한번 엮였고, 지금은 내 후원하에 새마음아동복지재단의 이사장으로서 당당히 그 권리를 행사하는 중이었다.

한영희는 그런 구봉팔과 인연이 닿아 있었다. 마찬가지로 정화물산이며 박상대와도 연이 닿아 있으리라.

'구봉팔의 복수 대상엔 박상대도 포함되어 있을지 모르고.'

한편으로, 한영희는 구봉팔에게 어떤 존재일까.

음지에서 그의 복수를 돕는 조력자? 아니면 보이는 대로 그녀만의, 당사자는 바란 적 없는 '용서'라는 이름하에 구봉팔의 행동을 억제하는 훼방꾼?

이도저도 아니면, 그저 세속을 떠나 모든 것을 내려놓은 방관자에 불과한 건 아닐까.

전예은은 아마 한영희의 과거가 어떠한지를 알고 있을 것이다.

그럼에도 그녀는 남(특히 나)에게 이를 발설하지 않았고, 나 역시 이를 캐물어 그녀의 경계를 사는 일은 바라지 않았다.

사실 내가 구봉팔의 일에 전예은을 개입시키지 않은 건, 그녀가 나, 구봉팔, 소피아 셋 중 어느 편에 설지 확신할 수 없었던 까닭도 있었다.

'……즉, 그걸 캐내는 건 내 일이란 거지.'

혹여 이번 일에 방해가 될 인물이라면 배제하는 것도 고려를 해야 했다.

나는 슬며시 운을 뗐다.

"그러고 보니, 요한의 집도 지어진 지 오래되었죠?"

"네, 덕분에 오래된 시설의 정비도 마칠 수 있었습니다."

또 덕분인가.

"저보단 구봉팔 이사장님께서 물심양면으로 도와주신 덕이죠."

나는 슬쩍 구봉팔의 이름을 흘렸지만, 그녀는 태연했다.

"예. 참 은혜로운 일이 아닐 수 없습니다."

"네, 다행이죠. 그런데……."

나는 의식하지 않는 양 주제를 에둘러 그녀에게 접근했다.

"구봉팔 이사장님과 이야기를 나누다 보니 예전엔 미처 몰랐던 사실을 하나 알게 되었습니다."

소피아는 대꾸 없이 담담히 차를 마실 뿐이었고, 나는 천천히 말을 이었다.

"공교로운 일입니다만, 구봉팔 이사장님께선 이곳 요한의 집 출신이시더군요."

내 말에 소피아는 마시던 찻잔을 내려놓으며 빙그레 미소를 지었다.

"예, 그렇습니다."

그녀는 담담히 시인했다.

소피아는 의중을 읽기 어려운 얼굴로 입을 뗐다.

"사장님도 아시다시피 구봉팔 이사장님은 예전에 잠시, 요한의 집에 기거했던 적이 있죠."

동시에 나는 그녀로부터 전해지는 '그래서 그게 뭐가 어쨌단 건가', 하는 느낌을 떨치기 힘들었다.

그러면서 역으로, 내가 요한의 집과 얽힌 일련의 사건을 어디까지 꿰고 있을지 되묻는 듯한 눈빛.

첫 인상대로, 그녀 역시 호락호락한 인물은 아니었다.

나는 아무것도 모르는 척 입을 뗐다.

"그러면 두 분은 예전부터 잘 알고 지내셨겠군요."

표면적으론 아무런 문제도 없는 회화.

내가 미소 띤 얼굴로 건넨 말에 소피아가 고개를 저었다.

"그렇지는 않습니다. 저도 구봉팔 씨가 요한의 집에 계실 적엔 이곳에 있지 않았거든요. 그땐 대성성당도 지어지기 전이었고요."

긍정도 부정도 아니었다.

'일부러 답변을 모호하게 뱉는군.'

나는 머릿속으로 구봉팔이 요한의 집에서 지낸 기간과 대성성당의 완공일을 대조해 보며 고개를 끄덕였다.

실제로 구봉팔이 (舊)요한의 집에 있었던 시기(1978)와 대성성당이 완공된 시기(1985) 둘 사이엔 근 10년 가까운 시간차가 있었다.

'거짓말을 하는 건 아니야.'

비록 진실을 숨기고는 있을지언정, 소피아의 말에 거짓은 없었다.

'동시에 그녀 역시 내가 관련해서 어느 정도 선까지 알고 있는지를 역으로 떠보고 있겠군.'

손에 쥔 패 하나를 더 꺼내 볼 필요는 있을 듯하다.

나는 자세를 고쳐 앉으며 입을 열었다.

"그러면 관련해 여쭤볼 것이 있습니다만."

"예, 말씀하세요."

"그렇다면 구봉팔 이사장님이 소년원에 가신 경위도 알고 계십니까?"

내 말에 소피아의 눈은 부드럽게 호를 그렸다.

"제가 구봉팔 이사장님과 오랜 시간 얼굴을 마주해 왔다는 것은 주지의 사실입니다만, 당사자가 없는 앞에서 이야기를 꺼내는 건 미덕이 아닌 것으로 압니다."

정론으로 부딪혀 오는 소피아는 동요조차 없었고, 나는 일부러 찔러본 것이 무색하게 오히려 혼쭐이 났다.

"……실례했습니다."

"분명 흥미 본위로 입에 담을 만한 이야기는 아니겠지요. 설령 그분이 과거에 무슨 일이 있었다 한들 그 자체는 이미 지나간 일이 되었다고 믿습니다."

이거 나가린데.

나는 차를 한 모금 마셨다.

'게다가 이미 지나간 일이라. 소피아는 아무래도 구봉팔과 있었던 일을 무던하게 덮어 두고 가려는 모양이군.'

결국 소피아가 이대로 넘어오지 않을 거라고 생각한 찰나, 가만히 내 얼굴을 살피던 그녀가 말을 이었다.

"저도 다른 사람들 보기엔 예전 요한의 집에 문제가 많았다는 건 알고 있습니다. 만일 구봉팔 이사장님이 과거에 무언가 옳지 못한 일에 손을 대었다고 하면, 그건 당시 요한의 집이 처해 있던 상황과 아주 무관하지 않았겠지요."

아니.

아주 손을 놓고 있는 것은 아니었나.

나는 소피아가 슬쩍 던져 둔 희미하게 남은 조짐과 그 실오라기를 붙잡았다.

"그 당시 요한의 집요?"

"예……. 지금과는 많이 달라진 옛일입니다만."

소피아는 잠시 가만히 창밖을 바라보았다. 삼삼오오 모인 아이들은 저마다 커다란 느티나무를 중심으로 '무궁화 꽃이 피었습니다'를 하거나 숨바꼭질을 했다.

전예은은 깍두기처럼 우두커니 서 있는 강선의 손을 꼭 붙
잡은 채 그가 따돌림당하지 않게끔 놀이에 적극적으로 참여
하는 중이었다.

아무리 마음의 문을 닫아 놓고 있다곤 하나, 아이는 아이
인 것일까, 강선은 저도 모르게 슬쩍 미소를 지었다가 풀었
다 하며 조금씩 아이들과 어울리려는 징조를 보였다.

소피아가 나를 향해 고개를 돌리며 말을 이었다.

"사장님께선 D구에 대해 얼마나 알고 계시나요?"

강선의 방문과 함께, 그녀 내부에서 무언가 멈추고 만 시
간이 흐르기라도 하는 걸까.

나는 소피아의 목소리에서 어딘지 모르게, 그녀가 내가 알
고 있던 예전의 그녀와 다르단 느낌을 받았다.

그러고 보면, 그녀가 먼저 내게 주제를 정해서 말을 건네
는 것은 처음 있는 일이었다.

"……D구 말씀이십니까?"

나도 D구의 역사는 조사 과정에서 어렴풋하게나마 알고
있었다.

하지만 그것도 행정 서류가 미비하던 시절의 자료를 토대
로 한 겉핥기에 불과했고, 해서 나는 전혀 모른다는 양 소피
아의 말을 받았다.

"잘은 모릅니다만, 원장님께서 그런 말씀을 하셨다는 건
이곳에 관해 상세히 알고 계신 것 같군요."

"예. 저는 이 지역 토박이나 다름없거든요."

그녀가 D구 토박이었단 건 나도 미처 몰랐던 내용이었다.

소피아는 말하면서 옛날을 떠올렸는지 희미한 미소를 얼굴에 떠올렸다가 지웠다.

"D구는 6·25 이후, 북으로 돌아가지 못한 피란민들과 북침을 피해 낙동강 아래까지 내려갔던 원주민, 그리고 그 자리를 지키고 있던 사람들이 모여 형성한 동네였습니다."

그 말에서 나는 D구의 세력과 파벌, 당시에도 지역 유지로 취급받던 박영호(박상대의 아버지)와 최창희 집안 사이의 알력 다툼이 있었으리란 짐작을 했다.

"이런저런 갈등도 많았지만, 이내 모두가 힘을 합쳐 재건에 힘썼죠. 저도 어렴풋하게 기억이 나는군요. 저도 어른들을 도와 조막만 한 손으로 돌무더기를 나르던 때가 생각이 납니다."

하지만 소피아는 그 모든 과정을 어릴 적 미화된 기억이라도 있는 양 퉁치고 넘어갔다.

갈등이 없을 리는 없겠지만 온갖 사람이 모여드는 서울에서도 D구는 조금 특별했단 애정 섞인 어조였다.

"그렇게, 하나둘 사람이 모여들고 십시일반 돈을 모아 공장을 짓기 시작했습니다. 당시 이곳 D구는 공장이 많이 있었답니다. 사장님도 오는 길에 보셨을 겁니다."

나는 그녀의 말에 고개를 끄덕였다.

요한의 집으로 오는 길목엔 문을 닫은 공장이며 창고가 즐비했고, 군데군데 녹슨 슬레이트 지붕이며 자물쇠가 떨어져 나간 펜스 따위가 그 방치된 세월이 짧지 않음을 주장했다.

"그때는 지금과 같은 전문가들도 없었고, 어디까지나 사람의 노력으로만 이루어지는 일들뿐이었지만…… 그래도 크게 굶주리지는 않았어요. 아마 그 시절 대한민국에선 그래도 살기 좋은 동네였을 거예요."

상대적으로 그랬단 말이겠지만.

그리고, 하며 소피아가 말을 이었다.

"사람이 모인 곳엔 이런저런 부득이한 상황도 생겨나기 나름일까요. 임시로 지어 둔 성당에서 갈 곳 없는 아이들을 거두기 시작했고, 신부님은 그곳을 요한의 집이라고 불렀습니다."

나는 잠시 생각하다가 끼어들었다.

"서류상 요한의 집이 설립된 일자는 1975년이 아닙니까?"

"서류상으로는요."

소피아가 희미하게 웃었다.

"모두들 고아원 경영에 행정 절차를 밟아 두어야 한다는 생각을 뒤늦게 떠올렸거든요. 이곳에 방문한 공무원을 통해 알게 된 거였죠."

소피아의 말은 그 유야무야하는 과정에 '요한의 집'은 이미 D구가 동네로서 역할을 수행할 즈음부터 존재해 왔단 이야기였다.

내가 얼추 납득하는 눈치이자 소피아가 말을 이었다.

"요한의 집은 그 각각의 공장에 아이들을 노동력으로 파견하기도 했습니다. 지금 시점으로도 물론 그렇지만, 당시에도 그건 엄연히 아동을 상대로 한 노동 착취였지요."

과거를 담담하게 술회하는 소피아의 목소리에는 그 어떤 분노며 울분도 담겨 있지 않았고, 역사적 사실 그 자체만을 읊조리는 객관성과 냉정함이 엿보였다.

"하지만 그건 한편으론…… 이런 표현이 적절할지는 잘 모르겠군요. 저도 옹호할 생각은 없고요. 만일 사장님께서 불쾌하게 여기신다면 그만두겠습니다만……."

조심스럽게 말을 꺼낸 소피아는 내가 아랑곳하지 않는 것을 살피며 말을 이었다.

"당시 요한의 집과 근린 공장들은 일종의 공생 관계에 가까웠습니다."

"……공생 관계, 말씀입니까."

"예. 그때 그 시절의 고아원이란 그야말로 일체의 과장 없는 복지 사각지대였으니까요."

지금은 보육원이라는 말이 정착되고 있는 데다가 요한의 집 원장을 겸하는 소피아는 의식적으로라도 '고아원'이라는 명칭을 사용하지 않았다.

그런 그녀가 '고아원'이라는 말로 예전 요한의 집을 일컫는 건 무의식중에 과거와 현재를 구분하려는 것은 아닐까.

나는 천천히 입을 뗐다.

"요한의 집이 경영되려면 누군가는 돈을 지불해야 했고, 그건 노동력을 제공받던 D구의 공장을 통했단 거군요."

그리고 그건 D구가 6·25 이후 재건하는 과정에 '조막만 한 손으로 돌을 나르던' 것에서 자연스레 이어져 온 '관습'이었으리라.

그건 위선이라고 일컫기보단 체념에 가까운 것이어서, 나는 '당신의 외조카인 백설희도 그런 경위였습니까' 하고 따져 묻고 싶은 것을 눌러 참았다.

세속과 등을 진 소피아라고 하더라도 당사자와 혈육인 그녀가 언급을 꺼리는 한, 내가 오지랖 넓게 참견할 일은 아니었다.

다만 나는 비록 소피아는 '옹호할 생각은 없다'고 전제를 두었음에도, 그녀로부터 지난 요한의 집 경영 일체와 관련해 '외부의 도움을 받았다'는 것에 모종의 합리화와 정당성 획득을 위한 타협을 본다는 느낌을 지우기 힘들었다.

그리고 소피아는 자신의 관점을 부정하지 않았다.

"……그러다가 시대가 바뀌고, 하나둘 비정상의 정상화가 이루어졌습니다. 또, 그맘때엔 그 많던 공장들도 하나둘 문을 닫고 있었죠."

그건 한국 사회가 단순노동집약산업에서 기술집약산업으

로 변화해 가는 과도기와 맞물리는 동시에 그동안 시나브로 편취되던 것을 단속해 가는 것과 맞물렸을 것이다.

사실상 아이들 손이라도 빌려야 했단 의미는 그 시기엔 D구가 이미 몰락해 가는 동네였단 의미이기도 했다.

"정화물산에서 도움을 주기 시작한 건 그즈음부터였습니다."

소피아의 입에서 '정화물산'이 언급되었다.

"……그건 작고하신 선대 사장님으로부터입니까?"

"예. 얼마 전 불행한 일로 돌아가셨죠."

소피아는 성호를 그은 뒤 말을 이었다.

"아주 떳떳하게 살다 돌아가신 분은 아닙니다만, 그래도 그분이 없었더라면 요한의 집은 사라지고 모두가 뿔뿔이 흩어졌을 겁니다."

"……저는 새마음아동복지재단이 설립된 건 1984년도로 알고 있습니다만."

"그건 어디까지나 서류상의 날짜와 요한의 집이 고아원으로 기능하기 시작한 날짜가 맞물리지 않은 것처럼, 재단이란 형태를 띠고 설립된 일자에 불과하죠. 그 전까지도 요한의 집은 어느 정도 정기환 사장님의 선의……에 기대었고, 새마음아동복지재단이 출범한 것도 그런 역사 속에서 자연스럽게 이루어진 일이었습니다."

한편으론.

요한의 집은 정부를 통해 '고아원'으로 등록되기 시작하면서 D구뿐만이 아닌 외지의 고아들도 받아들이기 시작했을 것이다.

천애고아인 구봉팔이 흘러 흘러 요한의 집까지 닿은 것도 요한의 집이 행정 서류상 위탁 시설로 등록된 이후였을 것이고.

또, 소피아와 마찬가지로 '토박이'이던 그녀의 외조카 백설희는 공동체의 일원이자 요한의 집에 소속된 입장에서 '타지인'인 구봉팔을 자상하게 챙겨 주었으리라.

'구봉팔이 연상의 백설희에게 모종의 동경이나 연심을 품게 된 것도 그 과정에서 생겨난 자연스러운 현상이었겠지.'

문득, 나는 묘한 위화감을 느꼈다.

소피아의 말에 의하면, D구는 이미 지역공동체로서 그들만의 룰과 시스템을 구축해 둔 상황이었고, 외지인과 원주민이 모여 뒤섞인 D구의 기반 환경이 타인에 마냥 배타적이지 않은 것처럼 그들 사이에서선 이미 모종의 연대 의식이 형성되어 있었단 느낌을 물씬 받았던 것이다.

이는 내가 D구를 조사하며 가진 선입견과는 어딘지 모르게 남달랐고, 지금 돌이켜 보면 '아동노동'을 정당화하려는 소피아의 어조는 왠지 모르게 일관성을 띠고 지역사회의 품앗이를 떠올리게 하는 요소가 있었다.

'……어쩌면, 진실은 내가 생각했던 것과 달랐을지도 모르

겠군.'

그렇게 생각하는 찰나, 소피아가 말을 이었다.

"구봉팔 씨가 요한의 집에 온 것은 그 시기였습니다."

소피아가 구봉팔의 이름을 입에 담았다.

"그렇다면 역시 예전부터 알고 지내던 사이였군요."

내 추궁에 소피아는 희미한 미소를 띤 채 고개를 저었다.

"방금 말씀드리지 않았나요? 저는 그때 이곳에 있지 않았다고요."

"……그랬죠. 죄송합니다."

소피아는 괘념치 말라는 듯 빙긋 웃으며 고개를 저었다.

"잠시 제 이야기를 하자면 그 당시 저는 주님께 의탁하기로 결심했고, 신부님의 지원하에 수녀원에 몸을 담고 있었답니다. 사장님도 아시다시피 그땐 대성성당도 지어지기 전이었고…… 구봉팔 씨가 요한의 집에 들어왔단 건, 저도 나중에 알게 된 일이었죠."

조금쯤 아귀가 맞아떨어지는군.

나는 그녀가 거짓말을 하거나 사실을 곡해하진 않았다는 것에 고개를 끄덕였다.

"그리고…… 그때 요한의 집에는 제 외조카가 있었습니다."

나오지 않을 것 같던 백설희의 존재가 그녀의 입에서 언급되기 시작했다.

백설희.

내가 아는 그녀에 관한 기록은 어디까지나 유상훈 변호사가 내게 보낸 딱딱한 서류에 기반을 둔 내용뿐이었다.

1960년생인 그녀는 사건이 있었던 78년도엔 이미 요한의 집에 몸을 의탁하고 있었는데, 그녀에겐 산부인과의 유산 기록이 있었다.

이후 그녀는 같은 해 겨울, 외적 요인으로 인해 사망했다.

그녀의 사망 이후 구봉팔은 지역 유지이자 국회의원 출마를 앞두고 있던 박영호를 습격, 320만 원어치의 기물 파손 및 방화, 피해자에게 전치 8주의 부상을 입혔다.

나는 거기에서 백설희의 유산 기록과 구봉팔의 행동을 말미암아 사망한 미숙아의 친부가 박영호는 아닌가, 생각하였다.

덧붙여 소피아는 '당시 D구에 없었'지만, 후일 구봉팔의 소년교도소 면회 기록이 있었던 것으로 보아 해당 사건을 모르지는 않을 것이다.

하지만 나는 이 모든 것을 모른 척하며 자연스럽게 소피아의 말을 받았다.

"친척이 계셨군요."

"예. 데오도라…… 세속명으론 백설희라고, 제 언니가 남긴 유일한 혈육이었죠."

과거 시제를 쓰는군.

"그런데 어째서 요한의 집에……?"

나는 일부러 말꼬리를 흘렸다. 자칫하면 내 질문은 '혈육을 남겨 두고 본인은 종교에 귀의했다'는 비난으로 읽힐 여지가 있었다.

물론 그 모든 건 당사자의 문제이며, 내가 관여할 것도, 관련해 도덕적 잣대를 두어 판단하거나 그럴 필요도 없는 일이었다.

그러니 대답 여하는 소피아가 판단하는 자의적 해석에 맡겼다.

소피아는 차를 한 모금 마신 뒤 담담히 대꾸했다.

"언니가 결핵으로 사망한 뒤, 그 아이는 요한의 집에 들어가게 되었습니다."

그러면서 그녀는 자연스럽게 백설희의 친부가 누구다, 하는 이야기는 언급하지 않았다.

동시에 소피아와 그녀의 언니에게 다른 친인척이 있다는 건 언급되지 않았다.

'내가 아직 애라서 그러는 것뿐만은 아니겠지.'

동란 직후 동생을 데리고 있는 홀몸인 젊은 여자가 타지에서 생계를 꾸리는 방법은 많지 않았다.

그러면 건실한 일을 하면 되지 않느냔 무책임한 말은 할 수 없다.

일자리라는 것도 사회가 안정되고 기반이 생겨야 그럴 만한 자리가 서는 것이니까.

생존과 직결한 상황에 관념상의 도덕 잣대를 들이미는 건 허황하다.

하지만 생각해 보면, 소피아가 마냥 무책임하게 외조카를 남겨 두고 종교에 귀의했다는 억측은 할 수 없었다.

78년 당시 소피아는 이미 30을 훌쩍 넘긴 나이였고, 그녀가 말한 'D구 공동체'는—소피아가 방금 전까지 내게 전달한 뉘앙스에 의하면—끈끈한 유대감으로 요한의 집을 꾸려 나갔다.

백설희도 당시 나이가 그리 어리진 않았으니—미성년자인 건 매한가지이나, 그 시대 기준으론 홀로 생계를 꾸려 가며 집에 돈을 보내는 어린 식모며 방직공 소녀들도 있었다는 걸 감안하면—소피아가 종교에 귀의하는 과정 역시 당사자 간의 친밀한 합의가 있었을 것이다.

오히려, 소피아가 수녀 서원을 받은 일자는 그녀의 나이에 비해 늦은 편이었다.

'백설희가 자립 가능한 나이가 되기 전까진 소피아도 그녀를 요한의 집에 두고서 보살폈겠지.'

또 짐작하자면 요한의 집은 (대성성당은 아니나) 그 시절 지역구 신부가 주관하던 이른바 '공동 육아 위탁 시설'로서의 기능도 겸했을지 모른다.

소피아가 수녀가 되고자 했던 건 그때의 경험에서 비롯했을 것이고.

소피아가 말을 이었다.

"데오도라는 당시 구봉팔 씨를 잘 챙겨 주었던 모양이에요. 이따금 편지에 써 붙이는 내용은 그러했죠. 네, 그 시절 저와 구봉팔 씨 사이에 인연이 있다고 하면 그 정도…… 제 외조카를 통해서 소식을 접해 보았다는 정도겠군요."

"……."

구봉팔과 의식적으로 거리를 두는 화법이었다.

그리고 이야기는 거기서 적당히 '구봉팔이 예전에 요한의 집에 있지 않았느냐'는 내 물음에 대한 답이 되었을 터이나.

한편으론 구태여—냉정하게 말하면 제3자이기도 한—백설희의 존재를 언급할 까닭은 없었다.

소피아가 내게 백설희를 언급한 건 그녀가 1978년 당시 있었던 일을 알아주었으면 하길 바라기 때문이리라.

나는 이야기를 거기서 끊는 대신 그녀가 은연중 터부시하고 있던 내용을 언급했다.

"말씀하신 조카분은 지금 무얼 하고 계시나요?"

"……."

소피아는 표정 변화 없이 잠시 찻잔을 만지작거리다가 천천히 입을 뗐다.

"오래전 주님 곁으로 가셨습니다."

"……명복을 빕니다."

"감사합니다."

"병을 앓으셨나요?"

"제가 알기로는 건강했습니다. 그땐 이미 제 언니의 목숨을 앗아 갔던 결핵도 전국적인 예방 접종을 시행하던 때이니까요."

소피아는 잠시 생각하다가 말을 이었다.

"데오도라는 실수로 높은 곳에서 발을 헛디디고 말았습니다."

소피아는 백설희의 사인을 자살이며 타살로 섣불리 규정하지 않았다.

크리스찬에게 '자살'은 죄악이다.

요한의 집은 당시에도 크리스찬에 기저를 둔 곳이었다.

백설희에게는 소피아와 마찬가지로 신부에 의해 몇 가지 기초적인 신학 교육이 설파되었을 것이고, 심지어는 데오도라라고 하는 세례명까지 받았다.

그러니 소피아는 일부러라도 백설희의 죽음에 자살이란 가능성은 생각하지 않았다.

'하지만 타살에 대해서는?'

그걸 언급하는 건 더욱 조심스러우리라.

소피아는 이곳 D구 공동체에 대해 모종의 애정을 품고 있었다. 그녀가 사랑하는 D구에서는 '그럴 만한 일'은 추호도 없어야 할 것이다.

나로서는 그녀의 생각을 지나친 낙관론 또는 체념이라 여기고 있었지만, 당사자가 언급하지 않은 내용을 두고 왈가왈부할 입장은 아니었다.

'특히 나 같은 제3자 앞에서는 더더욱.'

더욱이.

한편으론 여기서 백설희의 사인을 단순 실족사로 퉁 치고 넘어가고 말 거라면, 소피아가 백설희의 존재를 언급할 필요는 없었을 것이다.

'소피아 역시도 내심 백설희의 죽음을 단순 실족사로 치부하기엔 어딘가 석연치 않다고 여기고 있겠지.'

그래서 나는 대화가 끊기질 않도록 슬쩍 구봉팔의 존재를 언급했다.

"구봉팔 이사장님이 슬퍼하셨겠군요."

"……예?"

"아, 그게…… 원장님께서 아까 전, 조카분이랑 구봉팔 이사장님이 친하다고 말씀하셔서요. 그분이 요한의 집에 온 구봉팔 이사장님을 잘 챙겨 주셨다고."

"아……. 예. 그랬죠."

'그랬을 거다'가 아닌 '그랬다'는 대답.

소피아는 저도 모르게 구봉팔의 입장을 시인한 셈이었다.

소피아도 아차 싶었던 모양인지 안면 근육이 조금 꿈틀거렸다.

나는 그 빈틈을 놓치지 않고 파고들었다.

"그러면 원장님께서는 구봉팔 씨가 새마음아동복지재단 이사장으로 취임하기 전부터 서로 알고 계셨겠군요."

"……예."

소피아가 고개를 끄덕였다.

그녀는 한동안 침묵하더니 다시금 입을 뗐다.

"이런 말씀을 드리긴 조심스럽습니다만."

소피아는 신중한 태도로 말을 이었다.

"구봉팔 이사장님께선 한때 일탈을 하셨습니다."

거기서 나는 관련해 알고 있다는 식으로 대답했다.

"예. 소년교도소를 나오셨죠."

"……네."

그 자체는 사실이었으나, 그걸 어떻게 알게 되었는지는 언급하지 않았다.

하지만 서로가 아는 내용이라면 방어기제도 느슨해지기 마련이다.

"실은."

소피아가 입을 열었다.

"구봉팔 씨가 소년교도소에 수감되었던 건 그것과 무관하지 않습니다."

"조카님의 죽음…… 말씀인가요?"

소피아가 말없이 고개를 끄덕였다.

그것만 놓고 보면 마치 구봉팔이 백설희의 죽음에 관여했다는 듯한 느낌이어서, 나는 구태여 물었다.

"두 분은 친한 사이가 아니었습니까?"

"아뇨, 그러니까…… 사장님께는 말씀드리기가 조심스럽군요."

"괜찮다면 듣고 싶습니다. 저도 후원자 중 한 사람으로 구봉팔 이사장님과 관계를 맺고 있을뿐더러 이제는 요한의 집과 무관하지 않은 입장이니까요."

　다소 직설적으로 나서자 소피아는 딱딱하게 굳은 얼굴로 차를 한 모금 마셨다가 내려놓았다.

"방금 전, 저는 사장님께 옛 요한의 집은 D구와 일종의 공생 관계란 말씀을 드렸죠."

"예, 그렇습니다."

"그 당시 D구와 요한의 집은 재정적으로 어려웠습니다. 지금처럼 나라가 나서서 도움을 주던 때도 아니었고, 이성진 사장님 같은 좋은 분도 계시지 않았죠."

"……과찬이십니다."

"데오도라는."

　그녀는 잠시 입을 다물고 속으로 해야 할 말을 골라 조심스럽게 밖으로 냈다.

"자신의 젊음을 대가로 요한의 집 경영에 무언가 보태려 한 모양이었습니다."

"......."

"그리고 데오도라는 혼인 없이 아이를 가졌습니다."

그건, 그녀가 내 앞에서 드러낼 수 있는 최대한의 치부였다.

그나마 '언니와 마찬가지로'라는 말을 뱉지 않은 것이 최선인 양.

'알고 있었다면, 그 자리를 떠나 수녀가 되지 않았다. 그런 걸 누군가에게 말하고 싶었겠지.'

한 번 터진 강둑에서 물이 쏟아지듯, 소피아는 내게 고해했다.

"데오도라의 배 속에 있던 아이는 세상의 빛을 보지 못한 채 주님의 곁으로 갔고……. 사장님도 아시다시피 데오도라 역시도 그해, 머지않아 아이의 뒤를 따랐습니다."

소피아는 급기야 주름진 양손으로 메마른 얼굴을 비볐다.

그 손바닥 틈새로 나는 소피아가 홀로 감내해 왔을 모종의 죄의식과 자책이 흘러넘치려는 것을 보았다.

소피아를 지탱하는 건 과거의 죄악감과 스스로를 향한 채찍질이었고, 그것이 그녀로 하여금 이 나이가 될 때까지 요한의 집에서 봉사하게 하는 원동력이었으리라.

지난 시간, 요한의 집과 구봉팔, 그리고 정화물산 사이에 있던 모종의 뒷거래조차 그런 소피아의 체념 속에서, 스스로에게 엄격하고자 하는 소피아 자신이 십자가를 짊어지려

해 왔던 것일 테고.

소피아가 손을 내렸다.

그 얼굴에 눈물, 같은 진부한 것은 없었다.

하지만 마치 그 말과 동시에 그녀 안에 있던 일말의 젊음마저 빠져나간 것처럼, 그 얼굴은 그새 몇 년은 더 늙어 보였고, 몹시 피로해 보였다.

"죄송합니다. 사장님께 드릴 말씀은 아니었는데. 몹쓸 모습을 보였습니다."

그제야 소피아는 내 신체적 나이를 의식한 듯 자책했다.

누군가가 젊음을 대가로 화대를 받았다는 건 초등학생 앞에서 꺼낼 말이 아니었다는 식이었으나, 나는 고개를 저었다.

"아닙니다. 괜찮습니다."

"······."

긴 침묵이 이어졌고, 소피아가 다시금 입을 뗀 건 나조차 얼마나 긴 시간이 지났을지 모를 때였다.

"······그리고 구봉팔 씨는 데오도라의 사후, 박영효 씨를 공격했습니다."

전후 맥락을 건너뛴 성마른 목소리였으나, 그녀가 생략한 과정에 들어갈 것이 무언지 모르는 바는 아니었다.

'그 결과 구봉팔은 소년교도소에 수감됐다.'

구봉팔은 백설희를 연모하고 있었고, 그 죽음에 직접적이든 간접적이든 원인을 제공한 이에게 위해를 가한 것이란 과정 없이 결과만을 남긴 말이었다.

나는 담담히 입을 열었다.

"혹시 사산된 아이의 아버지가 박영효 씨였습니까?"

"아뇨."

응?

소피아는 내가 놀랄 만큼 딱 잘라 단언한 뒤, 일부러 사무적인 어조를 의도해 말을 이었다.

"박영효 씨는 남성 불임자였습니다."

"……예?"

대체 무슨 소리야?

"하지만 제가 알기로는 분명, 그분께는 박상대라고 하는 아들이…….."

소피아는 내 말에 쓴웃음을 지었다.

"그 이후 후사는 없는 것으로 압니다."

"……."

그녀 스스로 자신이 수녀라는 입장이며 청자가 초등학생이라는 상황에서 소피아는 최대한 말을 아꼈으나.

'허어, 이거 참. 그리고 보면 박상대는 어머니를 많이 닮았다고 떠들어 대곤 했지. 어쩌면 그 아버지인 박영효와는 발가락 정도만 닮았을까.'

막장이군.

후천적 기능(?)의 문제? 일지도 모르겠지만, 어쨌건 소피아의 말 속에는 박영효가 백설희를 임신시켰을 가능성이 없음을 시사하고 있었다.

나는 헛기침조차 하지 못한 채 입을 뗐다.

"……그렇다면, 상대는 박상대 씨입니까?"

소피아는 대답 대신 희미한 미소를 지었다.

'……이거 참.'

황망한 일이긴 했으나, 한편으론 박상대 그 새끼답단 생각을 했다.

'그렇다는 건, 백설희의 사인은 타살일 가능성도 없지 않겠군.'

그 표정은 미묘했으나.

나는 소피아의 말에서 백설희의 조산된 사생아가 박상대의 자식일지도 모르겠단 가설을 떠올렸다.

'그리고 이번엔 가설이 아닌 확정 요소로써 강선의 존재인가.'

박상대는 자신의 욕망에 충실한 한편, 그 수습에도 욕망을 드러내는 것과 마찬가지로 수단과 방법을 가리지 않는 인간이었다.

한편으론 박상대가 박영효의 친자가 아닐 가능성에 대해 머리가 조금 지끈거렸지만, 거기까지 생각하는 건 상황을 쓸데없이 복잡하게 만드는 과잉 정보였으므로 우선은 배제하기로 했다.

'어쨌건 결국, 표적으로서 박상대를 공격해야 한단 사실은 변하지 않아.'

계기로써 무언가에 관한 징후가 될지도 모를 정보이긴 했지만.

소피아는 내 얼굴을 가만히 살피다가 천천히 입을 뗐다.

"들으니, 사장님께서는 박상대 씨를 알고 계신 모양이군요."

"아……. 예. 직접 만나 뵌 적은 없지만요."

나는 자연스럽게 소피아의 말을 받았다.

"얼마 전 총선 때 박상대 후보의 행보가 제법 큰 뉴스거리였지 않습니까? 거기서 우연히 그분이 D구에 인연이 있다는 걸 전해 들어서요."

"그랬군요."

다행히 소피아는 내가 박상대의 존재를 알고 있다는 걸 크게 개의치 않는 모양이었다.

그도 그럴 것이 박상대는 현재 야당의 다음 세대를 대표하는 젊은 피 중 하나로 주목받고 있는 중이었고, 이대로라면 세대교체 시기와 맞물리며 야당을 대표하는 인물 중 하나로 거듭날 탄탄한 커리어를 밟아 갈 예정이었다.

"이제 지나간 일이 되고 말았습니다만, 실은…… 데오도라와 박상대 씨 둘의 사이는 그다지 나쁘지 않았습니다."

응?

"둘은 이른바 소꿉친구였거든요. 박상대 씨는 그 아버지인 박영효 씨를 따라 요한의 집을 자주 찾았고 어릴 적부터 알고 지낸, 나이가 비슷한 두 사람이 어느 정도 친밀한 사이로 남게 된 것도 그리 어색한 일은 아니었습니다."

솔직히 말해서, 나는 조금 당황했다.

나는 얼굴에 티를 내지 않으려 노력했다.

"그러면 조카님과 박상대 씨는 친구였습니까?"

"친구……였을지도 모르겠군요. 한 가지 분명한 건, 데오도라의 죽음에 가장 크게 비통해했던 것도 박상대 씨였습니다."

"……."

"데오도라가 제게 보내온 서신에는 이따금 박상대 씨에 관한 언급이 있었고, 저는 둘의 사이가 나쁘지 않다고 느꼈습니다."

소피아의 말은 나로 하여금 백설희의 일을 다소 다른 관점에서 바라보게끔 했다.

"그 두 분의 사이는 소위…… 서로에게 이성적인 호감이 있었을까요?"

"당사자의 문제이니, 그 당시 자리에 없었던 저로서는 알 수 없지요. 다만 사춘기 시절과 맞물려, 그럴 만한 징후는 여러 차례 보였습니다."

빙 둘러 답하긴 했으나, 사실상 서로가 서로를 연모하는 관계였다는 의미였다.

그 과정에 어쩌면 서로의 마음을 확인하는 단계를 거쳤을지도 모르고.

'흐음, 이거 참.'

원장실 벽에 걸린 시계를 힐끗 살핀 소피아가 어조를 바꿔 말했다.

"곧 원아들의 저녁을 준비할 때군요."

그녀의 말에서 나는 내가 소피아와 대화에 적잖은 시간을 할애했음을 깨닫고 고개를 끄덕였다.

"차 잘 마셨습니다."

"아닙니다. 오히려…… 상당히 불편할 수도 있는 제 이야기를 들어 주셔서 감사했습니다."

소피아는 되레 내게 감사를 표했다.

나를 통해서 고해성사라도 한 기분일까. 그네들의 종교관이 어떻건 간에 그건 내가 상관할 바는 아니었다.

"괜찮으시다면 식사를 들고 가시겠어요?"

"아뇨, 괜찮습니다."

나는 요한의 집에서 저녁을 들고 가라는 소피아의 청을 부드럽게 거절했다.

'몇 가지 확인할 것도 있고.'

어차피 강선을 요한의 집에 맡긴 것으로 내 용무는 끝이 났다.

오히려 소피아에게 몇십 년 전에 있었던 일의 새로운 정보를 얻어 낸 것으로 애초에 목적한바 이상의 성과를 얻어 냈다.

"다음 기회에 시저스 측과 함께 식사 자리를 마련해 보겠습니다."

"네, 아이들도 좋아할 거예요."

나는 소피아와 함께 원장실을 나섰다.

그녀는 사무적인 어조로 Y구에 짓고 있는 새로운 보육 시설 이야기를 꺼냈다.

소피아는 그 내면에 사적 영역과 공적 영역을 오가는 스위치를 온 오프 하는 모양이었다.

건물은 문제없이 보수 공사 중이며, 이곳 요한의 집을 떠날 원생들에게 별도의 재정적 독립 지원 방안도 모색 중이라는 이야기를 전했다.

나는 새마음아동복지재단이 추진 중인 해당 사업의 보고를 들으며 고개를 끄덕였다.

그러면서 동시에 나는 생각했다.

'박상대라…….'

백설희의 임신이 원치 않던 것이건, 상호 간의 협의가 되어 있었건, 박상대가 개자식이라는 사실과 내가 조광과 관련해서 그를 배제해야 한단 자체는 변함이 없었다.

다만 소피아와 이야기를 나눠 보고 난 지금은 구봉팔의 '복수'라는 것은 순전히 구봉팔 개인의 **충동에 의한** 것은 아닐까, 하는 생각이 드는 것도 사실이었다.

'……이렇게 되면, 백설희의 죽음 역시도 사고사였던 것이 되는 게 아닐까?'

그렇다면, 구봉팔은 강선의 정체를 알게 되면 어떻게 나올까.

그는 강선에게도 그 나름의 '연좌제'를 적용하려 할까, 아니면…….

'구봉팔이 78년도를 어떻게 기억하고 있을지 모르는 이상, 이번 일에 구봉팔을 끌어들이는 건 조금 신중할 필요가 있겠군.'

동시에 구봉팔이 공격한 대상이 박상대가 아닌 박영효였단 것까지도.

한번쯤 고려해 봄 직한 요소였다.

"예은 씨."

"네, 사장님."

전예은은 내가 부르는 즉각 다가왔다.

오랜만에 만난 아이들과 노느라 다소 지친 기색이었고, 이

마에 옅은 땀이 송골송골했다.

"오늘은 이만 돌아가죠."

"아…… 네!"

나는 이러지도 저러지도 못한 채 우물쭈물 전예은을 따라온 강선을 보았다.

무언가 위로라도 건네야 할까 생각했다가, 나는 강선을 보며 입을 뗐다.

"걱정할 거 없어. 예은 누나도 종종 여기 찾아올 테니까."

"……."

강선은 그 말에 무어라 대답하지도, 고개를 끄덕이지도 않았다.

'과묵한 건 전생이나 지금이나 변함이 없군.'

전예은은 생글생글 웃는 낯으로 허리를 숙여 강선의 손을 붙잡았다.

"그러면 누나는 이만 가 볼게. 강선이도 선생님들이랑 수녀님들 말씀 잘 듣고, 형들이랑 누나들이랑 잘 놀고 있어. 알았지?"

"……응."

저놈, 내가 건넨 말은 들은 척도 안 하더니.

됐다, 박상대 놈의 핏줄이 어디 가겠냐.

나는 몸을 돌려 주차장으로 향했고, 전예은은 강선과 작별한 뒤 내 뒤를 쫄래쫄래 따라붙었다.

"흐음."

묘한 콧소리에 나는 발걸음을 옮기며 힐끗 그녀를 살폈다.

"뭡니까?"

"아, 아뇨."

전예은은 고개를 가로젓더니 예의 희미한 미소를 내게 지어 보였다.

"간접적이긴 했지만, 사장님께 누나라고 불렀더니 기분이 이상해서요."

뭘 어쩌라고.

"제가 연하니까요."

"그렇긴 한데……."

나는 이쪽을 힐끗 살피는 전예은을 보며 어깨를 으쓱였다.

"강선이 앞에서 예은 씨가 어떻고, 하는 이야기보단 누나 운운하는 편이 자연스러우니 그렇게 했을 뿐입니다. 뭐, 제가 누군가를 누나라고 부르는 건 대상에게 어느 정도 효과를 보긴 합니다만."

"……그래서 일부러 자제하시는 거예요?"

"그보단 마땅한 호칭이 있을 땐 그걸 우선한다는 것에 가깝죠."

전예은은 내 말을 잠시 생각하더니 흐음, 하고 한숨을 내쉬었다.

"사장님께선 스스로 인기 있다는 자각을 하고 계시는군

요?"

"물론이죠. 잘생기고 똑똑한 데다 능력까지 갖추고 있는데, 누군들 싫어하겠습니까?"

"……재, 아니 왠지 남 이야기 하듯 말씀하시네요."

뭐, 남 맞으니까.

그보단, 재, 뭐? 설마하니 재수 없단 말을 하려다 만 건가?

그렇다고 굳이 추궁할 건 없어서, 나는 화제를 돌렸다.

"강선이는 어떻습니까?"

전예은은 조금 부루퉁하던 얼굴을 고쳐 내 말을 받았다.

"조금씩 마음의 문을 열고는 있어요. 지금으로선 저에게 한정된 이야기이긴 하지만요."

"그러면 예은 씨도 종종 시간을 내서 요한의 집에 들러 주세요. 근태에는 업무 출장으로 인정하겠습니다."

"네……."

왜, 업무로 인정되면 좋은 거 아닌가?

출장비까지 챙겨서 땡땡이가 가능한 일인데.

전예은이 말을 이었다.

"그래도 강선이와 관련해선 은서에게 맡겨 두었으니 잘할 거예요."

나는 고개를 갸웃했다.

"은서? 그게 누굽니까?"

"장은서라고, 사장님께서 이상한 지식을 주입하려던 여자 애예요."

그 말에 나는 그 조금 되바라진 여자애를 떠올리곤 고개를 끄덕였다.

'전예은이 그렇다고 하니, 믿을 만하겠지.'

그때, 저 멀리 주차장에서 차를 지키고 있던 강이찬이 밖으로 나와 내게 묵례했다.

'강이찬⋯⋯.'

비록 입 밖에 내진 않았으나, 나는 그를 이휘철이 내게 심어 둔 끄나풀로 확신하는 중이었다.

얼마 전 운락정에서 최갑철을 만났던 그날, 어떻게 해도 이휘철에겐 샐 일이 없는 정보가 유출되었다.

그 외에도 후보는 여럿 있었지만, 이휘철과 접점이 있으며 그 정보의 유출로 이득을 볼 만한 인물이 없단 의미에선 그나마 강이찬이 유력했다.

이휘철은 곽철용을 대동하고 운락정을 찾아와 일을 '중재' 했고, 그 결과 박상대의 실각은 이루어지지 않았다.

결과적으로는 지금, 내게 박상대의 정치 생명뿐만 아니라 사회적으로도 끝장낼 수도 있을 더 크고 예리한 무기가 손에 들어왔지만 그건 어디까지나 결과론일 뿐이었다.

'뭐, 이진영의 끄나풀일 뿐인 것보단 한결 낫긴 하지만⋯⋯.'

그가 이진영이 심어 둔 정보책인 건 이미 전예은을 통해 알고 있던 바였고.

그건 달리 말하면, 이진영의 배후엔 이휘철이 버티고 있다는 의미와도 상통했다.

'……그렇다는 건 이진영 역시도 내가 하고 있는 일을 알고서 일부러 모른 척하고 있다는 건데…….'

그것이 내겐 독이 될지, 아니면 약으로 작용할지, 이 시점엔 아직 확신할 수 없는 요소였다.

전예은이 웃는 낯으로 강이찬에게 인사했다.

"죄송해요. 오래 기다리셨죠? 안에서 기다리시지 그러셨어요."

"아니, 괜찮아. 애들은 조금 대하기 힘들어서. 또, 그동안 읽고 싶던 책도 읽었고."

"재밌죠? 그거."

"응. 볼만하더라."

내 생각이야 어쨌건, 전예은과 강이찬은 제법 친했다.

둘 다 독서를 좋아한다는 공통분모도 있었고, 전예은의 태도로 말미암아 그건 강이찬도(꼬나풀 의혹이 있긴 하나) 본질은 나쁜 인간이 아니란 의미이기도 했으니까.

'……한편으론, 전예은이 내게 그런 걸 보고하지 않고 있단 것도 조금 마음에 걸린단 말이지.'

전예은 역시도 오롯이 믿을 만한 인물인가, 하면 글쎄.

일단은 내 편인 거 같긴 하지만, 나는 그녀가 의도적으로 누락하고 있는 정보가 있다는 것도 눈치채고 있었다.

'묻기 전엔 답하지 않는단 걸까.'

그 능력이 치트키이긴 해도, 그 능력이 나를 위해서만 쓰인단 보장은 할 수 없었다.

'어렵군, 어려워.'

자연스럽게 차에 올라타려던 마침 핸드폰이 울려서, 나는 눈짓으로 양해를 구한 뒤 몸을 돌려 거리를 두었다.

'누구지?'

새삼 불편함을 느끼고 있는 것 중 하나로, CID(Calling Identification Display : 발신자 번호 표시) 서비스가 상용화되려면 이 시기엔 아직 먼 데다, 해당 서비스는 통신사 측의 협조가 있어야 가능했다.

'말인즉슨 제조사의 역량과는 별개로 한동안은 통신사의 갑질을 고려해야 한다는 거지.'

심미성을 해치는 통신사 로고가 핸드폰에 떡하니 박혀 출고되곤 하는 건 그 연장선이나 다름 아니었다.

전생의 이성진도 걸핏하면 '통신사 놈들' 하고 이를 부득부득 갈아 대곤 했으니.

'그 부분은 나도 동의하는 바지. 만든 건 이쪽인데, 정작 생색은 저들이 내고 있었으니까.'

뭐, 그것도 스마트폰 시장이 정착하고 전 세계적 히트를 기록한 아이폰이 선례를 남긴 덕에 삼광도 통신사의 생떼를 받아칠 수 있었지만.

한동안은 통신사와 불편한 동행을 감수해야 한다는 것이 다소 속 쓰린 요소였다.

그러나 나는 일단 내색 않고 전화를 받았다.

"예, 이성진입니다."

─이성진 사장님 핸드폰입니까?

상대는 본인이 그렇다고 하는데 구태여 되묻고 있었다.

"아, 네."

─아, 다행이다. 나야, 강하윤 형사. 아까 요한의 집에서 만났던.

누군가 했더니, 강하윤 형사였다.

나는 미소 띤 얼굴로 말을 받았다.

"네, 누나. 개통하셨나 보군요."

─으, 응. 고맙단 인사를 전해 두고 싶어서. 통화 괜찮아?

"그럼요."

나는 자세를 고쳤다.

"품질은 괜찮은가요?"

─응, 괜찮은 거 같아. 아니, 무척 좋아. 아, 그렇지. 내 핸드폰 번호도 알려 줄게. 그러니까 011⋯⋯.

"지금은 받아 적기 힘든데⋯⋯ 괜찮으시다면 나중에 문자 메시지로 보내 주시겠어요?"

기억하는 거 자체는 어렵지 않지만.

−문자메시지?

"네. 클램의 세일즈 포인트 중 하나거든요, 그거."

비록 아직은 핸드폰 사용 인구도 비주류인 데다 그 개념이 확립되기 전이고, 또 '주고받는다'는 것이 전제되는 이유 탓에 극소수만 이용 중인 서비스였지만.

나중에는 핸드폰이라고 하는 물체의 아이덴티티를 상징하는 개념으로 정착해 한동안 통신사의 주된 먹거리가 될 것이다.

−으음, 문자메시지라…… 혹시 이메일 같은 거니?

"조금 다른데…… 동봉된 설명서에 자세히 나와 있어요. 혹시 어려운가요?"

−아니, 아직 설명서를 안 봐서…… 한번 시도해 볼게.

아직은 개념이 생소할 뿐이지, 어려운 건 아닐 것이다.

나는 조만간 드라마나 영화에 PPL로 사용례를 한 번쯤 보여 줘야겠다고 생각하며, 어떻게 하면 강하윤과 사건 정보를 공유할 수 있을지 고심했다.

그사이, 강하윤이 수화기 너머 입을 열었다.

−저기, 선배님, 아니 정진건 형사님께 들으니까 성진이는 삼광 그룹 사람이라면서?

이야기 안 했었나?

뭐, 나도 굳이 나서서 떠들고 다니진 않지만, 그렇다고 사실을 아니라고 말하며 돌아다닌 적은 없었다.

'정진건도 딱히 관련 사안을 말하지 않았던 모양이지.'

그럼에도 강하윤이 그걸 요한의 집에서 만났을 당시에도 모르고 있었다는 점이 아이러니했다.

'한편으론 SJ컴퍼니 사장이란 명함을 보았음에도 불구하고, 내가 누구라는 걸 몰랐다는 건…… 일반 대중에게 SJ컴퍼니와 삼광전자의 관계는 그리 알려지지 않았단 의미로군.'

그보단 여기서 내가 삼광 그룹 관계자임을 공유할 필요가 있을지는 모르겠다.

"죄송해요. 저는 이미 알고 계신 줄로 알아서요."

―아니, 아니. 네가 사과할 건 아니고. 응.

혹여 콩고물이 떨어지길 바라고 접근하는 거라면 그에 상응하는 조치를 취할 셈이었다.

정진건은 근처에 없나?

강하윤이 말을 이었다.

―아…… 그게 있지. 다름이 아니라. 나 MP3 잘 쓰고 있어서, 그것도 인사를 할까 싶었거든.

이럴 수가. 강하윤 형사님은 소중한 고객님이셨군. 내가 큰 오해를 했다.

"그러셨군요."

나도 모르게 진심으로 미소가 나왔다.

"M-32 모델인가요? 아니면 M2-64?"

―응? 어. 잘 모르겠는데……. 32메가짜리로 쓰고 있어.

"흐음, 그렇다면 M-32거나 M2-32a를 쓰고 계시겠군요. 혹시 서비스 이용에 개선 사항이 있다거나 하면 얼마든지 말씀해 주세요. 후속 모델에 적극 반영하도록 하겠습니다. 제 생각이지만 구버전 모델이라 하더라도 세계 최초의 MP3 플레이어라는 위상은 고객님께 언제고 소장 가치가 있을 것이란 것을 말씀드리고 싶습니다. 아, 말이 나온 김에 여쭙습니다만, 혹시 SBY라고 아세요? 지금 무료로 1.5집 앨범을 홈페이지에 공개 중인데, 설령 인터넷 환경이 여의치 않더라도 바른손레코드 측을 찾아 주시면 얼마든지 다운로드가 가능하거든요."

—…….

"……여보세요?"

—아니야, 듣고 있어. 응, 시간 날 때 들러서 이용해 볼게. 고마워.

"아뇨, 아뇨. 별말씀을. 나랏일 하시는 분께 도움이 되었다면 더할 나위 없는 영광입죠."

—…….

왠지, 이번에도 말이 없다. 혹시 바쁘신가?

—아 참, 맞아. 일이 바쁘니 이만 끊을게.

역시 바쁘신 분이셨구

"예, 살펴 가십시오."

—…….응. 아, 그리고 문자메시지라는 건 빠른 시일 내에 보낼게.

나는 강하윤과 통화를 마친 뒤, 어깨를 으쓱이곤 차에 올

라탔다.

차에 탔더니, 조수석의 전예은이 고개를 돌려 뒷좌석의 나를 보았다.

"사장님, 누구셨어요? 통화가 무척 공손하셨는데."

"큰일 하시는 분이에요."

"……예?"

"정말로 선배님 말씀대로입니다."

강하윤은 통화를 마치며 쓴웃음을 지었다.

"제가 MP3를 샀다고 하니까 엄청 좋아하는걸요."

"말했잖아. 그럴 거라고."

"……예."

너무 그래서 정나미가 뚝 떨어질 뻔했지만, 강하윤은 차마 그 말만큼은 입에 담지 못했다.

강하윤은 손에 든 핸드폰을 만지작거리다가 문득 생각났다는 듯 물었다.

"선배님, 혹시 문자메시지라는 거 써 보셨습니까?"

"문자메시지? 아니. 그게 뭔데?"

"아, 성진이가 그걸로 제 핸드폰 번호 찍어서 보내 달라고 했습니다."

"그랬군."

정진건은 이성진이 강하윤을 통해 수사 내용을 공유하려는 모양이라고 생각했다.

한편으론, 그 오지랖이 도를 넘어서는 것으로 보아 왠지 이번 일이 이성진으로 하여금 단순한 흥미 본위 이상의 무언가가 있지 않을까, 혼자 생각을 곱씹었다.

'……물론 녀석은 한강의 변사체에 대해선 존재조차 모를 테니 악의가 있는 건 아니겠지만.'

그럼에도 정진건은 어딘지 모르게 이성진이 강선에 대해 생각보다 많은 것을 알고 있는 것은 아닐까, 하고 근거 없는 생각을 이어 갔다.

'여차하면 유전자 감식이라는 걸 써 봐야 할지도 모르겠어.'

설령 국과수 쪽에서 받아 주지 않더라도 이성진이라면 왠지 해외 쪽을 통해 유전자 감식 결과를 받아 낼 수 있을 거란 확신이 들었다.

'그랬다간 시말서감이지.'

이쪽도 그럴 인맥이 없는 건 아니지만.

정진건이 입을 뗐다.

"어쨌건 중요한 협력자니까, 종종 연락은 하도록 해. 도움이 될 거야."

"예, 선배님."

지금으로서선 어쨌건 어린애 손이라도 빌려야 할 상황이었다.

그러는 사이, 정진건이 모는 차는 고속도로 외곽으로 빠져나와 국립과학수사연구소를 향했다.

"그러고 보니 강 형사, 국과수는 처음인가?"

"아뇨, 경찰학교에서 견학 때 한 번 와 보았습니다."

"그럼 이번이 처음이군."

정진건이 말을 이었다.

"우리 사건 담당자가 조금 특이하긴 한데, 악의는 없으니까 개의치 마."

"……예?"

정진건은 형사 신분증을 내밀어 어렵지 않게 통과한 뒤, 약조한 담당자를 만났다.

"왔어?"

"응, 반지 감식 결과가 나왔다고 해서."

정진건과 연구원은 서로 자연스럽게 말을 놓고 있었다.

'양상춘 박사'라고 해서 조금 늙수그레한 인물일 줄 알았더니, 의외로 젊었다.

그렇다고 해서 아주 젊진 않았고, 정진건에게 말을 놓을 정도는 되었다.

그사이 강하윤은 슬쩍, 연구실을 훑어보았다.

사건 담당의 연구실은 지저분하고 복잡했다.

그가 강하윤을 보며 더벅머리를 긁적였고, 동시에 비듬이 우수수 떨어져 내렸다.

"이분이 물고기 배 속에서 반지를 찾아내신 그분이신가."

아마, 그가 걸친 하얀 가운 색만 아니었더라면, 어깨 위의 비듬이 눈에 보였으리라.

악수를 권해 오지 않아 다행이라고 생각하며 강하윤은 고개를 끄덕였다.

"예, 강력반 강하윤 형사입니다."

"으응."

그는 잠시 강하윤을 위아래로 훑어보더니 고개를 끄덕이곤 포트에 전원을 넣었다.

"커피 마실 사람?"

"괜찮아."

정진건의 즉답에 강하윤은 눈치를 보다가 고개를 끄덕였다.

"저도 괜찮습니다."

"그래?"

강하윤은 이내 그 이유를 알 수 있었는데, 그가 언제 설거지를 했는지 모를 지저분한 머그컵에 커피 믹스 몇 개를 냅다 들이부은 까닭이었다.

양상춘은 커피를 한 모금 마시더니 강하윤을 물끄러미 쳐다보았다.

"강 형사랬나?"

"예, 그렇습니다."

"그쪽은 귀걸이도 안 하나 보군? 보아하니 화장기도 없고."

"예?"

갑작스러운 말에 강하윤은 무슨 의도인가 싶어 잠시 벙 쪘다.

"무슨 말씀이신지……."

"아, 그냥. 남자 친구도 없겠네, 싶어서."

"……."

뭐야, 이 사람.

강하윤은 그 은근한 성희롱에 항의를 할까 말까 하다가, 정진건의 얼굴을 보아서 참았다.

그러더니 양상춘은 불쑥, 강하윤에게 손가락 두 개를 펼쳤다.

"좋은 소식이랑 나쁜 소식이 있거든. 뭐부터 들을래?"

"……예?"

"한번쯤 뱉어 보고 싶었던 대사여서. 그래서 어쩔래?"

강하윤은 아까부터 줄곧 이어진 그 자연스러운 하대를 자각하며 떨떠름한 얼굴로 대답했다.

"……좋은 소식부터 듣겠습니다."

양상춘이 고개를 끄덕였다.

"응, 우선 좋은 소식은 반지가 진품이라는 거야. 싸구려나 짝퉁이 아니라, 진짜배기 고급품."

그건 앞서 정진건의 통화를 토대로 들은 바 있던 내용이었다.

"사진 볼래?"

그러면서 양상춘은 책상을 싹 쓸어 잡동사니를 한데 모은 뒤, 이제 갓 인화한 사진 몇 장을 카드 패처럼 툭툭 늘어놓았다.

개중엔 강하윤이 증거품을 국과수로 넘기기 전 휴대하는 일회용 사진기로 찍은 현장 사진도 몇 장인가 포함되어 있었다.

그 외에는 국과수에서 오물을 세척하기 전 찍은 사진과 오물을 닦아 낸 뒤 찍은 사진.

강하윤도 현장에서 실물을 보았을 땐 그 진가를 제대로 알기 어려웠으나, 이렇게 세척까지 마친 반지는 문외한이 보기에도 고급스러웠다.

그리고 안쪽에 아로새겨진, 필기체로 흘려 넣은 듯한 각인의 영문자 S&S.

"참고로 그쪽 강 형사가 찍은 물고기는 잉어목 잉어과에 속하는 강준치야. 더럽게 맛이 없어서 인기가 없지. 줘도 안먹는 거라서 해부 뒤엔 그냥 버렸어."

"아……예."

강하윤은 의식적으로 물고기 해부 사진으로부터 고개를

돌렸다.

"나쁜 소식은 무엇입니까?"

양상춘이 어깨를 으쓱였다.

"강준치가 반지를 삼키는 과정에 열심히 씹어 댔는지, 흠이 생겨서 제값은 못 받겠단 거?"

"……"

"하긴, 어차피 비린내가 심해서 한동안은 못 쓰겠군."

이 상황에 무슨 농담을.

욱한 강하윤이 참다못해 무어라 말하기 전 정진건이 끼어들었다.

"피해자와 연결할 만한 다른 건 없었나? 이를테면 음, 생체 조직이라거나 지문처럼."

"그게, 없더라고."

양상춘이 고개를 저었다.

"애당초 물고기 배 속에서 발견된 반지와 한강 변사체의 연결 고리를 찾아보겠다는 게 논리적 억지지. 두 사건은 별개의 독립시행 변수일 수도 있는 거잖아."

정진건이 메모지를 꺼내 펼치며 양상춘의 말을 받았다.

"변사체와 반지의 사이즈는 어때? 혹시 일치하나?"

"그것도 끼워 맞추긴 어려워. 뭐, 하자면 변사체의 손가락이 골격으로 연역해 유추할 수 있긴 하지만…… 서로가 이른바 표준 사이즈에 가깝고. 혹시라도 물고기가 손가락이랑 반지를 함께 삼켰다고 하면 연결 고리를 찾을 수 있었겠지."

그래서 군이 물고기를 해부하기까지 한 건가.

강하윤은 변사체의 손가락이 잘려 나가고 없다는 부검 기록을 머릿속으로 떠올렸다.

범인은 변사체를 처리하는 과정에 잘라 낸 손가락까지 한강에 버릴 수도 있었겠지만, 그렇게까진 하지 않았던 모양.

'조심스러운 건지, 추진력이 있는 건지……. 아.'

그제야 강하윤은 눈앞의 양상춘이 말한 것이 그 나름대로의 전달 방식임을 알았다.

즉, 반지는 지금으로선 증거로서 기능을 하기 어려울 뿐만 아니라 변사체와 연결 고리도 미약하다는 것이 연구원의 견해였다.

비록 하는 말은 고깝지 않았지만, 연구원은 알아낼 수 있는 방향에선 최선을 다해 표본을 조사해 본 모양이었다.

"상황 유추는 우리 일이 아니긴 한데, 아마 이 반지는 결혼 직전에 차인 어느 아가씨가 울분에 차서 한강을 향해 던져 버린 건 아닐까?"

……저 쓸데없는 사족만 제외한다면.

하지만 정진건은 강하윤과 달리 양상춘의 말을 허투루 넘겨 버리지만은 않았다.

"여성용 반지인 모양이군."

"으응, 일단은 그렇게 보고 있어."

그러며 양상춘은 강하윤을 쳐다보았다가 말을 이었다.

"이후는 국과수 공식 의견이 아니니깐 그냥 흘려들어. 아무튼 미혼에 남자 친구도 없는 강 형사를 위해 설명하자면."

또 쓸데없는 사족이 붙었다.

'아니, 처음부터 반지에 대해 설명할 걸 염두에 두고 남자 친구 유무니 액세서리 운운했던 거였을까? 설마.'

강하윤이 생각하는 사이, 양상춘이 말을 이었다.

"우선 남자랑 여자는 그 반지 사이즈 호수부터 차이가 나지. 경우에 따라 다르지만 보통은 16호부터 시작하고. 참고로 이 반지는 11호 사이즈야."

양상춘이 반지 사진을 슥 내밀었다.

"또, 여기 봐 봐. 테가 얇지?"

"음…… 잘 모르겠습니다."

"이건 금값이 금값이라 얇게 한 건 아니고. 평균적으로 남녀가 선호하는 디자인의 차이야. 설령…… 요새 젊은 애들이 끼는 커플링? 이라는 걸 맞춘다고 해도 똑같이 맞추진 않거든. 남자 건 테가 좀 더 굵고, 대부분은 보석을 박지 않아."

양상춘이 덧붙였다.

"강 형사는 모르겠지만."

"……양 박사님께서 말씀하신 대로 반지가 고급품이라면, 거기 아로새긴 이니셜은 특별 주문 제품일 것 같습니다만."

"글쎄. 그럴지도."

"혹시 그 반지의 제조사는 알 수 없었습니까?"

그 말에 양상춘이 턱을 긁적였다.

"응? 그런 건 전당포에 가서 알아봐야지."

"……."

뭐 이런 인간이 다 있담.

거기서 정진건이 물었다.

"추천하는 곳 있어?"

그렇다고 그걸 물어보는 선배님은 또 뭐람.

양상춘은 다시금 머리를 벅벅 긁었다.

강하윤은 그가 마시고 있던 커피에 비듬이 떨어져 내리는 건 아닐까 생각하며 한 걸음 뒤로 슬쩍 물러섰다.

"전당포도 그 나름이긴 한데……. 내 생각엔 국내에선 찾기 힘들 거 같아."

"국내에선 찾기 힘들다니?"

양상춘은 책상 위에 늘어놓은 사진 중 반지 중앙의 보석이 크게 확대되어 있는 걸 집어 들었다.

"자세한 건 전문가에게 알아봐야겠지만 다이아몬드 커팅 방식이 어려워. 이건 라운드 브릴리언트 컷, 이라고 해서 가장 표준적인 것임과 동시에 손이 많이 가는 방식이기도 하거든."

뒤로 한발 빼는 것과 달리, 양상춘이 알고 있는 건 일반 상식 수준보다 한 걸음 더 나아가 있었다.

"게다가 이런 건 국내에선 최근에야 조금씩 유행하고 있는 거고…… 해외에선 18K 골드와 다이아몬드를 배치하는 것이 아닌 몸체에 백금을 쓰는 것이 트렌드야."

정진건은 생소한 액세서리 시장 분야의 이야기를 들으며 잠시 생각에 잠겼다가 양상춘의 말을 그 나름대로 받아 소화시켰다.

"즉, 기술적으로는 해외에서 만들어진 것이고, 유행은 국내 최신이라는 건가?"

"뭐, 유행 운운 이전에 당사자의 취향이 우선하는 거지만…… 반지 안쪽에 이니셜을 새겨 넣는 센스의 소유자라고 하면 보통 진열대에 비치된 것 중 하나를 가리켜 '이걸로 주세요' 하지 않았을까, 하는 게 내 생각이지."

"음."

즉, 양상춘의 '개인적인 생각'에 의하면, 증거품으로 나온 반지는 일단 국내에서 최신 유행하고 있는 디자인 상품이었다.

그 말에서 강하윤은 방금 전 양상춘이 사족을 덧붙일 때 했던 말을 떠올렸다.

「……아마 이 반지는 결혼 직전에 차인 어느 아가씨가 울분에 차서 한강을 향해 던져 버린 건 아닐까?」

그래서 '기혼자'가 아닌, '결혼 직전에 차인 어느 아가씨'라고 했던 건가.

　의외로 허투루 흘려들을 말이 아니었던 셈이었다.

　양상춘이 턱을 긁적였다.

　"거기서 자네가 굳이 한강에서 발견된 변사체와 반지의 소유주를 엮어 보는 과정에서 더 엮어 보자면, 대략 십여 년 전, 물 건너에서 산 반지를 선물로 받았겠지. 그래서 국내에선 찾기 힘들 거란 의미에서 한 말이고, 깊게 새겨듣지는 마."

　"혹시 이니셜을 새기는 데 드는 수고는 없었을까?"

　"금붙이는 가공이 쉬우니 그 정도는 기성품에 약간 손을 더하는 정도만으로도 충분했을 거야."

　양상춘이 손에 든 사진을 도로 책상 위로 휙 던지며 말을 이었다.

　"뭐, 물고기 배 속에서 나왔단 것 때문에 사용감이나 스크래치를 특정하기 힘들다는 게 아쉽긴 한데…… 그래도 다이아가 박혔으니 비싼 물건이었고, 생활 기스는 보이지 않았으니까 원 소유주는 필요할 때만 반지를 끼는 식으로 사용해 오지 않았을까 싶군."

　"이를테면 중요한 사람을 만날 때처럼?"

　"제3자가 감히 상황을 특정할 수는 없지. 어쩌면 그냥 꼴도 보기 싫어서 마냥 방치하고 있다가 강물로 휙 던져 버렸을 뿐인 걸지도 모르니까."

양상춘이 어깨를 으쓱여 덧붙였다.

"어디까지나 내 생각일 뿐이야."

"그렇군. 도움이 됐어."

양상춘은 정진건의 감사를 담담한 얼굴로 받으며 커피를 한 모금 마셨다가 머그컵을 내려놓았다.

그때 가만히 양상춘의 추리를 듣던 강하윤이 입을 뗐다.

"양 박사님, 여쭤보고 싶은 게 있습니다."

"뭔데?"

"만일 변사체와 반지의 주인이 동일인이라고 가정할 경우, 반지는 사체 처리 과정에서 즉흥적으로 버린 거라고 볼 수 있지 않겠습니까?"

양상춘은 고개를 갸웃하더니 자세를 고쳐 앉았다.

"무언가 생각하고 있나 보군. 강 형사의 줄거리를 들려주게."

"아…… 예."

강하윤은 잠시 뜸을 들였다가 대답했다.

"우선, 저는 변사체에 가해진 위해 자체는 계획 범행이 아니라고 생각했습니다."

사망자의 직접적인 사인은 질식사. 그것도 외부에서 기도 훼손 압박이 있었다는 것이 국과수의 감식 결과였다.

"범행 자체는 우발적이었다는 거로군. 하긴, 사람을 죽이는 수많은 방법 중에 목을 조른다는 건 우발성의 전형이지."

양상춘이 고개를 끄덕여 가며 맞장구를 쳤다.

"특히 시체 처리 과정과 비교해 보면 말이야. 그러니까 범인은 이렇게, 정면에서 목을 졸라서……."

"……계속해도 되겠습니까?"

"아, 그래. 계속해."

"그리고 범인은 이 우발적 살인 후 뒤처리를 위해 사람을 쓴 것이 아닐까 합니다."

현재, 변사체와 관련한 사건은 단독 범행이 아니라는 것이 경찰 내부의 주류 의견이었다.

시체를 처리하는 과정, 그리고 그 시체에 벽돌을 매달아 던졌다는 행위 등등은 혼자서 할 수 있는 일이 아닐 것이라 보았고, 따라서 범인은 최소 3인(시체를 운반하는 데 도움을 주었을 운전수까지 포함해서) 이상.

그리고 시체는—아직 특정할 수는 없으나—어느 대교에서 차를 세우고 강물로 던져 버렸을 것이다.

수심이 얕은 곳에서 시체를 유기하는 건 사실상 누군가가 시체를 발견해 주길 바라는 것이며, 이는 사체의 고의적 훼손 정도와 일치하지 않는다.

그러니 범인은 배를 이용했거나 차량을 이용해 강물로 시체를 던져 버렸을 것이나, 배를 이용하는 건 당사자를 특정하기 쉬우므로 '다리에서 시체를 던졌다'는 것이 내부 의견.

특히 시체에 남은 흔적 중엔 높은 곳에서 낙하 시 수면과 충격이 있었다는 것을 증명하고 있기도 했고.

강하윤이 말을 이었다.

"그리고 저는 범인이 우발적 살인 이후 시체의 처리를 위해 하수인…… 그러니까 아랫사람을 부렸을 것이라고 생각합니다."

"음."

"또한 반지의 시중 가격은 상당할 것이며, 범인은 그 반지를 해외에서 사들여 피해자에게 선물할 만큼의 재력이 있을 겁니다."

"음, 음."

"사체를 훼손하는 과정에서 분명 반지의 존재가 발견되었을 것이고, 누군가, 아마도 그 부하가 그 반지를 몰래 챙겼으리라 생각합니다. 범인은 시체를 강물에 버리는 과정에서 부하가 챙긴 반지의 존재를 알게 되었고, 이것이 장물로 처리되는 과정에서 자신의 행적이 드러날까 저어되어 즉시 반지를 빼앗아 강물로 던져 버린 것이 아닐까요."

"즉, 강 형사의 생각에 범인은 조폭이다?"

"조직폭력배가 아니라면 이 정도의 과감성을 발휘하지 못할 것이라 생각합니다. 사람을 쓰되 제대로 통제되지 않는단 면에서도 그러하고요."

양상춘은 턱을 긁적이더니 고개를 끄덕였다.

"잘 들었네. 그럴듯한 프로파일링이야. 다만 자네의 생각에는 몇 가지, 사실인 양 전제하고 출발한 부분이 있군."

"예?"

"우선 가장 큰 전제인 '변사체가 반지의 주인일 것'이라는 건 넘어가자고. 나로서는 그런 우연의 일치를 수사력 낭비라 생각해 좋아하지 않지만 말이야. 세상에 변사체와 비슷한 시기, 우연히 발견된 반지와 그 주인이 동일하다니. 그런 형편 좋은 일이 몇이나 되겠나."

강하윤은 떨떠름한 기분이 얼굴로 드러나는 것을 감추려 노력했다.

양상춘이 손가락을 하나 펼쳤다.

"뭐 어쨌건 우선 첫째, 피해자의 반지가 몇 년 전 해외에서 유행한 제품일 것."

양상춘이 검지를 까딱거리며 말을 이었다.

"그건 강 형사가 반지의 디자인이 현재 국내에선 유행하고 있다는 요소를 배재하고 있으니 하는 말이야. 그 말인 즉, 피해자의 신체적 나이를 감안했을 때, 물론 강 형사의 선입견이 작용했을 수도 있지만, 반지를 '선물로 받은' 것이 몇 해 전일 거란 의미지."

"……."

"물론 피해자는 부검 결과 몇 해 전 출산 기록이 있고, 따라서 연식이 제법 되었을 거란 것도 충분히 추리 가능한 영역이야. 하지만 둘째."

양상춘이 검지에 이어 중지를 펼쳤다.

"방금 전 것과 이어서, 강 형사는 피해자가 반지를 선물로 받은 것이라 생각하고 있었지. 어째서 강 형사는 피해자가 부유한 마나님일 거란 생각은 하지 않았을까? 흐음, 어쩌면 이번 사건을 제비와 사모님의 치정으로 엮어 볼 수도 있었을 텐데. 나이트 삐끼 지인들 간의 얄팍한 우정이라고 생각해도 강 형사가 말한 '사람을 쓰되 제대로 통제되지 않는다'는 것과 얼추 맞아떨어지지 않나? 수중에 돈이 없다는 것도 매한가지이고, 강 형사의 생각처럼 슬쩍 챙기려다 미수에 그쳤단 의미에선 마찬가지지."

강하윤은 속이 뜨끔했다.

그건 강하윤도 은연 중 변사체를 강선의 실종된 모친과 연결 지어 생각하고 있었던 데다가 모자가 머무르던 곳이 허름한 모텔이었던 것을 떠올려 엮은 추리였다.

"그건…… 말씀하신 대로라고 한다면, 경찰서에 응당 실종 신고가 들어왔을 것이기 때문입니다."

강하윤이 둘러대는 말에 양상춘은 어깨를 으쓱였다.

"그것도 그렇군. 하지만 내가 방금 든 예시는 어디까지나 강 형사의 논리에 허점이 있다는 걸 지적하려고 든 것일 뿐이니 그냥 넘어가자고. 방금 것도 어디까지나 강 형사의 확증편향, 아차, '형사의 감'에서 기인한 것이니 말일세. 뭐,

일개 감식원 나부랭이가 그런 내부 정보까진 어떻게 알겠나. 그리고 기다려 보게. 방금 말한 건 마지막 지적과 이어지니까."

"……."

양상춘이 약지를 펼쳐 세 개째의 손가락을 펼쳐 보였다.

"마지막으로는 방금 전 강 형사도 말했다시피 아직 피해자와 특정할 만한 '실종 신고'가 들어오지 않았다는 거야. 그야 시신이 발견된 건 얼마 되지 않았지만, 그렇다고 해서 피해자가 살해된 시기까지 얼마 되지 않았단 의미는 아니지. 즉, 경찰 내부에서도 변사체는 현재 신원이 모호한, 특정하기 어려운 그런 인물일 거란 말이지. 그것도 그런, 비싸고 좋은 반지의 '주인'인데?"

"……."

양상춘이 입꼬리를 올리며 손을 내렸다.

"그건 달리 말해서 강 형사는 이미 내게 공유하지 않은 정보가 가득 있다는 거겠지. 안 그런가?"

거기서 정진건이 끼어들었다.

"말 그대로야. 아직 조사 중인 내용이고, 공유할 만한 정보는 아니니까."

"흐음."

양상춘이 정진건을 물끄러미 올려다보았다.

"혹시 자네들, 어디서 피해자의 애를 주운 건 아니고?"

"……."

"뭐, 내 알 바는 아니겠지. 말했다시피 나는 일개 감식원 나부랭이에 불과하니까."

양상춘은 싱글벙글 웃으며 미지근하게 식은 커피를 마셨다가 잔을 내려놓았다.

"이거 조금 서운하긴 하네. 이렇게 열심히 수사에 협조하고 있는데 말이야. 이것도 부서 간 차별인가 뭔가 하는 그런 거려나."

"그건 미안하게 됐군. 각자가 하는 일이 다른 것뿐이니까, 자네가 이해해 줘."

정진건의 말에 양상춘은 고개를 저은 뒤 강하윤을 보았다.

"하지만 나도 강 형사가 말했던 범인 조폭 설을 전면 부정하는 것은 아니야. 아니. 오히려 조폭을 부릴 수 있을 만한, 또는 조폭 두목과 '유착'이 있는 만큼의 거물이란 생각은 하고 있어."

그는 책상 위에 흩어진 사진을 물끄러미 쳐다보며 말을 이었다.

"범인이 피해자의 시신을 필요 이상으로 훼손한 건 꼬리를 밟히고 싶지 않아서겠지. 하지만 그건 범행 자체를 은닉하기 위해서라기보단, 피해자와 엮일 것을 조심하고 있단 의미일 거야."

"……."

"피해자가⋯⋯ 이런 표현은 쓰고 싶지 않지만, '고급 창부'
였다고 한다면, 그리고 그 사이에서 사생아가 있었다고 하
면. 더군다나 그 사생아의 존재가 범인의 명예와 직결되어
있다고 하면⋯⋯."

양상춘이 턱을 긁적였다.

"흠, 지금쯤 범인은 애를 찾으려고 사방팔방 뛰어다니는
중이겠군."

"⋯⋯."

강하윤은 입을 굳게 다물었고, 정진건은 담담한 얼굴로 입
을 뗐다.

"아무튼 용건은 마쳤으니, 이만 가 볼게. 그래서 추천하는
전당포는?"

"아, 그래. 전당포 이야길 해야지."

양상춘이 잠시 생각하더니 말을 이었다.

"정 형사, 혹시 그 꼬맹이랑 요즘도 연락하고 있나?"

그 꼬맹이?

강하윤은 저도 모르게 움찔했다가, 반사적으로 정진건을
보았다.

"이성진?"

의외로 곧잘 대답한 정진건의 말에 양상춘이 고개를 끄덕
였다.

"그래, 그 이성진 말이야."

강하윤은 고개를 갸웃했다.

이성진 그 애가 여기서 왜 언급되지? 설마 전당포 사업도 하나?

난데없이 이성진이 언급된 것에 이번만큼은 정진건도 조금 어리둥절한 얼굴이었다.

양상춘은 그런 형사 둘을 보며 눈을 가늘게 떴다.

"왜, 그 꼬맹이 외가가 뉴월드백화점이잖아. 이태석 사장이 결혼할 당시만 해도 제법 난리였는데…… 혹시 몰랐나?"

몰랐다.

설령 들어 보았다고 한들, 80년대 초창기의 반짝했던 뉴스거리였다. 재계에 관심이 없다면 기억에 남는 일도 아니었다.

특히 강하윤의 경우는 그 당시 꿈 많던 어린이였으므로 더더욱.

더욱이 삼광 그룹과 뉴월드백화점이 사돈을 맺었다는 당시의 떠들썩하던 뉴스거리와는 달리 막상 두 기업은 딱히 이렇다 할 야합을 보여 준 적도 없었고, 뉴월드백화점은 그쪽대로, 삼광은 그 나름대로 각자의 영역을 존중한 채 넘나드는 법 없이 십몇 년이 흘렀으니까.

그보단 정진건은 별의별 걸 다 알고 있는 양상춘이 신기하다는 양 입을 뗐다.

"그걸 알고 있는 자네가 신기하군."

"그런가? 그 친구도 자네한테 내색을 않았나 보군."

"따지고 보면 딸의 학급 친구일 뿐이야."

"음, 하긴. 그것도 그런가."

"자네는 어떻게 그런 걸 알고 있는 건가?"

양상춘이 픽 웃었다.

"왜긴, 그래도 그 친구 덕을 좀 봤으니 한번 알아본 거지."

그 말에 강하윤은 머릿속에 떠오르는 대로 생각나는 의문점을 입에 담았다.

"혹시 만나 보셨습니까?"

"아니. 내가 왜?"

양상춘은 별 이상한 걸 묻는다는 양 강하윤을 보았다.

"양 박사님께서 방금 전 성…… 덕을 좀 봤다고 하셔서요."

강하윤은 자연스럽게 '성진이' 하고 하대할 뻔하다가 얼른 얼버무렸다.

양상춘은 그런 강하윤을 물끄러미 쳐다보다가 어깨를 으쓱였다.

"면식은 없지만 덕을 보긴 봤지. 지금 삼광전자에 주식을 잔뜩 넣어 놨거든."

"주식도 하십니까?"

양상춘이 고개를 끄덕였다.

"마음 같아선 SJ컴퍼니 걸 사고 싶은데, 이게 상장할 생각도, 공개할 생각도 없어 보여서. 꿩 대신 닭이라고, 모기업인 삼광전자 주식을 좀 사들였더니 얼마 전에 클램으로 호재가 터졌어."

"아, 클램."

강하윤의 맞장구에 양상춘이 고개를 갸웃했다.

"음? 강 형사도 한 대 받은 모양이군?"

"예? 아, 그게……."

정진건이 끼어들었다.

"이제 막 한 대 장만했지."

"그랬나."

양상춘도 이미 이성진이 핸드폰을 주위 사람에게 뿌리고 다녔다는 걸 알고 있는 모양이었다.

"써 보니까 어때, 좋지?"

"아직 잘 모르겠습니다."

강하윤은 솔직하게 대답하는 한편, '문자메시지 사용법을 양상춘에게 배워 볼까' 하고 찰나 생각했다가 얼른 고개를 저었다.

그와는 아직 그럴 만한 친분도 의리도 없을뿐더러—물론 잘 알려는 주겠지만 거기엔 불필요한 쫑코까지 뒤따라 올 것 같단 예감이 들기도 한 탓이었다.

양상춘이 말을 이었다.

"음. 정 형사나 강 형사도 삼광전자 주식은 좀 갖고 있는

게 좋을 거야. 내 생각엔 좀 더 오를 기미도 남은 듯하고, 은
행에 적금을 드는 것보단 훨씬 나을걸."

그 말에 정진건은 어디선가 주워들은 지식을 입에 담았다.

"왜, 요즘 예금 금리가 나쁘지 않다던데?"

"자네가 말하는 건 명목금리일 뿐이야. 그건 소비자물가
상승률과 비교해서 실질금리로 따져 봐야지."

"……음."

양상춘은 아무튼, 하고 운을 떼며 말을 이었다.

"어차피 두 회사는 상호영역불가침 조약이라도 맺고 있는
모양인지 눈에 띠는 움직임을 보이고 있진 않으니까. 들으
니 당시에도 두 집안 사이에 반대 의견이 만만치 않았다고
했고."

"그래?"

"그래 봬도 부부 간에 금슬은 좋은 모양이야. 얼마 전 그
댁 사모님께서 쌍둥이를 순산하셨댔지?"

정진건도 그건 딸을 통해 전해 들은 것 같은 기억이 났다.

그러고 보면, 정서연은 최근 들어 집에서 유독 '성진이가'
하고 시작하는 말을 자주 하는 편이었다.

심지어 요즘은 둘째인 정지연마저도 성격이 판이한 언니
의 말에 맞장구까지 쳐 가면서 '맞아, 그러고 보니까' 하면서
이성진의 이름을 입에 담았다.

자매간 사이가 돈독해진 건 나쁘지 않지만, 그 화제의 중

심에 있는 것이 뺀질뺀질하게 생긴 남자애라는 것이 정진건으로선 고까웠다.

정진건은 괜스레 떨떠름한 얼굴로, 저도 모르게 다소 퉁명스러운 얼굴로 양상춘의 말을 받았다.

"그래서 뉴월드백화점은 이번 일과 무슨 상관인데?"

그러나 양상춘은 정진건의 말씨에 아랑곳하는 일 없이 의자에 등을 붙였다.

"뉴월드백화점은 몇 해 전부터 해외 명품 브랜드를 점내에 유치하고 있거든. 개중엔 보석류를 취급하는 곳도 있을 거야."

과연.

정진건이 고개를 끄덕이는 걸 보며 양상춘이 말을 이었다.

"기성품, 해외에서 몇 해 전 유행하던 것, 그럼에도 나름 이름빨 날리는 브랜드 프랜차이즈란 키워드 3요소를 생각해 보면 해당 디자인을 취급하던 곳은 뉴월드백화점에도 있을 법하지."

양상춘이 어깨를 으쓱였다.

"그게 아니면 마찬가지로 해외 브랜드를 적극 유치하던 삼풍백화점 정도가 있겠지만, 거긴 이미 폭삭 망했고."

양상춘의 말마따나 삼풍백화점은 문자 그대로 '폭삭' 망해 버렸다.

다행히 이렇다 할 인명 피해는 없었으나 부상자가 여럿 있었고, 개중엔 지금은 감옥에 있는 신기현 전(前) 회장의 아들인 신정환 전무가 포함되어 있었다.

'거기서 뇌물 수수 의혹이 있던 공무원 여럿이 콩밥을 먹게 됐지.'

그 사건으로 인해 뉴월드백화점을 비롯한 타 백화점들은 잠시 삐끗하긴 했으나, 그 와중 뉴월드백화점은 적잖은 반사이익을 누렸더랬다.

대구역 근처에 지어질 예정이던 삼풍백화점 부지는 즉시 경매로 넘어갔고, 경쟁자이던 뉴월드백화점은 시중가보다 낮은 가격으로 노른자 땅을 인수했으니, 일이 풀려도 지나치리만큼 잘 풀린 것이다.

뉴월드백화점 측으로선 그야말로 천재일우의 기회를 놓치지 않고 붙잡았던 셈인데…….

'……설마하니 그 일에 이성진이 개입해 있을…… 리는 없겠지.'

정진건도 이번만큼은 자신에게 찾아온 희미한 '형사의 감'을 완전히 부정했다.

기회를 놓치지 않고 추진력을 행사하는 건 친가며 외가 가릴 것 없는 그쪽 집안 가풍이기도 했으니까.

관련해서 이성진과 이야기를 나눠 보아도 분명 '운이 좋았다'며 너스레를 떨어 댈 것이 보지 않아도 눈에 선했다.

양상춘이 말을 이었다.

"어쨌건 특별 주문 제작품이 아닌 기성품에 이니셜을 새겨 넣는 정도의 개조만 하는 거라면, 우리나라에선 그나마 뉴월드백화점 쪽을 둘러보는 게 지름길일 거야."

그러면서 양상춘은 책상 위에 놓인 사진 중에서 잘 나온 것 몇 개를 꼽아 정진건에게 건넸다.

"일단 사진 받아. 아, 혹시 모르니까 증거품 원본을 줄까?"

"……아니, 아무리 그래도 그건 좀 그렇지."

"그래? 혹시 필요하면 말하고."

그 정도 편법은 아무렇지도 않다는 양 말하는 양상춘에게서 정진건은 고개를 돌렸다.

"그럼 이만 가 볼게. 많은 도움이 됐어."

"그래."

양상춘은 뒤따라 붙을 사교용 관용구 따위엔 관심이 없다는 양 고개를 돌렸고, 정진건도 그런 그의 천성을 잘 아는지 사진만 챙겨서 문으로 몸을 돌렸다.

강하윤은 얼른 꾸벅 고개를 숙여 이쪽을 쳐다도 보지 않는 양상춘에게 인사한 뒤 정진건의 뒤를 따랐다.

조수석에 올라타 안전벨트를 매자마자 강하윤이 입을 뗐다.

"선배님이 말씀하신 대로 '조금' 특이하신 분 같습니다."

정진건은 고개를 힐끗 돌려 조수석의 강하윤을 쳐다보았다가 입에 문 막대 사탕을 우물거리며 다시 정면을 주시했다.

"음, 조금 특이하지."

정진건은 강하윤의 에두른 인물평을 부정하지 않으며 덧붙였다.

"친해지기도 어려운 성격이고."

"그러시는 선배님은 말씀과 달리 양 박사님과 개인적인 친분이 있어 보입니다."

그 자체가 사람을 끌어당기는 독자적인 매력이라도 갖고 있는 것인지, 정진건은 거칠어 보이는 생김새나 평소 행동거지와 달리 의외로 발이 넓고 퍽 사교적이었다.

정진건은 앞서 박 경위와도 친밀한 사이임을 드러낸 적이 있었고, 친절한 태도와 달리 묘하게 거리감이 있는 이성진과도 이력저럭 친분이 있었던 데다, 방금 전엔 여간해선 '친해지기 어려운 타입'인 양상춘과도 너나들이해 가며 피차 말을 놓고 있었으므로.

좋은 형사가 되려면 사교성이 좋아야 하는 걸까, 하고 강하윤은 속으로 생각했다.

"뭐, 어느 정도는."

정진건이 말을 이었다.

"나 아니면 저 괴팍한 성격을 받아 줄 사람도 달리 없긴 하지."

그렇게 말하는 정진건의 말투는 어딘지 모르게 자조적인

느낌이었다.

"……그렇습니까?"

"능력은 있지만 상사한테 개기기도 일쑤인 데다…… 내 생각엔 저 일도 반쯤 취미 삼아 하는 느낌이라서."

업무명령으로 하라고 해도 못 할 거 같은 일을 취미 삼아 한다고?

강하윤은 질색했다가 고개를 저었다.

"저, 그런데 양 박사님과는 업무 과정에서 알게 된 사이이십니까?"

"아니. 그건 아니고……."

정진건은 잠시 말을 할까 말까 생각하다가, 그냥 말하기로 했다.

"그보다 전에 알게 됐지. 그 왜, 몇 년 전…… 그렇게 오래는 아니지만 용산 전자상가 쪽에 대대적인 단속을 했다고 했지?"

"아, 넵. 기억하고 있습니다."

그해, 〈용산 전자상가의 명암〉이라는 특집 다큐멘터리가 방영된 후 윗선으로부터 용산 전자상가 일대에 대대적인 특별 단속 지시가 떨어졌고, 정진건은 그곳에 파견을 나갔다.

정진건은 잠복근무 중 어느 상인과 실랑이 중이던 양상춘을 발견했고…….

"아하, 그렇게 알게 되셨군요."

"나 참, 몸도 비리비리한데 무슨 깡인지. 아무튼 내가 주먹다짐 직전에 끼어들었으니 망정이지. 아무튼 지는 걸 싫어한다니까."

정진건은 그때를 회상하며 투덜거리는 한편, 입가엔 희미한 미소를 지었다.

강하윤은 잠시 생각하다가 입을 열었다.

"생각해 보니까 참 공교롭습니다."

"뭐가?"

"그 일에도 마침 성진이가 관계되어 있어서 말입니다. 그왜, 성진이가 개구리컴퓨터라는 조립식 컴퓨터 회사의 투자자로 있다고 말씀하지 않으셨습니까?"

강하윤은 앞서 요한의 집에서 들은 내용을 떠올리며 그렇게 말했고, 정진건은 움찔했다가 고개를 끄덕였다.

"……아, 그렇긴 하지."

"또, 선배님이 파견을 가신 것도 용산 전자상가 쪽에 내부 협력자가 있다는 것 때문이었고 말입니다."

"음, 짐작은 했나 보더군."

"그래서 저, 어쩌면 성진이가 아니었다면 양 박사님과 선배님은 아는 사이가 아니었을지도 모르겠단 생각을 했습니다."

"……."

정진건이 입에 문 막대 사탕을 굴리며 입을 뗐다.

"글쎄. 그건 조금 끼워 맞춘 감이 없지 않은데. 물론 어느 정도 녀석의 협조가 있어서 일은 비교적 수월하긴 했지만, 성진이 그 녀석이 없었어도 어차피 용산 전자상가 단속은 이루어졌을 거고."

설마하니 암만 이성진이라고 한들 언론을 조작하고 경찰 윗선을 끌어들였을까.

"……아, 하긴. 게다가 양 박사님과 선배님은 국과수 일로 어떻게든 알게 되셨겠습니다."

"……음."

강하윤의 그 말에 정진건은 언젠가 '사실 이 일도 때려치울 생각이었다'고 말했던 양상춘의 말을 떠올렸으나, 굳이 언급하진 않았다.

'시기가 다소 공교롭긴 해.'

잠시 잠자코 있던 강하윤이 쓴웃음을 지었다.

"성진이도 가만 보면 정말 별걸 다 한다 싶습니다."

"그러게 말이다. 돈 되는 건 다 하는 모양이야."

잠시 침묵 끝에 강하윤이 입을 뗐다.

"선배님, 그럼 지금은 뉴월드백화점으로 직행하실 겁니까?"

"아니. 일단은 경찰서에 들러서 반장님께 구두 보고를 올리고, 지원받을 수 있는 건 타 내 봐야지."

그렇다고 영장이 나올 거 같지는 않지만.

정진건은 그 말은 일부러 생략했다.

강하윤은 카시트에 등을 파묻었다가 문득 생각났다는 양 입을 뗐다.

"아, 그럼 성진이한테도 무어라 말을 해 보는 건 어떻습니까?"

"수사 협조 요청?"

"예."

강하윤 나름대로는 양상춘의 말도 있고 해서 나쁘지 않은 제안이라 생각했지만, 정작 정진건의 표정은 탐탁지 않아 보였다.

"너무 의존하는 것도 좋지 않아. 일단은 우리끼리 할 수 있는 한에서 진행해 보자고."

"예."

왠지 모르게 이성진에게 관련해 연락을 한 차례 넣을 것 같단 예감이 들긴 했지만.

'아무튼 특이한 녀석이긴 하지.'

그렇게, 이성진이 없는 자리에서도 그는 은근히 화제의 구심점으로 자리를 잡고 있었다.

4장

회사로 돌아오니 윤선희 비서실장이 우리를 반겨 주었다.

"오셨어요, 사장님."

"네. 별다른 일은 없죠?"

"네."

쩝, 바로 대답이 튀어나오네.

하긴, 평소 같았으면 오늘처럼 요한의 집에 들르는 짬을 내기도 어려웠을 터. 예전이라면 전예은만 요한의 집에 보내서 어떻게 된 일이었는지 경과보고만 들었을 것이지만.

이태석이 SJ컴퍼니의 사업부 일부를 인수하고 난 뒤부터, 묘하게 회사가 썰렁하단 생각이 들었다.

'기분 탓⋯⋯이겠지.'

뭐, 그야 회사 창립 멤버였던 멀티미디어 사업부 인원들이 빠져나갔으니 빌딩 일부 구간이 비는 것도 사실이겠지만, 그렇다고 해도 지하에서부터 VVIP 전용 엘리베이터로 사장실에 직행하는 나였으니 여간해선 로비를 볼 겨를도 없다.

'그나마 방 빼란 소리까진 나오지 않았으니 다행이긴 한데…… 노는 공간이 수두룩하니, 이거 임대를 줘야 하나.'

나는 사장실 책상 앞에 앉아 반쯤 습관처럼 컴퓨터를 켰다.

메일은 내 결재가 필요한 일이라곤 거의 없었고, 대부분은 별도로 진행 중인 업무의 공유를 참조 사안으로 내 이름을 집어넣었을 뿐이었다.

'이게 정상이지. 정상이긴 한데…….'

요즘 들어선 굳이 내가 회사에 오래 남아 있을 까닭도 없었다.

'극단적으로 말해서, 내가 요한의 집에서 회사로 복귀하지 않고 귀가를 했다고 해도 아무런 문제 될 것이 없었을 지경이니.'

이번 생 들어 워커홀릭으로 지내던 시기와 비교하면 갑작스러운 변화였다.

이 난데없는 텅 빈은 급하게 공기가 빠져나가 기압 차를 느끼는 것처럼, 나를 안절부절못하게 만들었다.

나는 내가 끼어들 만한 일이 없는지 눈에 불을 켜고 메일

함을 뒤적였고, 나 스스로가 일종의 업무 금단증세마저 느
꼈다.

'이거 참, 아직 초등학생인데 벌써부터 워커홀릭에 걸린
모양이야.'

그나마 살펴볼 것 중엔 유상훈 변호사가 내게 보낸 메일이
있었다.

'예상대로 일산출판사가 죽을 쑤고 있는 중이군.'

SBY의 홈페이지를 공개하기 얼마 전, 마침내 삼광네트워
크 측과 협력해 개발한 포털 사이트 '길잡이'가 정식 출시되
었다.

길잡이는 삼광네트워크가 만든 패스파인더 브라우저에 최
적화된 운영 환경을 갖고 있었으나, 인터넷 익스플로러에서
도 큰 무리가 없게끔 제작했다.

이 포털 사이트, 길잡이는 전생에 비하면 그 시기가 훨씬
앞서는 것이었고, 현재로서는 대한민국 최초의 포털 사이트
인 셈.

여타 기업이 BBS 서비스 개선에 매진하는 것과는 달리 퍽
파격적인 행보였다.

아직은 인터넷 보급이 여의치 않아 유의미한 트래픽은 보
이지 않고 있지만, 학교 및 관공서의 이용률은 제법 눈여겨
볼 만했다.

'가입자도 꾸준히 늘어 가는 추세고.'

적지 않은 시간 동안 개발에 매진해 온 일이었으나 애당초 첫술에 배부르리란 생각은 하지 않았다.

이 또한 말 그대로 시간이 해결해 줄 문제에 다름 아니었다.

길잡이는 무료 이메일 서비스와 함께 맺음이와 연동되는 블로그, (내 기준에도)그럭저럭 쓸 만한 검색 엔진을 제공했다.

또한 나는 당초 예정했던 대로 이 검색 엔진에 '온라인 백과사전' 서비스를 병행했다.

정식 명칭은 '길잡이 백과사전.'

내가 일산출판사로부터 저작권을 사들인 온라인 백과사전 원본 외에 이용자들이 자유롭게 수정 및 등록, 토론과 열람이 가능한 집단 지성 백과사전 시스템으로…….

'사실상 위키 백과지.'

여기엔 전생에서 익히 알려진 '위키'의 방식을 얹어 채용했다.

'뭐, 위키[Wiki]라는 명사는 워드 커닝엄이 하와이어에서 발굴해 냈으니 차마 쓸 수 없었지만.'

한편으론 사실 이 부분은 나도 예상치 못한 것이 다소 있었는데, 당초 나는 포털 사이트 길잡이의 주된 이용률이 무료 이메일 서비스에 있을 것이라고 예상했다.

'SBY의 홈페이지에 가입하는 조건에 이메일 주소를 기재하게끔 한 것도 있었고.'

하지만 웬걸, 뚜껑을 열고 보니 폭발적인 반향을 불러일으킨 건 다름 아닌 아직 시기상조라 여기고 있던 길잡이 백과사전이었다.

길잡이 백과사전은 비록 그 공신력 면에선 신뢰할 수 없다는 암묵적 조건이 따라붙고 있었으나, 오히려 그렇기에 '어느 것이건' 등재가 가능했다.

기존 백과사전에 등재되기 어려운 최근 이슈며 신조어, 제법 심도 있는 전공 문서, 서브컬쳐 문화 전반의 정보 등등이 —비록 등록자의 주관적 견해가 가미되긴 했으나—실시간으로 갱신되며 기록을 남겼다.

마침 인터넷 문화의 초창기, 아직 인터넷 매너가 건전한 시기여서 그런지 문서 훼손의 반달리즘은 많지 않았고, 건전한 토론을 통해 정반합의 결론에 도달하는 경우도 더러 있었다.

길잡이 백과사전이 가진 '자유로운 열람 및 등록'이 가능한 시스템은 현재로선 몇몇 되지 않는 인터넷 인구에게 흥미로운 놀잇감이기도 했던 모양이었다.

길잡이 백과사전이 차지하는 트래픽 양은 삼광네트워크 측도 당황했을 정도여서, 그들도 부랴부랴 서버를 사들이고 관리 인원을 추가 채용했다.

일산출판사의 본격적인 악재는 여기서 터졌다.

'그러게, 계란을 한 바구니에 담지 말았어야지.'

그러잖아도 레드오션화된 전자 백과사전 시장이었는데, 온라인상에선 그 백과사전의 내용이 무료로, 거기에 플러스 알파, 관련 문서와의 하이퍼링크로 제공된다니.

나로 인해 일산대백과사전 CD-ROM 판매로 적잖은 재미를 보았던 일산출판사 측으로선 날벼락이었을 것이다.

그제야 일산출판사를 비롯해 전자대백과사전을 유통 · 제작한 몇몇 대형 출판사들은 발등에 불이 떨어졌음을 깨닫고 부랴부랴 저들끼리 뭉치고 있었지만, 그들이라고 이 흐름을 막을 수 있을 리 없었다.

새로운 개념이 기존 개념을 밀어내고 주류로 편승해 가는 과정은 개별 의지로선 어찌할 수 없는 것이었다.

동시에 일산출판사 측은 슬며시 우리와 다시금 손을 잡아 보려고 물밑 접촉을 시도하는 중이었다.

그래서 나도 하마터면 슬슬 일산출판사를 인수해 볼 때가 아닌가 하고 생각할 뻔했으나, 그들의 뻔뻔한 태도를 보며 마음을 고쳐먹었다.

일산출판사는 길잡이 백과사전 서비스에 유감을 표명하는 한편, 자기들이 컴퓨터상의 전자 백과사전을 제작한 원조라는 걸 주장, 그 토대가 된 일산대백과사전의 저작권을 들먹이며 '여차하면 소송도 불사한다'는 은근한 협박을 가해 오는 중이었다.

'우리가 만든 걸 숟가락만 얹을 땐 좋았겠지.'

만일 SJ컴퍼니가 그저 그런 벤처 기업이었다면 지레 겁에 질려서 일산출판사 측과 손을 잡았으리라.

하지만 상대를 잘못 골랐다.

「이러다가 삼광 그룹 법무팀도 움직여야 할지 모르겠는데요? 흐음, 요즘 그 친구들 모토로라 때문에 바쁜 거 같던데.」

유상훈도 자못 심각하게 나오는 이 귀여운(?) 협박에 히죽 웃어 버리고 말 정도였으니.

'흥, IMF가 올 때까지 뻐겨 주마.'

뭐, 어차피 지금 받아 봐야 아직 환경 조성이 되지 않았으니, 쓰일 데 없는 계륵이나 매한가지고.

'다른 건 없나?'

그 외에는 모토로라와 진행 중인 북미 디자인 특허 침해 소송 건의 보고로, 삼광전자의 엘리트들이 모인 전략기획실에서는 '이번 소송의 결과에 따라 클램을 모방한 타사의 제품이 쏟아져 나올 것'이란 예상의 참고 수취인에 나를 포함시킨 것이었다.

그들은 소송의 결과에 의해 좌지우지될 일이라곤 말했으나, 어차피 이휘철이나 이태석도 은근슬쩍 자국의 이득을 우선시하는 북미 재판부가 우리 손을 들어 줄 것이라곤 생각하지 않고 있었다.

'어차피 처음부터 노이즈 마케팅 용도였고.'

지금도 이태석은 슬슬 못 이기는 척, 모토로라와의 소송이 패소로 이어지기 전, 적당한 합의로 이끌어 내고자 부산스럽게 움직이는 중이었다.

그러니 클램 같은 폴더형 핸드폰이 한동안 세계 시장의 주류로 쏟아질 것임은 뻔한 이야기였다.

그런 의미에서, 이휘철이 내게 따로 지시한 '문자메시지 발신 전용 핸드폰'은 그 앞일을 내다본 결단이기도 했던 것.

정전식 터치스크린이 주류가 되는 스마트폰의 시대가 오기 전까지 별의별 디자인과 기능의 핸드폰이 쏟아졌던 걸 감안하면 그 시기가 다소 앞당겨졌을 뿐인 이야기였다.

'그런 상황에선 기술적 우위를 통한 경쟁력 확보가 안 되니, 통신사의 갑질도 가능했던 거지.'

현시점에선 우리도 유일무이하다시피 한 클램의 존재로 이동통신사의 눈치를 보지 않고 있지만, 머지않아 그들의 갑질이 시작될 것이다.

혹자는 국내 굴지의 제조 회사인 삼광전자가 이동통신사를 경영하는 경우의수를 생각하는 모양이나, 삼광은 체신부(현[現] 정보통신부)가 1991년에 발표한 국내 제2 이동통신사업자 선정 기준에서 탈락한 지 오래였다.

당시에도 이통사업은 '황금 알을 낳는 거위'이자, 당대 정권이 주력으로 미는 대표 사업이었다.

그러다 보니 자연스럽게 국내 굴지의 대기업들은 사업자 선정을 노렸으나, 체신부 장관 명의로 제2 이동통신사업자 선정 기준이 발표되며 무산되었다.

핵심은 이른바 반독점 체제와 맞물린 내용으로, 지배 주주가 해당 주식의 33%를 소유할 수 없게끔 하는 것이 첫 번째고.

다른 하나는 '통신기기 제조업체는 대주주에서 배제한다'는 내용이었다.

그러다 보니 우리 삼광뿐만 아니라 한대, 금일, 대호 등등 당대며 현시점까지 내로라하던 국내 굴지의 제조업체는 시작부터 개입할 여지가 사라졌고, 그 빈틈을 산경(SK)을 비롯한 여러 대기업이 사업자 선정 경쟁에 뛰어들었다.

그리고 심사 결과, 산경의 대한텔레콤이 압도적인 우위를 점하며 1차 심사를 통과했고, 2차 평가에서도 다른 기업을 누르며 1위에 등극했다.

문제는 그다음부터였다.

'하필이면(?) 산경 측과 당시 대통령이 사돈 관계였단 거였지.'

그리고 이는 정권 말기의 레임덕과 맞물리며 야당은 산경의 선정에 특혜 의혹을 제기했다.

'그 의혹이 진실과 맞아떨어지는 내용일지 아닐지, 내 정보력으론 진위 여부를 알 수 없지만…….'

결국 산경은 여론과 정권의 압박에 못 이겨 백기를 들었고, 제2 이동통신사업을 공식적으로 포기했다.

동시에 '우린 정경 유착 따윈 없었다, 다음 정권 때 두고 보자'며 이를 갈았고, 산경의 편을 들어주던 체신부 또한 제2 이통사 선정 문제를 차기 정권으로 이양하겠노라며 발을 뺐다.

이후, 포항제철을 대주주로, 코오롱이 이를 공동 경영하는 형태로 '신세기통신'이 창립되기에 이른다.

그리고 결과적으로, 산경 측은 1994년 민영화된 한국이동통신 주식 공개 입찰에 참여, 주식의 약 23%를 시가보다 높은 가격인 주당 33만 5천 원에 인수하면서 왕의 귀환을 이루었으니⋯⋯.

'얼마나 한을 품었는지, 아주 독기가 풀풀 흘러넘쳤다니까.'

그들은 웃돈을 써 가면서 한국이동통신을 집어삼킬 정도였다. 아주 바득바득 이를 갈았으리라.

'비즈니스에 감정이 개입되면 대개 좋은 꼴을 못 보지만, 그때만큼은 예외였지.'

이후는 역사대로, 한국이동통신(산경이자 SK)이 99년, 신세기통신을 인수하며 명실상부한 이통사의 거두로 거듭나기에 이른다.

당시 '이렇게까지 해서 한국이동통신을 인수해야 하나?'

싶은 걸 인수했던 것이 호재로 작용한 셈이었다.

'……어지간하면 맞붙고 싶지 않은 상대야. 뭐, 삼광 입장에서는 CDMA로 묶인 전략적 파트너인 셈이지만.'

하지만 언젠가 그 산경과도 한판 붙을 날이 올지 모른다.

앞날이란 어떻게 흘러갈지 모를 일이니까.

그렇게 시간을 보내고, 할 일이 바닥난 내가 사장실에 비치된 퍼팅 연습기에서 허리를 비틀고 있으려니 똑똑, 사장실 문을 두드리는 노크 소리가 들렸다.

"사장님, 중우일보의 김기환 기자님이 찾아오셨습니다."

전예은의 말에 나는 손에 들고 있던 아이언을 골프백에 집어넣었다.

오늘은 마침 중우일보의 김기환을 만나기로 예정했던 날이었다.

'하필이면 강선과 만난 날 김기환을 보게 되다니, 타이밍 참.'

그와는 저번 운락정 사건 이후로는 몇 차례 메일로 연락을 주고받았을 뿐, 비교적 오랜만에 보는 사이였다.

"예, 들어오세요."

달각, 문이 열리고 김기환이 사장실로 들어섰다.

"오랜만입니다. 그간 별고 없으셨습니까?"

나는 인사치레를 하긴 했으나, 정작 김기환의 안색은 수척했고, 눈 아래가 시커멨다.

"아, 으음, 끅, 뭐, 예."

김기환은 떨떠름하게 대답하며 의식적인 미소를 띤 채 사장실을 슥 둘러보았다.

"여기 온 건 처음입니다만, 좋은 건물에 좋은 사장실이군요."

무어라 받아 주기도 어색한 말 속에서 술 냄새가 났다.

'낮술을 마신 건가.'

나는 내색하지 않고 미소로 그 말을 받았다.

"감사합니다. 오는 길에 헤매진 않으셨습니까?"

"택시 기사님께 다 맡겼지요. 분당 SJ컴퍼니 빌딩, 하고 말하니까 곧장 알아들으시더군요."

뒤이어 그는 내가 자리를 권하기도 전에 비치된 응접용 소파 가장자리에 앉았다.

김기환은 소파에 앉은 채로 가방을 열어 주섬주섬 서류를 꺼냈다.

"우선 사장님이 시키신 대로 곽철용 씨에 관해 조사를 해 보았습니다만."

그는 다짜고짜 본론에 들어갔다.

나는 그가 탁자 위에 올려 둔 서류를 살피며 이어지는 말에 귀를 기울였다.

"……쉽지 않더군요."

"쉽지 않다니요?"

"거, 흐음, 뭐라고 할까⋯⋯."

김기환은 혀가 조금 꼬부라진 채 고개를 주억거렸다.

"일단, 사업을 하시던 것 같지는 않았습니다."

그 정도야, 뭐.

나는 곽철용의 인상착의를 떠올리며 그가 살면서 '큰돈'을 만져 본 적이 없던 인물일 것임을 짐작하고 있었다.

곽철용이 거물들과 어울리면서도 주눅 드는 법 없던 그 정체야 어쨌건, 그에게선 예전의 나와 마찬가지로 '서민의 냄새'가 났다.

'어디까지나 아비투스(Habitus) 운운하는 관점에선 그렇단 의미지만.'

김기환이 말을 이었다.

"거기에 더해 언론 매체에 단 한 차례도 노출된 적 없던 분이라는 것부터 짚고 넘어가겠습니다."

압축해 간추린 말이었으나 그는 이 말을 하기 위해 지난 모든 기삿거리를 다 뒤져 보는 수고로움을 감내했으리라.

말인 즉, 지난 정권을 통틀어 곽철용은 대외적으로 나섰던 적이 단 한 차례도 없던 인물임을 밝히는 내용이었다.

'그럼에도 불구하고, 재계의 거물과 정계의 거물이 각각 한 수 접고 들어가는 인물이란 건가.'

사실, 지난번 이휘철의 생일 때 곽철용을 만난 바 있던 나는 이미라며 이태석 등 이휘철 못지않은 영향력을 행사하던 인물들이 그에게 '어르신' 대접을 하는 것을 보며 별도로 조사를 감행해 본 적이 있었다.

'느낌상 이휘철에 기생하는 단순한 바둑 친구 정도가 아니었지.'

하지만 유의미한 결과는 찾을 수 없었다.

김기환은 머리를 긁적이면서 탁자에 놓인 서류 하나를 집어 들었다.

"알아보니 곽철용 어르신께선 조부님과 동향분이시더군요."

"그랬습니까?"

그 정체야 어쨌건, 곽철용과 이휘철의 관계는 사적으로 엮인 죽마고우 관계라는 느낌이 다분했다.

'공공연히 이휘철의 바둑 친구라 일컫기도 했으니.'

그렇다고 해서 대단한 고수였다거나 몇 급, 이런 느낌은 아니었다.

이휘철이 마음만 먹는다면 이름난 기수를 불러 바둑을 둘 수도 있었겠지만, 그도 바둑엔 단순한 취미 이상의 열정을 보이진 않았고.

'……바둑은 구실일 뿐이겠지.'

김기환이 말을 이었다.

"또, 그분의 가족 관계는…… 오래전 사별한 사모님과 슬하에 아드님 한 분, 따님 한 분이 계십니다만 두 자제분은 모두 해외로 이민을 가셨습니다."

"무슨 일을 하고 계십니까?"

"아드님은 외국계 무역회사의 부장급 평사원으로 지내시고, 따님은 외국인과 결혼하여 자녀 셋을 키우는 평범한 가정주부시더군요."

그 행적까지 알아낸 건가.

김기환도 호락호락하진 않았다.

한편 아들의 경우, 시대를 감안하면 엘리트이긴 했으나, 그 자체가 어떤 권력을 표상하지는 않았다.

'심지어는 삼광 그룹과도 무관하고.'

나는 관련 서류를 살피며 고개를 끄덕였다.

"하지만 그 연세가 될 때까지 무직으로 계시지는 않았겠죠."

평사원이라곤 하나, 어쨌건 외국계 무역 회사에 재직 중인 아들도 있었다.

그 딸은 차치하더라도 그 아들은 시대를 감안하면 평범한 육아로는 가망성 낮은 엘리트였다.

"물론입니다. 곽철용 씨가 정년퇴직을 하기 전 몸담고 계시던 회사가 있었습니다."

"회사에 근무하셨다고요?"

회사원이었나?

김기환이 고개를 끄덕였다.

"예. 어렵사리 구하긴 했습니다만, 그분이 다니던 예전 직장을 알아보니 '출판사'더군요."

"출판사……."

혹시 정치 칼럼을 싣던 언론 관계자였을까.

만일 곽철용이 언론인으로서 영향력을 행사하고 있던 인물이었다고 한다면, 그 최갑철 앞에서도 꿀리지 않고 나서던 것도 이해는 갔다.

하지만 그 전에 앞서서, 김기환은 내게 '언론 매체에 단 한 차례도 노출된 적 없던 분'이라는 전제를 달았다.

이는 즉, 그가 선배 기자로서 이름을 올렸던 적은 없었단 의미를 내포하는 것이기도 했다.

"무엇을 취급하는 출판사였습니까?"

"안영출판사라고, 평범한…… 당시 아동용 도서를 취급하던 평범한 출판사였습니다."

김기환도 나와 마찬가지의 추론을 밟았던 양, 막힘없이 대답했다.

"규모상 분류하면 중소기업이었죠. 뭐, 지금은 이래저래 폐업을 했지만 헌책방을 뒤져 보니 안영출판사가 발행한 도서 전집을 어렵지 않게 찾을 수 있었습니다. 당시엔 그런 영세 규모 출판사가 여럿 있기도 했고, 이상한 일은 아닙니다."

굳이 이상한 일이 아니란 것에 힘주어 말할 까닭이 있을까.

나는 고개를 갸웃했다.

"흐음. 곽철용 어르신은 그러면, 그 안영출판사의 사장 직함이라거나……?"

"그렇지 않았습니다. 어렵게 알아낸 것이긴 합니다만, 월급 명세서도 남아 있었고…… 안영출판사에서도 부장급 이상은 아니었던 모양입니다."

나는 턱을 긁적였다.

'언론 종사자도, 정계며 국가기관에 몸담은 적도, 그렇다고 영향력을 행사할 만한 재력도 없다? 그럼에도 불구하고 여당 대표와 전 삼광 그룹 회장에게 한 소리 할 수 있는 인물……'

문득 은연중, 떠오르는 것이 있었다.

'혹시, 어쩌면.'

그때, 김기환은 목이 타는지 입술을 핥곤 주위를 두리번거렸다.

"사장님, 죄송합니다만 혹시 물 한 잔 얻어 마실 수 있겠습니까?"

"아, 물론이죠."

내가 자리에서 일어서려는 찰나.

그즈음, 달각 사장실과 이어진 탕비실 문이 열리며 전예은이 들어왔다.

"실례하겠습니다."

전예은은 우리 앞에 얌전히 꿀물 차를 놓고 물러갔다.

'전예은한테 알아보라고 하면 간단하겠지만, 그 과정이 간단치는 않단 말이야.'

곽철용이 전예은과 대면할 일이 있을 리도 없고.

차라리 전예은을 지금보다 훨씬 전에 알았더라면 이휘철의 생일 때 정체를 알아낼 수 있었겠지만, 이제는 더 이상 그런 자리도 없다.

김기환은 탁자 위에 놓인 꿀물 차를 물끄러미 쳐다보면서 전예은이 돌아갈 때까지 아무 행동도 않고 있다가, 그녀가 사장실을 나서자마자 공연히 킁킁, 하고 자신의 몸 내음을 맡았다.

"혹시, 저한테서 술 냄새 납니까?"

"예, 조금."

내가 부정하지 않으니 김기환이 뒤통수를 긁적이며 히죽 웃었다.

"이야, 이거 참. 죄송하게 됐습니다."

"……."

"점심 땐 오랜만에 아는 선배를 만났거든요. 함께 밥을 먹다가, 반주 삼아 가볍게 한잔했습니다."

말은 그렇게 했지만.

김기환은 얼마 전 대통령의 친인척이 포함된 일련의 비리 의혹 특종을 터뜨려 기자로서 명성을 얻은 것 답지 않게, 반쯤 폐인처럼 지내고 있었다.

그도 그럴 것이 대통령 친인척의 비자금 기사는 김기환이 곽철용과의 '거래'로 얻어 낸 것일 뿐, 그가 직접 두 발로 뛰어 얻어 낸 정보도 아니었고.

그 일을 덮어 두기 위한 별개의 '특종'은 높으신 분들의 개입으로 인해 무산되었다.

김기환은 그 스스로 기자로서 겪은 언론 검열과 거기에 응하고 만 자신에게 회의감이 드는 모양이었다.

'그렇다고 당시엔 곽철용의 거래를 마다할 입장도 아니었을 테니.'

그날 운락정에는—곽철용은 차치하더라도—최갑철뿐만 아니라 이휘철까지 한자리에 있었다.

그 두 사람 중 한 사람만 있어도 그 존재감에 숨이 턱턱 막힐 법한 데다가 장소는 결코 화기애애한 분위기도 아니었다.

'한편으론 곽철용은 그런 자리의 주도권을 쥐고 있었지. 중재였다곤 하나 그 사이에서 중재를 할 수 있었다는 것조차 평범한 일이 아니야.'

어디 그뿐이랴, 그는 정황상 김기환에게 대통령 친인척이 연루된 특종감을 안겨다 주기까지 했다.

'……왠지, 한편으론 대놓고 알아볼 테면 알아보란 배짱을 부린 것 같단 말이지.'

김기환은 술기운으로 인한 타는 목을 꿀물 차 한 모금으로 씻어 낸 뒤, 입맛을 다셨다.

"실은, 오늘 만난 선배에게 들은 내용입니다만, 이 바닥에 그런 소문이 있더군요."

"무엇입니까?"

김기환은 꿀물 한 모금으로 다시 한번 목을 축인 뒤, 잔을 만지작거리며 입을 뗐다.

"음지에서 일하며 양지를 지향하는 회사…… 이야기입니다."

회사.

그 말에 나는 잠시 생각하다가, 되물었다.

"혹시, 국정…… 아니, 안기부 말씀입니까?"

내 말에 김기환은 쓴웃음을 짓더니 저도 모르게 주위를 슥 둘러보곤 입을 뗐다.

"아마도, 그럴 것이라 짐작할 뿐 저도 확언드릴 수는 없습니다."

"……"

내가 살던 전생 때야 국정원이라 불리고 있었으나.

지금 1996년도에는 아직 안기부라고 불리는 곳으로, 정식 명칭은 국가안전기획부.

또 그 전에는 '79호실'로 통칭되던 중앙정보부로, 현재는 레이더에 잡히지 않는 내곡동으로 청사를 이전했다고 들었지만. 곽철용의 나이를 생각해 보면 그가 활약하던 시절엔 한창 남산 등지에서 활동하던 기관이었다.

김기환이 말을 이었다.

"지금은 관할이 어떤지 모르겠습니다만, 79호실로 불리던 한창 때엔 이래저래 국가기관으로 활동하며 '방첩활동'을 시행했다고 하죠."

김기환은 '방첩활동'이라는 말에 일부러 힘주어 말했다.

하지만 그건 표면상의 구실일 뿐, 정치적으로 혼란스럽던 격동의 시기 남산 등지에서 자행되던 '국가의 이익을 위한 모종의 일'과 관련한 괴담은 알음알음 국민들 사이에서 퍼져나가 있은 지 오래였다.

"이건 조금 공교로운 이야기이긴 한데 기자들 사이에서 나도는 조금 뜬소문으로는."

김기환은 의식하지 않고 목소리를 조금 낮췄다.

"그 '회사'로 전화를 걸면 '출판사'라면서 전화를 받는다고들 하더군요."

김기환의 말은 그가 앞서 내게 전했던 것과 어느 정도 아귀가 맞아떨어지고 있었다.

"……그래서 출판사인 겁니까?"

"예, 그런 것치곤 생각보다 멀쩡히 활동하던 출판사여서 저도 당황하긴 했습니다."

농담인지 아닌지 분간하기 어려운 말이었다.

김기환이 양손을 들었다.

"사장님께는 죄송한 이야기입니다만, 이 이상 파고드는 건 의미가 없을 듯합니다. 저로서는 그냥 곽철용 영감님을 전직 출판사 직원으로 생각하고 마는 선에서 그치는 것도 나쁘지 않겠단 생각이고요."

내용과는 달리, 그가 안기부의 악명에 지레 겁을 집어먹고 하는 발언은 아니었다.

그건 소위 호기심이 고양이를 죽인다고, 굳이 긁어 부스럼 만들 필요 없는 내용을 정황 근거가 나온 마당에 더 이상 파고들어 봐야 무의미하리란 모종의 체념과 동시에 현 상황을 향한 냉소가 섞인 발언이기도 했다.

기자로서 김기환은 국민의 알 권리를 추구하는 입장이긴 하나, 그 알 권리가 음모론으로 변질되는 것까진 원치 않을 뿐이리라.

'……그렇다고 해서 너무 쫄 필요는 없지만.'

이 '한때나마' 무소불위의 권력을 휘둘렀던 기관은 이후 정권이 교체되면서 갈수록 그 힘이 약화되었고, 2000년대 이후부턴 '카더라'만 남은 도시전설로 전락하고 만다.

'지금도 사실상은 이빨 빠진 호랑이야. 그 발톱은 남아 있고, 뭐 엄연히 맹수라는 사실 자체는 변함이 없긴 해도.'

거기에 더해.

'한편으로는 곽철용이 대통령을 상대로 공격을 감행한 것도 이해는 가는군.'

현 대통령인 YS정부는 어쨌거나 '국민의 정당한 투표'로 선출된 대통령이었고, 지금은 제6공화국이라 불리는 시기였다.

5공화국 시절과는 사정이 많이 달랐고, YS는 안기부를 흡수하는 일에 실패했다.

그러면서 YS는 자신을 지지해 줄 세력을 확보하기 위해 지난 정권이 가지고 있던 힘을 별도의 국가기관에 실어 주었는데, 그 과정에서 모종의 알력 다툼이 있었다고 하면…….

'여당 대표인 최갑철도 곽철용과 마냥 화기애애하진 않겠지.'

이쯤하면 '정황 근거'는 알 만큼 알았다.

김기환의 말 때문만이 아니라 나 역시도 괜히 국가를 상대로 나섰다가 죽도 밥도 안 될 것임을 알아서, 고개를 끄덕였다.

"알아들었습니다. 지금은 정황 근거뿐이지만, 관련해선 이쯤에서 손을 놓도록 하죠."

"잘 생각하셨습니다."

이만하면 용건을 마쳤다는 뉘앙스의 김기환은 탁자 위에 서류를 한데 모았다.

"사장님, 혹시 회사에 쇄절기 있으면 빌릴 수 있겠습니까?"

이번에도 농담인지 아닌지 분간하기 어려운 말이었는데,

나는 그 말을 받는 대신 소파에 등을 붙였다.

"물론입니다. 다만, 그 전에 고생하신 것과는 별개로 한 가지 여쭙고 싶은 게 있습니다만."

김기환은 눈을 껌뻑이며 나를 쳐다보았다.

"이번에는 무슨 일입니까?"

나는 그런 김기환을 보며 미소를 지었다.

"술은 좀 깨셨습니까?"

김기환은 내 말을 웃음으로 받아넘기려다가 잠시 멈칫하곤 그 얼굴 위에 떠오른 웃음기를 서서히 지워 갔다.

사전 미팅을 잡아 둔 공적 업무의 상대를 만나기 전 거나하게 취한 상태로 방문하는 것부터가 이미 사교적 결례였다.

만일 내가 초등학생이 아니었다고 하면, 그런 식으로 생각 없이 나올 수 있었을까.

"실례했습니다."

그제야 그는 나를 만나기 전 술에 거나하게 취했던 것이 인간 대 인간으로서 예의에 어긋난 행동이었음을 자각했는지 얼굴이 빨개졌다.

김기환은 양 손바닥으로 짝! 소리 나게 자신의 얼굴을 후려친 뒤 고개를 세차게 젓고 나서 다시 나를 보았다.

"말짱합니다! 저, 자랑은 아닙니다만 술은 제법 센 편이어서요. 사장님이 생각하시는 만큼 엉망은 아닙니다."

"그러시군요."

나는 담담히 그 말을 받으며 내 몫으로 나온, 손 하나 대지 않은 꿀물 차를 김기환 앞으로 내밀었다.

김기환은 그것이 술 깨는 약이라도 되는 것처럼 넙죽 받아 마신 뒤, 조심스레 말을 받았다.

"……그보다 저에게 물어볼 게 있다고 하셨습니까?"

나는 가만히 김기환을 바라보다가 입을 뗐다.

"김기환 기자님은 정치 시사와 관련한 것 외에도 기사를 쓰고 계십니까?"

김기환은 어리둥절해하며 내 말을 받았다.

"예? 아, 예. 저도 이따금 이슈거리라 판단되는 일은 취재를 나가곤 합니다."

뭐, 아직은 문체부 소속의 뉴스진흥통신위원회가 설립되지도, 연합뉴스도 연합통신이라 불리는 시절이기도 하니 어지간한 건 직접 발로 뛰어 작성하곤 할 것이다.

'심지어는 포털 사이트에서 제공하는 인터넷 언론도 나오기 전이니.'

확인차 물어보았을 뿐이었다.

만일 그가 어느 단체에 속해 있다고 하면, 그에 따른 제약도 있을 것이므로.

나는 고개를 끄덕인 뒤 그런 김기환의 앞에 대고 다소 단도직입적으로 고했다.

"그럼, 이야기를 듣기 전 엠바고를 약조해 주실 수 있겠습니까?"

"엠바고……요?"

김기환이 엠바고(Embargo : 취재한 사안을 보도하는 것을 일정 기간 미루기로 약속하는 것)의 뜻을 몰라서 물은 건 아니었다.

다만 그걸 되묻는 순간, 나는 김기환에게 남아 있던 취기와 기자로서 가지고 있던 본능이 내면에 잉걸불을 피우려는 모습을 보았다.

하지만 예전처럼 은연중 드러나던 예리한 감이 완전히 돌아온 모습은 아니었고, 아직 짧은 시간이나마 반쯤 폐인으로 지내던 관성이 남은 듯했다.

김기환은 짧은 동요 끝에 가만히 고개를 끄덕였다.

"약속하겠습니다."

나는 그런 김기환을 보며 고개를 끄덕였다.

"혹시 구봉팔 이사장님과 연락은 하고 계십니까?"

김기환은 잠시 생각하다가 고개를 저었다.

"아뇨, 구봉팔 이사장님도 최근엔 바쁘신 것 같아서……
그런데 그건 무슨 일로……."

흠, 구봉팔이랑은 한동안 연락을 주고받지 않고 있는 건가.

운락정에서 회담 이전부터 구봉팔과 김기환은 이럭저럭—형님동생 하는 사이까진 아니었지만—의기투합하는 모습을 보였고, 이래저래 사적으로 만나기도 하는 모양이었으나.

다시 사는
재벌가
망나니

운락정의 일 이후론 피차가 어딘지 모르게 서먹한 모습을 보이고 있었다.

외부의 압력으로 인해 목표가 좌절된 순간, 그 목표로 뭉쳤던 옛 동지란 옛 시절의 동창보다 더 어색한 관계가 되기 마련이었다.

조광이라는 조직 내부의 변화로 인해 눈코 뜰 새 없이 바빠진 구봉팔이야 그렇다 치더라도.

김기환의 경우, 그 스스로 외적 요인으로 목표가 좌절된 것으로 인해 자신의 신념과 직업윤리의 회의감을 느끼고 있었다.

특히 그는 몸담고 있던 직장인 중우일보가 최갑철의 입김 한 번에 기사를 수정하고 말았다는 것에도 적잖은 실망을 하고 있었다.

「기자로서 내심 믿고 의지하던, 존경까지 하던 선배였습니다만.」

김기환은 어느 날인가 내게 그런 말을 하며 쓸쓸히 고개를 저었다.

비록 김기환은 곽철용의 '거래'로 젊은 기자들 중엔 제법 주목받는 입장에 서 있긴 했으나, 그것도 자신이 발로 뛰어 쟁취한 것이 아니었다.

꿈을 좇던 돈키호테가 그 꿈을 잃어버리고 말면 그때부턴 입고 있던 낡은 갑옷이며 비루먹은 말, 그 속에 있던 자신의 늙은 몸뚱아리란 현실을 자각하기 마련이다.

김기환이 기자로서 이상과 현실 사이에서 결국 현실을 선택하고 만 결과로 반쯤 폐인이 되어 버리고 말았다고 하면, 과언일까.

그나마 그를 지탱하고 있던 건 곽철용이라는 정체불명의 인물을 조사하는 과정 그 자체였고, 김기환은 이조차도 선을 넘기 전 자발적으로 멈춰 서고 말았으니.

'……만일 곽철용이 그런 것까지 의도하고 한 행동……이라고 하면 그야말로 억측이겠지.'

나 역시도 의도한 건 아니었지만, 마침 그가 하고 있던 곽철용에 관한 조사가 종료되는 시점에서 그에게 새로운 일감을 던져 주려 하고 있었다.

김기환의 멘탈 강도야 어찌 되었건 기자로서 취재 능력과 정보 수집력은 높이 평가할 만한 요소였다.

그나마 김기환이 절망이라는 늪, 자기회의라 하는 달콤한 독에 더 깊이 중독되기 전 그가 수렁에서 빠져나오게끔 동아줄을 던져 줄 수 있었던 것이 그나마 피차 다행이었다.

'김기환은 아직 쓸 데가 많아.'

나는 고개를 저었다.

"아닙니다. 그냥 안부차 근황을 한번 여쭤보았을 뿐이에요."

그것뿐만은 아니지만.

"……예."

대답은 했어도 김기환 역시 내가 괜히 구봉팔의 안부를 묻고자 함은 아니었단 걸 느꼈는지 내 눈치를 살피며 빈 찻잔을 만지작거렸고, 나는 그런 그를 보며 몸을 슬쩍 앞으로 기울였다.

"그러면 혹시, 정순애 씨의 근황은 알고 계시나요?"

정순애.

그녀는 현재 요한의 집에서 보호 중인 강선의 모친이자 박상대의 옛 연인이었다.

정순애의 이름이 언급될 줄은 생각도 못 한 모양인지, 김기환은 눈을 가늘게 뜨더니 고개를 저었다.

"……아뇨. 그 이후 원래 살던 곳으로 돌아갔다는 정도만 알고 있을 뿐입니다. 그 뒤로 연락을 주고받은 적도 없고요."

잊고 있던, 아니 잊으려 노력하던 화제가 다시금 수면 위로 떠오르는 것에 김기환은 어리둥절해하는 한편, 뭉툭하게 만들어 두었던 기자로서 감을 다시금 날카롭게 벼리려는 모습을 보였다.

"혹시 정순애 씨의 신변에 무언가 변화라도 있었습니까?"

"저도 몰라서 여쭙는 겁니다."

나는 시치미를 떼면서 김기환을 슬쩍 떠보았다.

"그리고 당시 정순애 씨를 한국으로 불러온 경위가 어떠했는지, 저는 들은 기억이 없어서요."

"음……."

사실, 박상대를 실각시키기 위한 노력에는 그의 사생아만 있었던 것이 아니었다.

김기환의 경우는 그 당시 기자로서 신념이며 원칙, 동시에 그 스스로도 자각하지 못할 모종의 선민의식으로 자신을 '자극적인 기삿거리만 내보내는 연예부 놈팡이'와 구분 짓고 있어서, 박상대의 사생활과 관련한 부분에선 최후의 한 방 정도로만 여겼다.

그 대신 그는 박상대가 조광과 맺고 있던 유착, 서울시장의 비호, 정경 유착 비리 등에 취재의 초점을 맞췄다.

나도 관련 사안은 김기환에게 일임한 채 지켜보았고, 이따금 그가 요청하는 '취재비'에만 협조했다.

'당시엔 그대로 내버려 두어도 상황이 잘 흘러간다고 생각했으니까.'

하지만 운락정에서 있었던 밀담 이후 김기환이 해 온 일은 '없었던 일'이 되고 말았다.

물어보는 시점이 뜬금없다고 여길 법도 하건만, 김기환은 진지한 얼굴로 생각하다가 입을 뗐다.

"제가 정순애 씨와 연락을 주고받게 된 건 사장님으로부터 관련 정보를 받은 지 얼마 되지 않은 시점이었습니다."

김기환이 말을 이었다.

"사장님께서 정순애 씨 몫의 비행기표값을 내 주신 덕에 일이 수월했죠."

정순애를 수소문해 연락이 닿은 뒤, 김기환은 내게 '혹시 비행기 값을 빌려줄 수 있느냐'며 그녀를 한국에 소환한 바 있었다.

그러면서 김기환은 국제전화를 이용한 당시 정순애와의 통화를 간추려 내게 전했다.

서로 간의 이해관계가 일치한 사안으로, 우리 측은 여차하면 박상대를 향한 카운터로 이용하려 한 것이었고, 정순애는 젊은 날의 불장난이 불장난으로만 그치지 않게끔 '언젠가 주변이 정리되면 너를 데리러 오겠다'던 박상대의 약속을 떠올렸다.

"만나 보셨습니까?"

김기환이 고개를 끄덕였다.

"물론입니다. 제가 정순애 씨를 불러온 장본이니 말이죠."

"어떤 분이셨습니까?"

내 질문에 김기환은 잠깐 망설이더니, 그녀에 대해 포장하는 일 없이 담백하게 그가 느낀 바를 고했다.

"기가 세 보이더군요."

"그래요?"

"여자 혼자, 그것도 한국도 아닌 타지에서 애를 키우는 일이 쉬운 일은 아니니까 말입니다. 그러잖아도 저에게 줄곧 언제쯤이면 박상대를 만날 수 있는지 물어보는 통에 곤란할 지경이었습니다."

김기환이 쓴웃음을 지으며 농담처럼 얼버무리는 것을 보니, 그런 그도 정순애가 지금 어떻게 되었는지는 전혀 모르는 모양이었다.

'모르는 게 약인가.'

나는 김기환의 말을 받았다.

"그래서 정순애 씨와 박상대의 만남은 성사되었나요?"

"아뇨. 제가 알기로는 없습니다."

그야 만나기 쉬운 인물도 아니었던 데다가, 결정적인 한 방을 터뜨리기 전 박상대가 그녀의 귀국 사실을 알고 있었다면 이미 의혹 단계에서 기껏 준비한 일이 흐지부지되었으리라.

박상대에게 그럴 만한 결행력이 있다는 건 현 상황이 증명하고 있었다.

"정순애 씨도 호텔에서 두문불출했고, 어쨌건 제가 부탁한 일은 잘 따라 주었으니까요."

하긴, 거류 비용은 이쪽에서 대고 있었으니까.

"뭐, 그래도 신화호텔 정도면 휴가를 겸해 잠시 있을 만하지 않겠습니까?"

그 와중 칼(돈)을 쥔 쪽의 말을 들어야 한다는 것쯤은 정순애도 잘 알고 있었으리라.

더욱이 정순애는 제법 허영 끼가 있는 듯해서, 신화호텔에서 체류하던 걸 은근히 반기는 눈치였다고, 김기환은 덧붙였다.

김기환이 말하길, 박상대가 보내는 생활비가 아주 풍족한 편은 아니었던 듯했다.

'하긴, 박상대도 그가 차명 계좌로 송금하는 출처 불명의 비자금을 세탁하긴 쉽지 않았을 테니.'

요한의 집을 비롯해 이런저런 방식으로 빼돌린 돈 일부가 정순애의 생활비로 변해 해외로 송금되고 있었고, 그 혜택을 누렸을 강선이 요한의 집 신세를 지고 있단 정황이 다소 아이러니했지만.

'드는 돈은 반지를 사는 거랑은 차원이 다를 거야.'

어쨌건 정순애는 김기환의 말을 못 이기는 척하며 따랐다.

그리고 김기환이 초동 기사에 이어 연타석으로 터뜨릴 기사를 준비하는 동안, 우리는 최갑철의 부름을 받아 운락정으로 갔다.

그 결과가 지금 현 상황이었고, 김기환은 자신도 경황이 없는 와중 정순애를 찾아 '일이 뜻대로 풀리지 않았다'는 통보를 전해야만 했다.

정순애 역시도 자신이 '박상대에게 버림받았다'는 사실에는 큰 충격을 받은 모양이었다.

'아마 그녀 나름대로 장밋빛 꿈을 꾸고 있었겠지.'

더군다나 한국에 와서 알아보니 박상대는 이미 최갑철의 둘째 딸과 혼인을 약조한 상태였고, 그녀와 있었던 일을 덮어 두려는 태도를 보이던 박상대에게 적잖은 실망감과 분노, 배신감을 느낀 모양이었다.

정순애에게 사정을 설명하는 것도 쉽지 않았다면서, 김기환은 너스레를 떨었다.

"결국엔 그분도 결국엔 납득하고 돌아가기로 하더군요. 제가 당일 비행기표를 내밀었으니…… 정순애 씨에겐 안 됐지만 어쩔 수 없는 선택이었을 겁니다."

하지만 결과적으로.

김기환이 믿고 있던 바와 달리, 정순애는 살던 곳으로 돌아가지 않았다.

김기환이 말을 이었다.

"심지어 애까지 데려왔으니, 이대로 한국에 계속 머물며 박상대랑 어떻게 해 보려는 생각을 떠올린들 그걸 실행하긴 힘들었겠죠."

나는 고개를 끄덕였다.

"애, 말씀이십니까?"

"아, 예. 한국에 올 때 데리고 왔습니다. 박상대와의 사생아라고 주장하던…… 으음, 어디 보자, 이름이…….'"

"박강선이죠?"

김기환이 무릎을 탁 하고 쳤다.

"아, 맞다. 예. 그렇습니다. 박강선. 이제 기억이 납니다. 떼쓰는 일 없이 조용하고 얌전한 애였죠."

그러다가 김기환이 고개를 갸우뚱했다.

"어라, 제가 사장님께 박강선 이야기를 했습니까?"

나는 그런 김기환을 보며 빙그레 미소를 지었다.

"아뇨."

"……예? 어, 그러면 어떻게……."

나는 당황해하는 김기환을 보면서 입을 뗐다.

"박강선은 지금 제가 보호 중이거든요."

이런 생각을 떠올리는 건 현 상황에 어떨까, 싶긴 하지만.

입을 헤 벌리고 있는 김기환의 표정은 제법 볼만했다.

"지금 박강선을…… 사장님께서 보호하고 계신다고요?"

나는 고개를 끄덕였다.

"예, 지금은 요한의 집에 있죠."

김기환은 얼떨떨해하는 얼굴로 내 말을 받았다.

"요한의 집이라면 새마음아동복지재단에서 경영 중인 보육원이 아닙니까? 구봉팔 씨가 이사장으로 계신……."

"예, 맞습니다."

"……어떻게 된 일입니까? 혹시 정순애 씨도 함께 있나요?"

나는 김기환에게 지금 정순애가 실종 중이며, 오늘 개인적으로 알고 지내는 경찰에게 인도받아 강선을 보호 중이라는 것을 밝혔다.

당시 강선은 모텔에 혼자 있었고, 방을 정리하러 들어온 모텔 주인의 신고로 신변을 확보할 수 있었다는 것까지.

간추린 이야기를 들은 김기환은 침음 섞인 중얼거림을 입에 담았다.

"음……. 정순애 씨가 실종……."

현시점에선 '한강에서 발견된 변사체'를 밝히지 않았으나, 김기환은 '실종'이라는 말에서 이미 상황이 심상치 않다는 걸 느낀 모양이었다.

나는 당혹스러워하는 기색이 역력한 김기환을 보며 입을 뗐다.

"그래서 여쭙습니다만, 혹여 정순애 씨는 박강선을 홀로 두고 장기간 자리를 비울 만한 사람으로 보였습니까?"

"그럴 리는 없을 겁니다."

김기환은 혼란스러워하는 와중에도 단언했다.

"정순애 씨에겐 이렇다 할 친인척도 없었고, 하나 있는 부친과도 연락을 끊은 지 오래라 하였습니다. 그래서일지는 모르나, 정순애 씨는 유독 그 아이를 아끼는 모습을 보였거든요."

하긴.

모정이니 뭐니 하는 감정적이고 불확실한 것을 차치하더라도, 강선의 존재는 박상대를 상대로 내밀 수 있는 귀중한 조커였다.

이제 와서 그녀가 이 모든 일을 '없던 일' 취급하며 강선을 모텔에 버리고 도망쳤을 거란 생각은 들지 않았다.

'전예은을 통해 알아낸 사실이 그러하고.'

이어서 나는 경찰이 강선의 정체는커녕, 실종된 정순애의 신원조차 파악하고 있지 않다는 것을 알렸다.

"······음? 그렇다면 경찰 측이 알고 있는 건 어느 정도입니까?"

"박강선의 성씨는커녕 이름만 알아낸 상황입니다. 오늘 만나 보니 애가 생각 이상으로 과묵하더군요."

김기환은 고개를 끄덕인 뒤, 눈을 가늘게 뜨며 나를 바라보았다.

"그런데······ 사장님께선 그 아이가 박강선이라는 건 어떻게 아셨습니까?"

어떻게 알긴, 전생의 기억과 전예은이 알려 준 사실을 대조해 냈지.

하지만 그게 남에게 알릴 수 없는 얼토당토않은 소리임은 나 스스로도 잘 알고 있어서, 나는 일부러 의뭉스러운 미소를 지어 보였다.

"신화호텔 오너가 제 친척인 걸 잊으신 건 아니죠?"

"어……."

"사진으로 보았습니다."

김기환은 마른침을 꼴깍 삼켰다.

그에겐 '내게 별도의 정보 수집 능력이 있다'는 정도의 뉘앙스만 풍기는 것으로도 충분했다.

'또, 어차피 강선이 입을 여는 것도 시간문제니까.'

생각에 잠겼던 김기환이 입을 뗐다.

"그러면 지금이라도 이를 경찰에 알리고 박강선 그 애를 세간에 공표한다면…… 이번에야말로 박상대를 엮어 볼 수 있겠군요."

김기환은 그런 와중 현 상황을 이쪽에 유리한 방향으로 이용해 볼 생각을 떠올린 스스로에게 회의감을 느낀 듯했다.

그러거나 말거나, 나는 그 제안에 고개를 저었다.

"아뇨, 아직은 때가 아닙니다."

"……예?"

나는 담담히 말을 이었다.

"이번 일을 섣불리 발표했다간 저번처럼 '중재'가 들어올지도 모르니까요."

"……."

내 말에서 운락정을 떠올렸는지 김기환의 표정이 딱딱하게 굳었다.

"게다가."

나는 어조를 고쳤다.

"왠지 모르게 경찰 측도 저에게 구체적인 사항은 알리지 않고 진행 중인 일이 있는 모양이어서 드리는 말씀입니다. 어쩌면 정순애 씨의 실종은 그들이 수사 중인 모종의 다른 사건과 엮였을지도 모르죠."

김기환은 나를 물끄러미 쳐다보았고, 나는 어깨를 으쓱였다.

"'보통' 이런 일이 발생하면 굳이 저에게 연락해 민간의 빚을 질 필요가 없을 테니까요."

"아."

김기환이 고개를 끄덕였다.

"즉, 사장님 말씀은 경찰 측도 정순애 씨의 실종이 아직 언론에 알리지 않은 어떤 강력 범죄와 연루되어 있을지 모른단 추론 중이란 거군요. 이번 일이 단순 실종에 불과하다면 경찰 측도 그 나름대로 박강선을 보호할 시설이 있으니까 말입니다."

제법 말귀가 밝다.

나는 앉은 자세에서 다리를 꼬며.

"저도 지금으로서는 그렇지 않을까, 가정만 할 뿐입니다. 또, 만일 그렇다고 한다면."

깍지 낀 손을 무릎 위에 얹었다.

"이번에는 박상대가 빠져나가지 못할 만큼 촘촘한 올가미가 만들어질 것 같군요."

"……."

김기환은 입을 꾹 다물었다.

그가 현시점에 무슨 생각을 하고 있는지는 모른다.

어쩌면 이번 일에 정순애를 끌어들인 한 사람으로서 그녀의 실종에 모종의 책임감을 느끼고 있는 것일지도 모르고, 단순히 생각을 정리할 시간이 필요한 것에 불과한지도 모른다.

김기환은 잠시 후 입을 뗐다.

"혹시 구봉팔 씨도 알고 계십니까?"

이미 머릿속의 취기는 깨끗이 가신 지 오래인 듯했다.

그는 앞서 내가 말한 '구봉팔과 연락을 주고받느냐'는 말에서 그 입장을 유추해 본 모양이었다.

"아뇨."

나는 고개를 저었다.

"불과 몇 시간 전의 일이고, 요한의 집에서 별도로 연락을 넣지 않는 한 구봉팔 씨는 아직 모르는 일입니다."

내가 파악한 소피아라면 이번 일로 구봉팔에게 따로 연락을 넣거나 하지는 않을 것이다.

둘은 어딘지 모르게 서로가 선을 긋고 있는 사이였으므로.

게다가 이번 일은 '경찰'과 연루된 일이니만큼, 소피아도 여간해선 구봉팔에게 먼저 연락하지 않으리라.

"다만 정순애 씨의 실종과 관련해서는 그분도 알고 계실지 아닐지, 저도 확답을 드리기 어렵겠군요."

정황상 박상대가 홀로 살해 혹은 살인 교사, 시체 훼손을 했을 리는 없으니, 그 일엔 외부의 도움을 받았을 것이다.

개중 박상대의 지저분한 의뢰를 받을 만한 조직은 내가 알기로는 조광이 유력했으니, 조광에 몸담고 있는 구봉팔이라면 관련해 알고 있을 가능성도 없진 않았다.

'하지만 구봉팔은 박상대와 유착 중인 조설훈 파벌이 아니니, 그는 전혀 모르는 일에 불과할지도 모르지.'

김기환이 물었다.

"……구봉팔 씨와 정보를 공유해 보는 건 어떻겠습니까?"

김기환 역시 은연중 정순애의 실종이 조광과 무관하지 않으리란 생각을 하고 있는 모양이었으나.

나는 다시 고개를 저었다.

"그 문제는 잠시 보류해 두겠습니다."

"……."

"저희도 가진 정보가 부족한 상황에 섣불리 움직였다간 일을 그르치게 될 여지가 있으니까요."

자고로 내부 고발자는 귀중한 인재다.

하지만 만일 구봉팔을 섣불리 움직였다가 긁어 부스럼을 만들어 일을 그르치기라도 하면, 이쪽에도 피해가 올 수 있었다.

"혹시라도 경찰 측에서 정보가 나온다면…….."

그때, 안주머니에 넣어 둔 핸드폰에서 짧은 진동이 울렸다.

"잠시 실례하겠습니다."

"아, 예."

나는 핸드폰을 열어 확인했다.

「011-XXX-XXXX444 강하윤형사」

강하윤이 이제야 문자메시지 사용법을 익히고 내게 연락처를 보낸 모양이었다.

번호 뒤의 444는 천지인 자판의 ㄱ을 입력하려다가 오타가 난 듯했고, 글자를 지우는 방법도 몰라서 그냥 보내고 만 모양이지만.

나는 고개를 들어 김기환을 보았다.

"마침 접선 중인 담당 경찰 측에서 연락이 왔군요."

"음."

나는 강하윤의 번호를 주소록에 등록한 뒤, 보란 듯 책상 위에 핸드폰을 올려 두었다.

"잠시 연락을 기다려 보죠."

"예."

그리고.

"......."

"......."

제법 긴 침묵이 이어졌다.

참다못한 내가 그냥 김기환이랑 하던 이야기를 이어 갈까 생각하던 찰나 드르륵, 책상 위에 놓인 핸드폰이 짧게 진동했다.

"도착했군요."

나는 얼른 핸드폰을 열었다.

「심심하다... 뭐 해? ^.^」

......윤아름이었다.

참고로 내 핸드폰 문자메시지의 발신 비율이 가장 높은 주변 인물로는 윤아름이 첫 손에 꼽혔다.

두 번째는 한성아. 사모를 대신해 밥 먹고 오는지 언제 집에 오는지 따윌 문자로 물어보곤 했다.

스토커 기질이 다분한 김수연은 다행히도 아직 핸드폰이 없었다.

'역시 사춘기 여자애들이 서비스 이용 비율이 높군.'

지표로서는 제법 유의미했으나, 그 자료 수집 대상을 나로 삼았을 뿐이란 점에선 통계상의 실효성이 부족해 보였다.

나는 다음 모델엔 수신 차단 기능을 고려해 봐야겠단 생각을 하며, 김기환에게 미소를 지어 보였다.

"스팸 문자였습니다."

"……스팸? 깡통 햄 말입니까?"

"아, 그런 게 있습니다."

내가 시대를 앞서간 관념을 얼버무리는 사이, 문자메시지 도착 진동음이 이어졌다.

나는 곧장 문자메시지를 확인했다.

「내번호아혹시귄차느ㄴ 면통하가능할ㄹ까」

이번엔 다행히도 강하윤이었다.

물론 어디까지나 이제 막 익혔달 뿐이지, 그녀도 천지인 기판에 익숙지 않은 듯했다.

'이 정도면 양반이지.'

SNS는커녕, 문자메시지 서비스라는 개념조차 이제 막 확립된 시점이었으니.

그나저나, 통화 가능하냐고?

"통화가 가능하냐고 묻는데, 잠시 전화 좀 해도 되겠습니까?"

김기환은 고개를 끄덕였다.

나는 곧장 주소록에 등록한 강하윤의 핸드폰으로 전화를 걸었다.

몇 차례 신호음이 가고 상대가 전화를 받았다.

-여보세요?

"안녕하세요, 이성진입니다."

-아, 성진이구나. 문자메시지 잘 도착했니?

"네, 누나."

-혹시 바쁜데 귀찮게 한 건 아니고?

나는 김기환에게 눈짓하며 말을 받았다.

"아뇨, 괜찮습니다. 통화 품질은 괜찮은가요?"

-응, 아주 좋아. 마음에 쏙 들어. 무전기보다 훨씬 가볍고.

이걸 무전기랑 비교하다니.

나는 이어서 몇 차례 더 형식적인 이야기가 오갈 거라고 생각해 자세를 편하게 고쳤는데, 수화기 너머 강하윤이 제법 단도직입적으로 용건을 꺼냈다.

-으응, 그런데 다름이 아니라······.

강하윤이 목소리를 조금 낮췄다.

-한 가지 물어볼 게 있어서.

"뭔가요?"

-······선배님께 들으니까 성진이 너, 외가댁이 뉴월드백화점이라면서?

흐음.

다소 뜬금없는 이야기였다.

사모의 친정이 뉴월드백화점임을 딱히 숨긴 건 아니었지

만, 내가 나서서 언급한 적 없는 이야기가 나 없는 자리에서
오갔단 것에는 다소간 신경이 쓰였다.

'강하윤이 내게 뉴월드백화점에 대해 묻는다?'

그럴 만한 경위가 궁금하긴 했으나, 나는 일단 강하윤의
말을 시인했다.

"네, 맞아요."

―아, 역시. 그러면, 성진이는 백화점 VIP겠네?

그렇긴 하지.

정확히는 VIP보다 윗단계인 VVIP지만, 굳이 강하윤에게
그런 구별을 알릴 필요는 없었다.

"그렇죠. 제 외가이니까요."

―그렇구나.

잠시 뜸을 들인 뒤 강하윤이 말을 이었다.

―있잖아. 성진아. 혹시 시간이 된다면…… 아 물론, 굳이 그럴 필요까
진 없지만…… 잠시 뉴월드백화점에서 보지 않을래?

"예?"

―아니, 아니. 그냥, 으음, 아, 그렇지. 나도 쇼핑 좀 해 볼까 해서. 시간
나면 그러잔 거야. 누나가 맛있는 거 사 줄게.

말만 들으면 그냥 납치각인데, 이거.

하지만 강하윤이 최대한 에둘러 얼버무리려는 것으로 보
아, 그녀가 정진건에게는 비밀로 나를 통해 무언가를 얻어
내려는 것으로 보였다.

'혹시 나를 통해 백화점 할인 혜택을 노리고?'

아니다.

소중한 고객님을 섣불리 블랙 컨슈머 취급해선 안 되지.

'……어쩌면, 수사와 관련해서?'

오늘 처음 만난 사이에 불과한 강하윤의 인물됨은 아직 잘 모르지만, 단순한 쇼핑으로 나를 오라 가라 하겠단 것보단 가망성 높은 이야기였다.

수사라.

그렇다는 건 뉴월드백화점이 직접적으로 연루된 사건은 아니며 내 인맥을 통한 비공식적인 협조가 필요한 일일 터.

'그나마 지금으로선 물고기 배 속에서 발견되었다던 반지 정도가 유력한 후보인데.'

아무래도 정진건과 강하윤은 예의 한강에서 발견한 반지 건으로 뉴월드백화점까지 찾아 볼 생각에 미친 듯했다.

하지만 결국 영장이 나온 것 같지는 않았고, 백화점 측에서도 영장 없이 함부로 고객 정보를 유출할 까닭이 없으니 결국엔 내게 기대 볼 심산인 것이리라.

'거기에 더해 많고 많은 보석상 중에 하필이면 뉴월드백화점을 콕 짚었다면…….'

아마도, 높은 확률로 해외 명품 브랜드임을 특정할 만한 요소가 있었을 것이다.

'마침 뉴월드백화점이 해외 브랜드 몇 개를 직영 중이지.'

마침 나로선 강하윤의 미숙함에 기대 박상대를 몰락으로 이끌 새로운 단서를 확인할 기회였다.

거기까지 생각이 미치니, 마다할 까닭이 없는 제안임을 알았다.

'……마침 요샌 이렇다 할 업무도 없고.'

나는 내 시선이 컴퓨터 책상으로 향하는 것을 뿌리치면서 미소를 지었다.

"그럼요. 물론이에요."

-정말?!

놀라기는. 보아하니 그녀도 딱히 기대는 하지 않은 모양이었으나.

나는 시선을 김기환에게 맞추며 말을 이었다.

"시간 날 때 불러 주세요. 아, 혹시 괜찮으시다면 오늘도 괜찮아요. 마침 시간이 비거든요."

그녀 나름대로 수사 욕심이 난 걸까, 아니면 정진건에게 도움이 되고자 한 걸까.

어찌 되었건 신참 형사 특유의 행동력이 나를 뉴월드백화점으로 이끌었다.

내 단도직입적인 제안에 핸드폰 너머로 강하윤의 당황한 숨소리와 침묵이 이어졌다.

-…….

그 짧은 침묵 뒤, 이내 강하윤이 짐짓 쾌활한 어조로 말을 이었다.

─응, 성진이 너만 괜찮다면 나도 상관없어.

"잘됐네요. 그럼 어디서 뵐까요?"

이후 나는 강하윤과 뉴월드백화점 앞에서 만나기로 약속을 잡은 뒤, 통화를 마쳤다.

그러는 동안 가만히 소파에 앉아 내 통화가 끝나길 기다리고 있던 김기환이 툭 하고 입을 뗐다.

"누나……라니요?"

"제게 누나뻘 되는 여성분이거든요."

"아."

김기환은 멋쩍은 듯 머리를 긁적이다가 양손을 무릎 위에 얹었다.

"방금 전 들으니 외가 운운하시던데…… 혹시 이번 일에 뉴월드백화점 측과 무슨 일이라도 엮여 있습니까?"

스피커폰 기능이 지원되었다면 그냥 공유를 했겠지만, 김기환은 내가 입에 담은 것 외에 다른 내용은 알지 못한 성싶었다.

'그렇다고 여기서 김기환에게 반지에 대해 알아낸 내용을 알릴 수는 없으니.'

나는 김기환에게 내가 짐작하고 있는 내용을 알리는 대신 시치미를 뗐다.

"그야 모르죠. 제가 알기로 저희 외가는 박상대와 이렇다

할 접점은 없으니까요. 뭐, 어쩌면 뉴월드백화점의 손님이었
을 수는 있습니다만…….”

나는 재차 말을 이었다.

“뭐, 쇼핑이나 하려고 저를 부르진 않았겠죠. 자세한 건
저도 가서 알아보려 합니다.”

“흐음.”

김기환은 슬쩍 웃으며 나를 쳐다보았는데, 그 시선이 묘했
다.

“달리 하실 말씀이라도 있으십니까?”

“아뇨. 별거 아닙니다. 불현듯 생각나서요.”

김기환이 히죽 웃었다.

“줄곧 생각하던 것입니다만, 사장님께서 조금만 더 성장
하시면 두루 인기를 누리실 것 같습니다.”

전생의 이성진이 생긴 것만큼은 멀쩡했단 걸 떠올려 보면
그럴 지도 모르지만.

나는 김기환에게 슬쩍 의도적인 미소를 지어 보였다.

“……꿀물 좀 더 가져다드릴까요?”

내 말에 담긴 속뜻을 읽어 낸 김기환이 손사래를 쳤다.

“아닙니다, 괜찮습니다. 술은 이미 다 깼습니다.”

나는 고개를 저으며 책상으로 갔다.

“아무튼 고생하셨습니다. 곽철용 어르신과 관련된 문서는
제가 책임지고 정리하도록 하죠.”

"예."

그러곤 탁자 위에 늘어놓은 서류를 정리하며 잠시 생각에 잠겼던 김기환이 고개를 들었다.

"사장님, 혹시 이번 일에 제가 추가로 도움을 드릴 건 없 겠습니까?"

사실상 그가 할 일은 곽철용을 조사했을 때—그조차도 김 기환이 굳이 나서서 해야 할 일은 아니었다—끝난 것이나 진배없을 터이지만.

눈을 반짝이는 그 모습을 보아하니, 이번 실종 사건이 폐 인처럼 지내던 김기환에겐 기자로서 본능을 건드릴 만한 자 극이 되었던 모양이었다.

하나.

"당분간은 기자님이 하실 일이 없습니다. 이쪽에서 처음 부터 모든 것을 짐작하고 있었단 걸 밝힐 이유도 없을뿐더 러……."

나는 조심스럽게 말을 골랐다.

"정작 실종된 정순애 씨의 행방도 오리무중인 상태이니까 요."

나는 정순애가 한강에서 발견된 변사체와 동일인일 것임 을 짐작하고 있었지만, 변사체의 신원을 비롯한 강선의 모친 에 관해서는 '공식적으로' 미제 상황이었다.

'문제는 이쪽이 알고 있는 사실관계를 밝히는 시점과 상황

일 뿐이지.'

그 대신, 나는 가만히 고개를 주억거리는 김기환을 보며 한마디 거들었다.

"다만, 잘 찾아본다면…… 혹시 누군가 길고 긴 꼬리를 감당하지 못해 그 꼬리가 밟힐 만한 일이 발견될지도 모르죠."

내 말에서 단서를 읽어낸 김기환은 입꼬리를 슬쩍 올렸다.

"예. 알아보겠습니다."

나는 생각난 김에 물었다.

"그런데, 이쪽 일에 집중하고 계시면…… 중우일보 쪽 본업은 괜찮으십니까?"

내 말에 김기환은 입가에 어린 미소를 거두며 슬쩍 인상을 찌푸렸다가 그걸 쓴웃음으로 고쳤다.

"그쪽은 문제없습니다. 그러잖아도 요즘 아무도 저를 건드리지 않고 있어서요. 그러니 제가 어떻게 움직이건 간에 터치할 사람도 없고 말이죠."

반쯤 농담처럼 가볍게 입을 떼긴 했으나, 그는 아마도 기자로서 특종을 터뜨린 것과 별개로 중우일보 내에서 고립 중인 듯했다.

김기환이 어깨를 으쓱였다.

"그래서 최근엔 어차피, 관둘까 생각 중이었습니다."

"달리 하실 일은 있고요?"

"뭐……."

김기환이 머리를 긁적였다.

"자찬하자면 사람 찾는 일은 제법 잘하는 것 같으니까……
재능을 살려서 흥신소나 차려 볼까요? 하하."

웃으며 말한 것치곤 퍽 자조적이었다.

말인즉, 그의 능력과는 별개로 기자로서도 재취업이 힘들
정도라는 의미리라.

이 시기 대한민국 기자들이란 한 다리 건너면 얼추 아는
사이고, 두 다리 건너면 다 아는 사이라고들 하니까.

그들 사이에 알음알음 소문은 퍼질 대로 퍼졌을 것이고,
그가 '존경하던' 중우일보 선배를 비롯한 기득권 기자들은 그
런 김기환을 고깝게 보고 있을 것이다.

이번 일에 김기환을 끌어들여 전도유망한 기자 한 사람의
인생을 망치고 만 것은 아닐까.

'……김기환도 딱히 내 탓을 하거나 신경 쓰는 건 아닌 모
양이지만.'

그렇다고 내가 직접적으로 도움을 주려 해도 그는 마다할
것이다.

정말로 흥신소를 차릴 것 같지는 않고.

'흐음, 김기환이 가진 능력을 이번 일에만 써먹고 말기에
는 조금 아까운데…… 아.'

문득, 김기환을 써먹을 만한 곳이 생각났다.

"그러면……."

운을 떼자 김기환의 시선이 내게 향했다.

"김기환 기자님, 혹시 운락정에서 있었던 일, 기억하고 계십니까?"

김기환은 내 말에 굳이 떠올리고 싶지 않았던 것을 떠올렸는지 쓴웃음을 지었다.

"예, 불과 얼마 전의 일이니 말입니다."

"그때 제 조부님께서 무어라 말씀하셨죠. 뭐더라, '시대가 변하고 있다'고 하셨던가요?"

김기환은 잠시 생각하다가 대답했다.

"제가 기억하기론 정보의 평등을 말씀하셨습니다. 그 중심에 인터넷이 정보의 바다로서 그 구심점을 해낼 것이라고…… 제가 이해한 바를 옮기면 그렇다는 거지만 말입니다."

나는 고개를 끄덕이며 책상에 엉덩이를 반쯤 걸쳤다.

"그러잖아도 마침. 최근 저희 SJ컴퍼니가 속한 그룹의 삼광네트워크 측에서 포털 사이트 하나를 개설했습니다."

"아, 예. 알고 있습니다. 길잡이 말씀이시죠?"

"알고 계시는군요."

내 말에 김기환이 픽 웃었다.

"컴퓨터를 아주 능숙하게 다루는 건 아닙니다만, 저도 간단한 문서 작업 정도는 할 줄 압니다. 게다가 아직은 기삿밥을 먹고 있는 처지이기도 하고요."

말하는 것과 달리, 김기환은 컴퓨터에 대해 제법 잘 알고 있는 듯했다.

'그렇다고 조인영이나 최소정, 임정주 같은 전문가 수준은 아니겠지만.'

나는 고개를 끄덕였다.

"저라고 제 조부님의 말씀에 전적으로 동의하지는 않습니다만……. 그래도 어느 정도, 제 생각과 맞아떨어지는 부분도 없지 않습니다."

아무리 인터넷이라 할지라도, 전달하고자 하는 정보가 검열이 불가능한 완전체로 거듭나리라는 건 이상론이다.

그 검열이란, 통제가 아닌 다른 방식으로 이루어진다.

더욱 더 많은 정보, 정보의 홍수. 오히려 너무 많은 정보가 주어지는 탓에 무엇이 진실인지 알 수 없게 되는 지경으로.

한 줌의 진실은 그 정보의 망망대해 속에 가라앉아 거짓과 확증 편향에 뒤섞이며 자체 검열을 거친 뒤 흔적을 찾기 힘들게 된다.

'……당시 이휘철이 그렇게 말했던 건, 눈앞의 최갑철을 압박하기 위해서란 의도하의 합목적성도 있었겠지만……. 뭐, 그러는 나 역시도 내게 유리한 방향으로 약을 파는 중이니 다를 바 없나.'

나는 재차 말을 이었다.

"저는 지금, 늦든 빠르든 앞으로 있을 정보 전달 방식은 아날로그 활자 인쇄 매체가 아닌, 모니터에 떠오른 디지털 문자가 중심이 되겠단 생각 중입니다."

김기환은 갑자기 무슨 소리인가 싶어 나를 물끄러미 쳐다보았고.

"……예?"

나는 어리둥절해하는 김기환에게 앞으로 있을 일에 약간의 과장을 담아 전달했다.

"추후 인터넷은 세상의 중심이 될 겁니다. 아니, 오히려 인터넷 없는 환경에서 어떻게 살았을까를 곱씹어 보게 되겠죠. 그 원천이 정보를 다루는 것이니만큼, 기자들이 작성하는 신문기사도 예외는 아니게 될 겁니다."

"……."

"따라서 주류 언론사를 비롯한 각종 언론은 포털 사이트에 그들이 작성한 신문기사를 게재하게 될 것이며, 인터넷으로 뉴스를 찾아보는 일이 더 이상 낯선 일이 아니게 될 테죠. 그렇게 된다면……."

나는 미소 띤 얼굴로 말을 마쳤다.

"제3자의 입김이 닿지 않는 진실을 추구하는 일도 얼마든지 가능하게 되지 않겠습니까?"

내 말을 듣는 김기환은 그때 운락정에서 이휘철이 했던 말이 보다 구체적인 형태를 띠고 전면에 다가오기 시작하자 상상력이 현실을 쫓아가지 못하는 듯했다.

그도 앞서 운락정에서 이휘철이 하는 이야기를 들었던 터.

하지만 당시엔 경황이 없었던 것에 더해 이휘철도 포괄적인 개념만 늘어놓았을 뿐이었다.

"……그러면 사장님 말씀은 앞으론 일반적인 활자 인쇄 신문이 아니라 인터넷에 나도는 찌라시……가 진실로 받아들여지리란 말씀입니까?"

"찌라시라뇨. 저는 엄연히 공신력이 담보된 주류 언론 기사를 이야기하는 겁니다. 뭐, 받아들이기에 따라선 활자라고 해도 그 취급이 다르진 않겠지만요."

내 말이 그가 가진 기자로서 자긍심을 건드린 탓일까, 김기환은 냉소로 방어기제를 형성해 내게 띠어 보였다.

"아무래도 사장님의 말씀은 관계자의 말씀이어서 그런지 팔이 안으로 굽는 듯합니다."

김기환이 웃는 얼굴로 말을 이었다.

"말씀대로이긴 합니다만, 사실 전에 없던 새로운 개념은 아니죠. 이미 몇몇 주류 언론사는 게재한 기사를 편집해서 실어 두는 홈페이지를 경영 중이기도 하고 말입니다. 하지만 그건 어디까지나 겹들이는 요소일 뿐이죠, 주류는 어디까지나 활자 인쇄물입니다."

김기환의 말마따나, '인터넷 뉴스'의 역사 자체는 제법 오래되었다.

그건 공식적으론 이미 1986년 대한민국에 본격적인 인터넷망이 형성되기 이전 PC통신 시절부터 존재해 왔으며, 현 시점에도 몇몇 주류 언론사는 이미 홈페이지를 제작, 기사를 싣고 있었다.

하지만 메인은 어디까지나 활자로 실리는 종이 신문이고, 그들의 홈페이지에 기재되는 건 그것을 재편집해 올리는 다소 때늦은 것들이었다.

김기환이 말을 이었다.

"게다가 사실 인터넷의 강점이라고 하면 '누구에게나 열려 있다'는 점이 아닙니까?"

"그렇죠."

"그리고 아무리 정보가 지천에 널려 있다곤 하지만, 그것을 모으고 취합하는 수고로움을 감내하는 것이 저 같은 기자들입니다. 바람 마시고 구름 똥 싸는 거라면 모를까…… 생활과 의식주를 떼어 놓고 생각할 수 없는 한 꽁으로 남 좋은 일만 이뤄지지만은 않을 겁니다."

일견 타당한 말이었다.

김기환이 덧붙였다.

"그러니 결국 사장님께서 말씀하신 '인터넷상에 주류 언론이 실리는 일'은 그 수익을 담보할 수 없는 한 이뤄지지 않을 것으로 보입니다. 속도가 생명인 바닥에 홈페이지로 철 지난 뉴스거리를 싣는 것도 애매한 일이고요. 뭐…… 혹시 인터넷으로 구독료를 받아 낼 수 있다면 모르겠습니다만."

김기환이 지적한 요소는 한창 인터넷 뉴스가 포털에 실리던 태동기에 제기된 요소이기도 했다.

'차이점이라면, 그 기삿거리를 포털 사이트에서 도메인 제공을 하느냐 여부였지.'

그러니 문제는 어디까지나 포털 사이트 대문에 게재되는 노출도의 문제였다.

찾는 사람만 찾아보던 시대에서 자연스럽게 정보가 드러나는 시대로의 전환.

그리고 '무엇을 메인에 띄우느냐'의 재량을 가진 포털 사이트가 가지게 될 권력.

'그렇다곤 하나 김기환의 말도 일리는 있지. 당시만 해도 종이 신문이 완전히 사멸할 것이라고들 내다 봤지만, 2020년대에 이르러서도 그 자체는 소멸하지 않고 공존을 이어 갔으니.'

나는 어깨를 으쓱였다.

"그렇기도 하군요. 그럼 여쭙겠습니다. 신문사의 수익은 구독자의 구독료로 이루어집니까?"

"그…… 일부는 차지합니다."

"하지만 수익의 대부분은 지면에 실리는 광고비겠죠."

내 말에 김기환은 마지못해 고개를 끄덕였다.

"부정은 하지 않겠습니다."

이는 예전, 이태석에게 포털 사이트의 개념을 들먹일 때 사용한 이야기이기도 했다.

'그때는 TV 시청률과 광고 이야기였지만.'

한편으론 기업이 언론에 영향력을 행사할 수 있을 만한 권력을 가지는 건, 그들이 내는 '광고비' 때문이기도 했다.

'실제로도 모 기업에 불리한 기사를 싣는 언론사의 광고를 끊는 것으로 재정적 압박을 가해, 느슨한 정정보도가 나가게끔 통제한 적도 있었고.'

나는 빙그레 미소 지었다.

"그러면 구독자의 성향에 맞춘 광고 게재와 불특정 다수를 향한 광고 수익. 기업 입장에서는 둘 중 어느 것이 이득일지 재단하기 어렵겠군요."

"……말씀인 즉, 인터넷 기사상에 실리는 광고가 수입원이 될 거란 말씀입니까?"

나는 미소 띤 얼굴 그대로 어깨를 으쓱였다.

"흥신소보다는 수익 면에서 훨씬 괜찮지 않겠어요?"

"…….."

이쯤 하면 김기환도 내가 무슨 말을 하려는지 눈치챘을 것이다.

거기서 나는 본론에 들어갔다.

"이왕 중우일보를 퇴사하실 거라면, 한 가지 제안을 드리겠습니다."

"……."

"홈페이지를 하나 만들어 보시는 건 어떻습니까."

입을 꾹 다문 김기환.

나는 보란 듯 걸터앉은 책상 위에 놓인 20인치 브라운관 모니터를 툭툭 두드렸다.

"이왕 이렇게 된 거, 기자님이 가진 노하우를 살려 인터넷에 뉴스를 싣는 별도의 사이트를 하나 만들어 보는 거죠. 어떻게 생각하세요?"

고심하던 김기환은 결국.

"……한번 생각해 보겠습니다."

내 제안을 받아들였다.

김기환이 만들 뉴스 사이트가 길잡이의 포털 메인에 걸릴 때가 언제인지, 실을 수 있는 날이 오게 될지는 알 수 없으나.

'무의미한 시도는 아닐 거야.'

뒤이어, 김기환이 입꼬리를 올리며 말을 이었다.

"물론 밟을 만한 꼬리가 비죽 튀어나와 있지는 않은지 알아보는 것도 병행하면서요."

"좋습니다."

나는 미소 띤 얼굴로 고개를 끄덕였다.

그런 나를 보며 김기환이 머리를 긁적였다.

"그런데 제가 홈페이지를 만들어 본 적이 없어서, 잘할 수 있을지 모르겠습니다."

"걱정하실 거 없습니다. 마침 저희 사측에는 우수한 프로그래머 인재가 많으니까요."

대놓고 자랑하자면, SJ컴퍼니의 자회사인 SJ소프트웨어는 단순히 게임 유통만 도맡아 출자할 뿐인 곳은 아닌, 현존하는 국내 초일류 프로그래머의 집합소이기도 했다.

"저희에겐 이미 관련한 노하우도 있습니다. SBY의 홈페이지를 제작한 경험이 있고, 서버의 유지 및 보수도 문제없이 해내고 있거든요."

"아, 그렇죠. 젊은 가수들에겐 흥미가 없는 저도 들어가 보았을 정도니 말입니다."

방금 한 말은 과언이 아니었다.

SBY의 신곡이 인터넷상에 무료로 배포된다는 소식이 알려지고 나니 공짜라면 양잿물도 마신다던가, 기존 팬이나 아니나 할 것 없이 무수한 사용자가 디도스 공격을 방불케 할 만큼 몰려들었으나 내 휘하 사단의 우수한 프로그래머들 덕에 SBY의 홈페이지는 트래픽 초과로 터지는 일 없이 관리되고 있었다.

'아마 이 시대 인터넷 이용자들은 한 번쯤 다 클릭해 보았을 거야.'

개인적으로는 그 사이트에 광고를 싣지 못한 것이 다소 원통할 지경이었다.

'……뭐, 처음 의도한 것 이상의 성과를 거뒀으니 그걸로 됐지만.'

그 와중 SBY의 홈페이지 자유게시판에는 그 몰려든 인터 넷 인구들의 점잖은 헛소리가 도배되며 팬들로부터 소소한 (?) 원성을 사는 중이었다.

현시점의 대한민국 인터넷 인구는 사실상 유랑민에 다름 없는 상태였다.

그들에겐 '모여서 놀 만한 곳'이 필요했고, 서로가 가진 의 견을 토론하고 개진할 공간이 필요했다.

포털 사이트에서 운영 중인 길잡이 백과사전의 이용률이 예상한 책정치보다 높게 나온 건 마냥 우연은 아닐 것이다.

"그러니 혹시 기술 지원이 필요하다면 의뢰해 주세요. 싼 값에 해 드리겠습니다."

"……하하."

김기환은 메마른 웃음으로 내 말을 받았다.

"공짜는 아니군요."

"세상에 공짜가 어디 있겠습니까……마는."

나는 말이 나온 김에 김기환이 우려하는 바를 좀 더 파고 들었다.

"그렇군요. 사이트가 커지면 서버 비용도 감당하셔야 할 테니……."

초고속 인터넷이 보급되기 시작한 2000년대에 들어 IT

버블과 함께 개인 홈페이지가 우후죽순 생겨났던 시기가 있었다.

그때 당시, 초창기 대한민국 인터넷 인구를 끌어들이는 구심점 역할을 한 홈페이지는 여럿 있었지만, 결국엔 대부분이 운영 미숙 또는 사이트가 커져 감에 따라 감당해야 할 고정 비용 등의 이유로 문을 닫았다.

연별로 납부하는 도메인 비용은 거의 푼돈이나 다름없으니 그렇다 치더라도, 하루 방문자 1,000명 아래의 사이트라면 모를까, 사이트 방문자가 많아질수록 감당해야 할 호스팅 비용도 비례해서 증가하는 요소였다.

'서버가 지원 가능한 HDD 용량도 이 시대엔 하드웨어의 한계로 쥐꼬리만 한 수준이니.'

더군다나 이 시대엔 아직 이렇다 할 웹 호스팅 서비스를 지원하는 회사도 없을뿐더러, 결국엔 이를 홈페이지의 주인 당사자가 감당해야 했는데.

그 운영 주체가 기업이면 모를까, 단독 서버를 운영해야 할 입장에선 월 유지비를 감당하는 것도 큰 용기가 필요한 일이었다.

더욱이 그 초창기 홈페이지는 어디까지나 취미의 영역에 발을 걸친 것이 대부분이었고, 홈페이지가 요구하는 트래픽이 커지면서부터는 감당해야 할 서버 비용이며 더 이상 '열정 페이'로는 감당할 수 없는 관리자들의 처우 개선도 필요해졌다.

하지만 거기서 포기하지 않고 버틴 극소수의 홈페이지는 아직도 살아남아 섣불리 무시 못 할 거대 사이트로 남았다.

'그 분수령만 넘으면 되는데 말이야.'

이 일이 계획한 대로 흘러간다면, 김기환이 운영하는 홈페이지가 SBY 홈페이지의 반만큼만 이용자가 몰려들어도, 개인이 감당하기 어려워질 것이 뻔했다.

이는 김기환의 홈페이지 방문자 수가 '유의미한 성과'를 거두려면 반드시 짚고 넘어가야 할 문제이기도 했다.

컴퓨터에 대해 '어느 정도는 아는' 김기환도 나와 마찬가지의 문제를 떠올린 모양인지, 자못 심각한 얼굴로 고개를 끄덕였다.

"……제 퇴직금으로 감당이 될지는 모르겠군요. 사장님의 전망과 달리 당장은 돈이 될 것 같지도 않고 말입니다. 인터넷에 실리는 광고 수익이라는 것도 생각해 본 적 없던 문제여서요."

거기엔 유지비뿐만 아니라, 그가 이 일에 생활을 바쳐 쏟아부으며 상실할 기회비용도 포함되어 있을 것이다.

김기환이 쓴웃음을 지었다.

"이거 참, 막상 마음먹고 사업을 해 보려고 하니 이것저것 신경 써야 할 것이 많아 보입니다."

하지만.

그렇다고 해서 나도 김기환이 우려하는 바를 짐작하지 못한 바는 아니었다.

나는 잠시 생각하는 척을 하다 추가 제안을 던졌다.

"그럼 이렇게 하는 건 어떻겠습니까?"

김기환이 나를 물끄러미 바라보았고, 나는 말을 이었다.

"홈페이지의 큰 틀과 기획은 김기환 기자님이 진행하시되, 제작 및 유지 보수는 SJ컴퍼니에서 감수하는 것으로요."

"……SJ컴퍼니에서요? 하지만……."

나는 김기환이 비용 문제로 구질구질하게 나서기 전 그 말을 잘랐다.

"그 비용 또한 자사 측이 부담하도록 하죠. 대신 운영하는 사이트의 지분은 필요한 만큼 이쪽에서 갖겠습니다."

"……."

"결코 나쁜 제안은 아닐 겁니다. 자세한 건 추후 계약서가 나와 봐야 알겠지만, 최대한 기자님께 양보해 드리는 방향으로 진행해 볼 테니까요."

나는 미소 띤 얼굴로 말을 이었다.

"아까 말씀드렸다시피 흥신소보다는 큰돈을 줄 수 있게끔 도와드리겠습니다. 거기에 더해 기자님께서 제3자의 외압을 받지 않는 자유로운 기고가 가능하다는 것도 물론이고요."

첫술에 배부를 수는 없겠으나, 뉴스 사이트로 출발해서 커뮤니티 사이트를 겸해 인터넷 이용자 인구의 구심점 역할을

하게끔 만든 뒤, 하나둘 '찌라시'를 푸는 것으로 경영한다면......

'제법 해 볼 만하겠어.'

물론 내게 유리하도록 편향성을 띠는 건 '어쩔 수 없겠'지만, 뭐 어쩌겠는가.

결국 김기환이 두 손을 들었다.

"이런 걸 보면 사장님이 사업가란 사실이 훅 하고 가슴에 와닿는군요."

"과찬이십니다, 고객님."

직접 상품 및 서비스를 구매해서 돈을 낸다고 고객님인 것만은 아니다.

'내게 수익을 가져다준다면 그게 고객님이지.'

나는 미소 띤 얼굴로 말을 이었다.

"그러면 저희가 제공해 드릴 서비스를 받아 보시겠습니까?"

내 사탕발림에 넘어간 것인지, 아니면 김기환에게도 이해관계가 맞아 떨어진 일이었는지, 그는 생각이 많아 보이긴 했으나 퍽 만족스러운 얼굴로 돌아갔다.

「그러면 저는 혹시 동기 중에 저랑 뜻을 함께할 동지가 없을지 알아보겠습니다.」

　김기환이 가진 기자 인맥이 어느 정도일지는 모르겠으나, 그 성격상 단순 흥미 본위의 찌라시만을 취급하는 기자들을 그러모으진 않을 듯했다.
　이후 나는 조인영 및 최소정에게 홈페이지 제작과 관련한 업무 메일을 보낸 뒤 의자에 등을 기댔다.
　메일을 보내고 보니, 슬슬 최소정이 대학교를 졸업하기 전에 우리 회사로 붙들어 볼 필요가 있을 듯했다.
　'어디 보자, 내가 최소정을 만났을 때가 대학교 1학년생이었지. 휴학을 한 적도 없으니 지금은 3학년이겠어.'
　올해 마침 내가 초등학교를 졸업할 시기이기도 하니, 이제는 허울만 남았을 뿐인 과외 선생 계약을 파기하면서 그녀의 인턴 입사도 생각해 봄 직했다.
　'……설마 박형석이 있는 한컴으로 가진 않겠지?'
　그 한컴도 이 회사 빌딩에 상주하면서 이따금 우리의 외주를 받는 데다가, 거기에 내 지분이 어느 정도 수준 이상인 이상 내가 권리를 행사할 수 있다는 점에서는 크게 다르지 않겠지만.
　그래도 이왕이면 직접 관리가 가능한 휘하에 두는 편이 써먹기 편하니.

'으음, 언제 한번 진득하게 이야기를 해 봐야겠어.'

최소정이 졸업 후 SJ소프트웨어에 입사하더라도, 여기엔 그런대로 비전도 있었다.

'마침 IT 버블이 오기 전이니, 이 기회에 노하우를 쌓아 한 동안은 홈페이지 제작이며 호스팅 업체로 돈을 만져 볼 수도 있겠군.'

삼광전자가 지불하는 라이센스 비용으로 알짜배기 수익을 거두던 멀티미디어 사업부는 이태석에게 눈 뜨고 코 베이듯 빼앗기고 말았지만, 그렇다고 이 회사가 마냥 허물어진 모래성인 것은 아니었다.

'멀티미디어 사업부와 함께 빼앗기고 만 남경민 책임 개인에게도 여기 있는 것보단 삼광전자 무선사업부에 있는 편이 도움이 되겠지.'

후일 재회하게 되더라도, 전혀 모르는 사이에서 만나는 것보단 그래도 한때 상사였던 신분으로 만나는 편이 좋으니까.

그런 식으로, 내게는 재무제표에 기록되는 가시적인 성과 외에도 하나둘 무형의 재산이 쌓여 가고 있었다.

'거기에 더해, 이번엔 뉴월드백화점인가.'

삼풍백화점의—개념상으로나 물리적으로나—붕괴 이후, 뉴월드백화점뿐만 아니라 백화점 업계 전반에 걸쳐 한동안은 고객의 발길이 뜸했었다.

전생의 경우처럼 크나큰 인명 피해가 났던 건 아니었지만 TV 생중계로 백화점 건물이 와르르 무너지는 것이 보도되었던 만큼, 그 자체는 외신에도 보도될 만큼 대단한 스캔들이었고.

다른 백화점이 예기치 못한 사태에 손가락만 빨며 파리나 날리고 있을 동안, 외삼촌인 서명훈은 삼풍과 경쟁하던 대구 부지 경매에 성공하는 동시에 내적으론 시스템 개혁을, 외적으론 개보수에 들어가 대대적인 재개장을 마쳤다.

'이것도 전생과는 달라졌어.'

전생에도 물론 뉴월드백화점은 명실상부한 업계 초일류였으나, 지금은 전생엔 비등비등하던 그 자리 굳히기가 더욱 확고했다.

'오늘 가 보면 어떻게 바뀌었을지 확인할 수 있겠지.'

가만히 앉아 생각을 정리하던 나는 손목시계로 강하윤과 약속한 시간이 다가왔음을 확인하곤 사장실을 나섰다.

"그럼 저는 이만 퇴근해 보겠습니다."

전예은이 자리에서 일어서며 내 말을 받았다.

"아, 넵!"

나는 잠시 뉴월드백화점에 전예은을 데리고 갈까, 생각했다가 관뒀다.

'전예은의 존재가 치트키이긴 하지만, 어느 때고 쓸 수 있는 건 아니지.'

더욱이 강하윤은 내게 '밥을 사 주겠다'고 했으니, 형태상으론 어디까지나 개인적인 만남에 다름 아니었다.

"그럼 귀가하실 수 있도록 강이찬 기사님께 대기 연락을 넣겠습니다."

나는 전예은의 말에 고개를 저었다.

"아뇨, 집으로 가는 게 아닙니다. 뉴월드백화점 쪽에 들렀다 갈 거라서요. 택시라도 불러 주시겠습니까?"

"아, 그러면 행선지를 뉴월드백화점으로……."

"회사 일도 아니고 개인적인 용무니 그러실 것 없습니다. 강이찬 씨는 이대로 퇴근하셔도 무방하다고 전달해 주세요."

계약상 출퇴근까지는 강이찬이 제공하는 서비스를 이용하는 게 가능했고, 또 내가 잠시 잠깐 개인적인 용도로 강이찬을 써먹어도 문제는 없겠지만.

'전생의 친부가 동종 업계 종사자여서 그런가, 왠지 남들처럼 할 수는 없군.'

거기에 더해, 나는 강이찬을 현재 이휘철이 심어 둔 첩자가 아닐까, 생각 중이었다.

'그야 소개는 이진영이 했지만…… 그 이진영의 배후에 이휘철이 개입하지 않을 거라 생각한 나도 순진했지.'

생각해 보면 암만 재벌가 도련님이라고 하더라도 고급 외제차에 운전기사까지 포함에 척, 하고 선물로 내놓는 건 충분히 경계할 만한 내용이었다.

'따지고 보면 이진영도 집안의 가장 큰 어르신인 이휘철의 영향 아래서 자유로울 수 없는 입장이고.'

하지만 (아직까진 이진영이 내 적이 아니듯)이휘철도 엄밀히 말하면 내 적은 아니었고, 그가 중재자로 개입한 운락정 건도 결과적으로는 도움이 되었으니.

'……적과의 동침까진 아닐지라도 어느 정도 의심을 사지 않는 선에서 경계는 해 둘 필요가 있겠어.'

한편 전예은은 내 말에 평소대로의 공사구분이라 생각했는지, 잠자코 고개를 끄덕여 수긍했다.

"알겠습니다. 그럼 택시를 부를게요."

강이찬과 관련해선 전예은에게 물어볼 수도 있겠지만, 그녀도 내게 함구하고 있는 요소가 있는 한 긁어 부스럼 만들 필요는 없었다.

'어느 정도는 내게 이익이 되는 방향으로 생각해 주니, 지금은 한 편이긴 하지만.'

나는 오랜만에 지하 VVIP 주차장이 아닌, 로비를 통해 밖으로 나왔다.

그사이, 빌딩 근처 거리에는 유동 인구가 늘어 전에 없이 상가가 활성화되어 있었다.

그건 역시, 중심에 자리 잡은 SJ컴퍼니 사옥 때문일까.

생의 경험을 비추어 볼 때, 결국 이 거리는 활성화되었겠지만, 이번엔 그 시기가 달랐다.

'분명한 건, 내가 움직이는 나비의 날갯짓이 무언가 변화를 불러오고 있단 사실이지.'

내 움직임이 '사건의 결과'를 바꿀 수 있을지, 아니면 이미 일어날 일을 앞당길 뿐인지는 두고 봐야겠지만.

5장

전생에는 없던, 또는 전생과는 다른 시기에 재개장을 마친 뉴월드백화점은 평일 오후임에도 불구하고 인산인해라 할 정도로 북적이고 있었는데, 여기에는 대한민국 황금기의 끝물과 더불어 실질적 경영자로서 서명훈의 전략의 주효했던 듯했다.

서명훈은 현재 MP3 플레이어 인코딩 서비스를 제공 중인 바른손레코드와도 파트너십을 체결, 방문객들이 MP3에 곡을 넣을 시간 동안 백화점을 이용할 수 있게끔 했을 뿐만 아니라 용산 일대에서 신뢰를 쌓아 전국구로 진출 중인 박철곤의 개구리컴퓨터와도 협업해 특설 매장을 들이미는 등, 전생에는 없던 요소를 그 경영 일부에 포함시켰다.

'예전부터 서명훈은 시류를 읽는 눈이 밝았지.'

그런 행보는 이 시절만 하더라도 제법 파격적이었는데, 나도 그 이유는 모르겠으나 사업가들은 그들 사이에도 어떤 품목을 다루느냐에 따라 '격'이 달라진다는 생각을 하곤 했다.

여기엔 그 시작을 건축 사업으로 출발해 이렇다 할 노하우도 없었음에도 불구하고 무리해서 백화점 업계에 발을 들이밀었던 삼풍 그룹이 한 예시가 될까.

이휘철은 삼풍백화점이 붕괴하기 전 그 공매도와 관련해 개입할 당시, '삼풍이 가진 욕망이 허영에서 비롯해 있다'며 냉소한 적이 있었다.

그처럼 사업가들이 그들 사이에 그어 놓은 암묵적인 룰과 격을 이뤄 판매 제품을 골라내던 것과는 달리, 서명훈은 초일류 백화점으로서 뉴월드백화점의 컨셉을 유지하는 한편, 그 컨셉을 무너뜨리지 않는 선에서 새로운 시도를 병행해 갔는데, 그에겐 백화점 오너로서 상품을 대하는 것에 선입견이 없었다.

'예나 지금이나 실력이 있는 건 여전하군.'

강하윤과 약속했던 1층 광장은 많은 인파로 번잡했으나, 거기서 기다리고 있던 그녀는 어렵지 않게 나를 찾았다.

"성진아, 여기야, 여기."

강하윤은 퇴근 직후 바로 왔는지, 몇 시간 전에 보았을 때와 다를 바 없는 세미 정장 차림이었다.

나는 손목시계를 힐끗 들여다보며 나도 약속 시간보다 10분가량 일찍 왔다는 걸 재확인했다.

"일찍 오셨네요. 혹시 기다리고 계셨습니까?"

"아니야. 나도 방금 막 왔는걸."

강하윤은 비껴 멘 가방을 한번 들추며 내 말을 받았다.

"밥부터 먹을까? 알아보니까 마침 여기에도 얼마 전 시저스라는 레스토랑이 들어왔대."

나는 그녀의 말에 '거기도 제 소유입니다' 하는 눈치 없는 말을 하진 않았다.

'그렇다곤 해도, 제3자의 입으로 전해 들으니 새삼 시저스도 레스토랑으로서 제법 성공했단 자각이 드는걸.'

이탈리안 레스토랑으로서 승승장구 중인 시저스는 얼마 전, 드디어 뉴월드백화점에 3호점을 입점하는 쾌거를 이루었다.

신화호텔에서 연수를 마치고 온 오승환 셰프의 아이디어로 이번엔 남부 프렌치를 표방하게 되어 이탈리아를 지나 이젠 알프스산맥마저 넘어가게 되었는데.

시저스는 어쩌다 보니 지점마다 컨셉을 달리하는 것이 브랜드의 컨셉이 되어서, 뉴월드백화점의 시저스 3호점은 샐러드 뷔페라는 근본 정체성만 남게 되었다.

'……음, 누차 생각하는 거지만 도버해협만 안 건너가면 되겠지?'

나는 미소 띤 얼굴로 고개를 저었다.

"아뇨, 아직 배가 안 고파서요. 게다가 이왕이면 쇼핑 후에 마무리로 들르는 게 어떨까 싶기도 하고요."

"쇼핑? 아, 그렇지…… 응."

강하윤은 쇼핑이라는 대목을 얼버무리며 애써 미소를 지었다.

"그러면 1층부터 둘러볼까?"

"네."

강하윤은 나를 데리고 백화점 1층 여기저기를 쏘다녔다.

그러면서 그녀는 힐끗힐끗 보석 매장이 모인 곳을 의식하며 쳐다보았는데, 거기서 나는 강하윤이 한강에서 발견된 반지와 관련해 알아보고자 여기 왔다는 걸 눈치챘다.

'여기 오기 전 짐작하고 있던 그대로군.'

강하윤과 눈이 마주쳤다.

그녀는 내 얼굴을 보며 멋쩍은 웃음을 지어 보이곤 별것 아닌 것처럼 입을 뗐다.

"그런데 성진아, 너 전화 통화할 땐 여기 VIP라고 했지?"

"네."

"그런데 의외로 성진이 너를 알아보거나 하진 않네."

그러면 뭐, VIP는 이마에 '나 VIP'라고 써 붙이고 다니는 줄 알았나?

나는 어깨를 으쓱였다.

"그야 제가 나서서 밝히지 않는 한은 모르죠."

내 얼굴이 수배 전단지처럼 뉴월드백화점에 붙어 있을 리도 만무하고.

"그렇구나. 아, 방금은 그냥, VIP는 일반 고객이랑 뭐가 다른지 궁금해서."

나는 미소 띤 얼굴로 강하윤의 말을 받았다.

"백화점 입장에선 저도 일단은 다른 손님들과 비슷해요."

"그런가?"

"그럼요. VIP라고 해서 다른 고객과 차별 대우를 요구하게 되면 그 자체로 다른 손님들에게 폐가 되니까요."

비록 강하윤 앞에선 그렇게 말했지만, 사실 나만큼은 예외였다.

요즘은 백화점에 잘 붙어 있진 않으나 외손주를 끔찍이도 아끼는 서범수 회장이라면 분명 버선발로 뛰쳐나와 직접 '회동'까지 해 가며 내 쇼핑의 편의를 봐줄 것이리라.

'그래서 더더욱 외가엔 얼씬도 안 하고 있는 거지만.'

그런 과잉 우대는 전생의 이성진도 마찬가지여서, 그도 쇼핑을 할 적이면 백화점을 방문하는 일 없이 컨시어지 서비스를 부르거나 아예 다른 백화점을 이용하는 경우도 왕왕 있었으니.

「내가 뭔 공연하러 온 원숭이도 아니고.」

이성진은 그런 식으로 남들에게 주목받는 것을 내켜 하지 않았다.

강하윤이 볼을 긁적였다.

"그러면 미리 알아보고 다른 서비스를 해 준다거나 하진 않는 거구나?"

"네. 자주 방문해서 직원들에게 제 얼굴이 익숙해져 있다면 모를까…… 뭐, 저도 백화점에 온 건 오랜만이기도 하고요."

따지고 보면 이번 생에 들어서 뉴월드백화점을 직접 방문한 것은 처음이었다.

"그래? 의외네."

"뭐가요?"

"으응, 나는 왠지 성진이 너라면 백화점을 자주 이용하지 않았을까 싶었거든."

거기엔 부자에 관한 선입견이 포함되어 있었지만.

아주 엇나간 추측은 아니었다.

물론 나는 왕왕 뉴월드백화점을 이용해 오곤 했다.

다만 직접 움직이지 않을 뿐.

나를 비롯한 VVIP의 특권이라면, 저번에 전예은이 자취하던 방에 컨시어지 서비스를 불렀던 것처럼 별도의 서비스를 이용하는 외에도 백화점이 문을 닫은 시간에 방문해서 인파에 부대끼는 일 없이 쇼핑이 가능하단 점이었다.

'높으신 분'들은 서민들과 부대껴 가며 쇼핑을 하는 일을 싫어하는 사람도 있는 데다가, 그 자체가 자신에게 특권이 주어진 것이라 생각하는 부류도 있고.

'뭐, 내 경우는 쇼핑을 즐겨하지 않아서 필요할 때만 컨시어지 서비스를 이용했을 뿐이지만.'

저번에 골프채를 쇼핑했던 일도 전예은에게 일임했으니까.

나는 강하윤에게 슬쩍 찔러보았다.

"혹시 제가 필요한 일이라도 있나요? 방금 전엔 저도 다른 손님과 다르지 않다고 말씀드리긴 했지만, 그래도 VIP면 대우가 조금 달라지긴 하거든요."

내 말에 강하윤은 당황했다.

"아, 아니. 그럴 것까지는 없는데⋯⋯."

한사코 잡아떼려던 강하윤은 이내 결심을 마친 듯 조금 진지한 얼굴로 나를 보았다.

"그러면 조금 개인적으로 알아보고 싶은 일이 있는데, 협조를 바랄 수도 있을까?"

"음, 경우에 따라서는요."

그 말에 강하윤은 큰 기대는 하지 않는다는 듯 보석상이 모인 곳으로 고개를 돌렸다.

"그럼⋯⋯ 조금만 도와줄 수 있겠니?"

그렇다고 그녀에게 나를 이용해 보겠다는 타산적인 모습은 보이지 않았고, 어디까지나 밑져야 본전인 심산으로 기대

보았을 뿐이겠지만.

'이래저래 감사의 의미를 담아 식사를 대접하려는 것도 진심이긴 할 테고.'

나는 강하윤을 따라 보석 매장으로 갔다.

그녀가 안내한 곳은 해외 등지에서 승승장구 중인 보석 브랜드였고, 버블 경기가 한창일 때 일본에 들어왔다가 이젠 이곳 뉴월드백화점을 기점으로 입점하기 시작한 곳이었다.

'백화점 내부에 번듯한 매장까지 보유하고 있군. 한국 진출에 제법 공을 들이는 모양이야.'

우리가 매장에 발을 들이자마자 그쪽에서는 강하윤을 알아보았는지, 일반 직원이 아닌 윗선이 앞으로 나서 우리를 응대했다.

"어서 오세요, 형사님."

강하윤이 움찔했다.

역시, 강하윤은 내게 연락하기 전 이곳을 방문했던 듯했다.

강하윤은 대놓고 구면인 티를 내는 매니저를 보며 당황했다가, 각오를 마친 얼굴로 입을 뗐다.

"또 뵙습니다. 반지류에 관해 문의드릴 게 있는데요⋯⋯."

그녀는 가방을 열어 사진 몇 장을 꺼냈고, 나는 어깨너머로 슬쩍 강하윤이 꺼낸 사진을 보았다.

'흠, 이게 그 물고기 배 속에서 나왔단 반지인 모양이군.'

보석류에 관한 지식이 없어서 뭐가 어떻단 것까진 모르겠지만, 사진 속 반지는 꽤나 고급품으로 비쳤다.

'중앙에 박힌 다이아 크기로 봐선 만만찮은 가격이었겠는데.'

여간한 횡령으론 어림도 없겠군.

그러나 매니저는 이미 보았던 사진엔 시선도 던지지 않으며 입을 뗐다.

"죄송합니다. 다시 한번 말씀드리지만 저희도 관련해선 도움을 드리기 어렵습니다, 형사님. 아니면 혹시 영장은 나오셨나요?"

거, 은근히 꼽을 주네.

하지만 고객으로서 문의를 하는 것과 경찰이 수사차 요청하는 건 다르다.

뭐, 사실 매니저 입장에서도 강하윤이 단순히 '이런 디자인의 반지를 찾고 있다'는 식으로 슬쩍 물어보았다면 친절하게 응대했을 것이나 아마, 고지식한 그녀의 성격상 처음부터 경찰임을 밝히고 '수사 협조'를 요청했으리라.

'흠, 보아하니 다른 곳으로 찾아가 물어볼 법도 하지만…… 내가 알기로도 아직까진 국내에 뉴월드백화점을 제외하곤 이 브랜드를 취급하는 곳은 없지.'

경찰 측에선 이미 반지의 디자인으로 특정 브랜드를 유추했던 걸까.

만만히 볼 수사력은 아니었다.

'그렇다고 한들 이 시점에선 변사체와 반지의 특정성을 연결 짓기 어려우니 영장 발부까진 어렵겠지만.'

강하윤은 슬쩍 내 눈치를 살폈다가 집요하게 매니저의 말을 받았다.

"영장은 나오지 않았습니다만, 매장에 폐가 되진 않게 하겠습니다. 아니면 손님이라는 입장으로 여쭙는 것도 폐가 될까요?"

매니저는 빙긋 미소 짓는 것으로 답을 대신했다.

"귀여운 동생분이시군요. 동생분과 함께 다음 방문을 기다리겠습니다."

명백한 거절 의사였다.

'……강하윤이 나를 대동하고 온 걸 형사가 아닌 손님으로 방문한 척하려고 그런 것이라 생각하는 모양이군.'

대놓고 예의에 어긋난 건 아니었지만, 은근히 강하윤을 깔보는 접객 태도였다.

'형사 월급에 이곳을 손님으로 방문할 까닭은 일절 없단 생각이겠지.'

나도 이번 생 들어 경영자 나부랭이로서 나름대로 익힌 철학이 있다면, 그건 손님엔 차별이 없어야 한다는 점이었다.

'태도가 별로 마음엔 안 드는데.'

그쯤해서 나는 매니저에게 입을 열었다.

"매니저님, 실례합니다만, 전화 한 통만 해 주실 수 있나요?"

"네? 어떤 전화 말씀이신가요?"

나는 매니저에게 명함을 건넸다.

"여기로 전화 한 통만 걸어 주시고, 제가 직접 방문해서 기다리고 있다는 말씀만 전달해 주시면 됩니다."

엉겁결에 명함을 받아 든 매니저는 픽 웃으며 명함을 쳐다보았다.

"손님, 실례지만 매장에서 사적인 통화는……."

매니저는 말끝을 흐리더니 눈을 부릅뜨며 명함을 코끝에 가져다 댔고, 이내 양해를 구하는 것도 잊은 채 얼른 안쪽으로 빠른 걸음을 걷더니 내가 준 명함을 확인해 가며 전화를 걸었다.

강하윤은—뭔지는 모르겠지만—내 개입에 접객 태도가 일변한 것에 어리둥절해하며 나를 쳐다보았다.

"무슨 명함이니? 성진이 네 건 아니었는데."

나는 담담히 그 말을 받았다.

"백화점에 있는 제 전담 매니저 연락처예요."

"……전담 매니저?"

"저는 마침 뉴월드백화점의 컨시어지 서비스가 이용 가능하거든요."

거기에 더해 내 전담 매니저는 뉴월드백화점 내에서도 제법 지위가 높은 것으로 알고 있다.

'이야기가 제법 잘 풀릴걸.'

강하윤은 '그런 세계가 있구나' 하는 얼굴로 나를 물끄러미 쳐다보았다.

"컨시어지 서비스?"

"뭐, 간단히 말하자면 VIP 고객의 쇼핑에 도움을 주는 뉴월드백화점의 서비스 중 하나예요."

"……그런 게 가능하려면 여기서 얼마나 구매를 해야 하는 거니?"

"글쎄요."

나는 의뭉스러운 미소를 지으며 대답을 피했다.

나도 근래 급증한 졸부들은 VVIP 서비스 이용이 어려울 것이란 정도만 알고 있을 뿐이다.

'단순히 소비 금액이 커서만은 이용할 수 없는 거지.'

그건 이 바닥도 어쨌건 단순히 재력뿐만 아니라 사회적 지위까지 두루 확인을 한단 의미였다.

곧이어 매니저가 어정쩡한 자세로 송구하다는 양 다가왔다.

"실례했습니다. 곧 오신다고 합니다. 안쪽에서 기다려 주시겠습니까?"

나는 가볍게 고개를 끄덕인 뒤 강하윤을 보았다.

"누나, 뭔가 마시겠어요?"

"응? 어, 글쎄……."

"주스 두 잔요."

내 말에 매니저는 고개를 끄덕이며 우두커니 서 있던 직원을 불렀다.

"손님을 안쪽으로 안내해 주세요. 그리고 주스 두 잔."

"네? 아, 네!"

그렇게 강하윤과 둘이서 매장 안쪽에 앉아 대접을 받고 있으려니, 기다리던 사람이 왔다.

"엑?"

아니, 기다리던 사람은 아니었다.

나는 그 예기치 못한 인물의 등장에 앉은 자리에서 벌떡 일어서고 말았다.

"외삼촌?"

서명훈이었다.

서명훈의 방문이 의외였던 건 나뿐만은 아니었던 것 같았다.

"……힉."

서명훈을 본 매니저의 입에서 억누른 비명이 새어 나왔다.

엄밀히 따지면 백화점 내 매장은 단일 경영 주체로서 그 판매 수수료와 임대료만을 납부할 뿐이지만.

그 위계상 경영 책임자인 서명훈은 다른 의미로 갑의 위치에 있었다.

'……건물주 비슷한 거지.'

매니저 역시도 업장을 관리하는 입장일 뿐이니 서명훈과 직접적으로 서류를 주고받거나 한 적은 없겠지만, 그래도 백화점 내 업장을 관리하는 서명훈을 조례 시간 등에 먼발치에 서라도 지켜보았을 것이다.

'게다가 외가 쪽이 인물 하나는 다 연예인 뺨치게 잘났으니…… 생김새를 기억하지 않기가 쉽진 않지.'

여담이지만, 이성진이 이목구비 생김새만큼은 눈에 띌 만큼 잘난 것도, 그 개망나니 같은 성격과는 달리 어릴 땐 '천사 같은'이란 진부한 수식어가 붙던 외모인 것도, 사모를 통해 외가의 피가 섞인 영향이 컸다.

'서씨 일가에 비하면 이씨 일가는 뭐랄까, 대체로 잘생기긴 했지만 어딘지 모르게 다가가기 어렵단 느낌이지. 외가처럼 화사한 생김새는 아니야.'

서명훈은 어느 쪽이냐 하면 그 화려하게 잘생긴 얼굴을 특유의 무표정한 얼굴로 방어막을 치는 느낌이고, 서명훈을 제외한 사모며 이모인 서명화는 그냥 대놓고 미인이었다.

한편 업장 매니저는 내 입에서 나온 '외삼촌'이라는 말을 떠올려 가며 서명훈의 방문에 저도 모르게 딸꾹질을 하더니, 반사적으로 허리를 90도로 꺾어 가면서 인사했다.

"어, 어서 오세요. 전무님."

"……."

서명훈은 과묵한 평소 성정답게 그 인사를 무표정한 묵례로 받았다.

그 탓에 매니저는 서명훈이 그녀의 접객 태도로 말미암아 화가 난 줄 알고 울상이었지만 서명훈은 그런 갑질이나 일삼을 인물은 아니었고, 그저 말수가 적을 뿐이었다.

'그렇다곤 해도 나한테 무어라 하고 싶은 말은 잔뜩 있으신 모양이군.'

강하윤 역시도 '혹시 컨시어지 담당 매니저가 외삼촌이셨니?' 하고 눈치 없이 물어보지는 않았고, 그녀도 보석 매장 매니저의 반응과 내 얼굴을 보면서 생각 이상의 거물이 찾아왔음을 직감한 듯했다.

쓰리피스 정장 차림의 서명훈은 우리 앞으로 저벅저벅 걸어오더니 매니저에게 무표정한 얼굴로 입을 뗐다.

"신인수 매니저님. 실례가 아니라면 잠시 업장 내 조용한 자리를 빌려주시겠습니까."

매니저는 서명훈이 업장 본사 직속도 아닌 자신의 이름을 알고 있다는 것이 황망한 와중 감동한 눈치였는데…… 아마 서명훈은 백화점 내 정규직, 비정규직 가릴 것 없이 임직원 전원의 이름을 모두 꿰고 있을 것이다.

그런 섬세한 일면은 언뜻 이태석을 생각나게 하는 부분도 없잖아 있었지만, 이태석과 서명훈은 본질적으로 다른 인물이었다.

이태석이 회사와 가정을 구분해 사회적 가면을 쓰는 것과 달리, 서명훈은 그 모습이 어디서나 표리일체하는 인물로 어디서나 저런 모습이었으니까.

"아, 네, 넵! 물론입니다, 누추하지만 직원 휴게실을 비워 드리겠습니다."

아니, 그렇다고 건물주 앞에서 누추한 공간 운운하는 건 좀 어떨까 싶은데.

매니저는 자신의 실수를 자각하지도 못한 채 직원에게 고개를 돌렸다.

"민희 양, 지금 얼른 가서 청소 좀……."

서명훈이 그 말을 허리에서 잘랐다.

"아닙니다. 업장엔 누가 되지 않게끔 하겠습니다. 괜찮으시다면 최민희 프로님도 지금처럼 언제든 다른 고객님들을 모실 수 있도록 해 주십시오."

얼 타고 있던 직원도 자신의 풀네임이 거론되자 어리둥절한 얼굴로 고개를 끄덕였다.

"……네."

뒤이어 서명훈은 굳이 안내해 주지 않아도 백화점 내 지리쯤은 꿰고 있다는 양, 내게는 시선조차 던지질 않고 발걸음을 옮겼다.

그건 딱히 내 혹은 주위를 둘러싼 환경에 화가 난 건 아니었고, 시간과 장소를 고려한 움직임일 뿐이었지만.

나도 전생의 기억이 없었더라면 아마 서명훈의 행동 하나하나에 오해를 했을 것이다.

'과묵해서 그렇지, 속정이 깊다니까.'

그런 서명훈을 두고 사모는 '그래도 네 외삼촌이 저러는 거 은근히 귀엽지 않니?' 하고 괴상망측한 말을 하긴 했지만, 내 알 바는 아니었고.

"가시죠."

내 말에 강하윤도 어리둥절해하는 얼굴로 나를 따라 일어서 서명훈의 뒤를 따랐다.

탁자 하나와 로커 몇 개가 고작일 뿐인 휴게실의 모습은 어딘지 이미라가 보이기 꺼려 하던 '내부 공간'으로서 이곳이 화려한 외장과 단절되는 공간임을 알리는 듯했다.

그 분절된 공간이 가져다주는 상징성과 빈틈없는 차림을 한 서명훈의 오라는 왠지 모르게 이 자리에서 나온 이야기가 결코 밖으로 새어 나가지 않을 것이라는 확신과 우리를 백화점 손님이 아닌 개인적인 손님으로 내방객을 대하겠단 느낌을 가져다주었다.

몇 걸음 먼저 도착한 서명훈은 그사이 탁자 위에 놓인 과자 부스러기며 빈 커피 컵을 치우고, 나와 강하윤이 자리에 앉기를 기다렸다가 우리 두 사람의 맞은편에 자리를 잡았다.

"인사가 늦었습니다. 뉴월드백화점 경영전략기획실 전무로 재직 중인 서명훈이라고 합니다."

그 딱딱하리만치 정중한 인사에 강하윤은 얼른 명함을 꺼내려다가 이어진 서명훈의 말에 동작을 멈췄다.

"×× 경찰서 강력반 소속의 강하윤 형사님이시죠."

"아…… 네. 그렇습니다."

"몇 시간 전 정진건 형사님과 함께 내방해 주셨다는 보고를 들은 바 있습니다."

뭐, 강력반 형사가 수사 협조차 방문했다는 건 평범한 일은 아니니 서명훈에게도 보고가 올라간 모양이었다.

'그렇다곤 해도 이렇게 빠른 대처가 가능했다는 건 무서울 정도지만.'

내 외가가 동종 업계의 경쟁 기업이 아니란 점이 다행일 지경이었다.

'역시 적으론 두고 싶진 않은 사람이야.'

지금은 그 서명훈으로부터 피차간에 다소 경계를 사고 있긴 했지만.

서명훈이 재차 말을 이었다.

"외람된 질문입니다만, 제 외조카와 관계는 어떻게 되시는지요."

서명훈답게 에두르는 법 없이 단도직입적인 말이었다.

나는 강하윤이 조금 망설이는 것을 보다가 괜한 말이 나오기 전 끼어들었다.

"누나랑은 개인적으로 아는 사이예요."

뭐, 오늘 처음 만난 사이이긴 하지만.

"......."

서명훈은 이제야 내 쪽을 물끄러미 쳐다보더니 다시 고개를 돌려 강하윤을 보았다.

"그러면 성진이는 조사 중이신 사건과 무관계한 입장입니까?"

음, 설마 내가 경찰 관계자에게 붙잡혀 끌려 다니고 있었다고 하면 비호를 해 주려고 했던 걸까.

설마. 아니겠지.

강하윤이 고개를 끄덕였다.

"아, 네. 그와 별개로 성진이한테는 많은 도움을 받고 있습니다."

"비공식적으로요."

"예? 아, 예."

서명훈의 딱딱하게 굳어 있던 어깨가 조금 느슨해진 건, 착각일까 아닐까.

서명훈이 말을 받았다.

"......생질 관계임은 배제하고 저도 성진이가 또래에 비해 생각이 깊은 편이라는 것은 인정하고 있습니다. 그렇다곤 하나 개인적으론 수사기관의 공적인 업무에 대동할 입장은 아니라고 생각합니다."

이번엔 서명훈답지 않은, 제법 길게 에두른 말이었다.

거기서 나는 서명훈이 그녀가 나를 '이용'하려고 한 것에 관해 개인적으론 불쾌해하고 있단 느낌을 받았다.

'그나마 내가 이 일에 단순 흥미 본위의 탐정놀이로 움직일 뿐이라곤 생각하지 않는 듯해서 다행이군.'

그리고 보면 서명훈이 판단하는 내 기준은 높은 모양이었다.

어쨌건 나는 불필요한 오해로 일이 틀어지기 전, 구태여 끼어들었다.

"저, 외삼촌. 사실 이번 일은 저도 아주 무관하지만은 않게 됐거든요."

"……."

서명훈은 다시 한번 나를 쳐다보더니 고개를 돌려 강하윤을 보았다.

"강하윤 형사님. 성진이는 사건과 무관계한 입장이라고 말씀하지 않으셨습니까?"

"아…… 그게요."

이어서 잠시 생각을 정리한 그녀는 한강의 변사체 건을 제외한, 모텔에서 강선의 모친이 실종된 상황과 강선을 요한의 집에서 보호하고 있는 중이라는 이야기 끝에.

"그리고 근처에서 발견된 반지가 있습니다."

강하윤은 주섬주섬. 가방에 도로 집어넣었던 사진을 다시 꺼내 탁자 위에 늘어놓았다.

"만일 이 반지가 실종 중인 모친의 것이라고 한다면, 그 신원을 유추하는 것도 가능하리란 생각에서 협조를 요청드리고자 합니다."

"……."

"마침 저희 쪽에서는 이 반지가 몇 년 전 해외에서 유행하던 디자인이며, 기성 명품이리란 판단을 했습니다. 그리고 마침 한국에선 올해부터 유행 중이란 것, 그리고 해외 유수의 명품 브랜드를 유치 중인 귀사라면 반지를 제작한 업체와 각인 서비스를 제공한 고객을 알아내는 것도 가능하리라 생각했습니다."

흐음, 반지의 디자인만으로 거기까지 알아낸 건가?

보석류에 문외한인 나로서는 알 수 없었을 이야기였다.

'과연. 그래서 집요하리만치 뉴월드백화점에 관심을 기울이고 있었던 거로군.'

다만, 정진건이 암만 베테랑 형사라 한들 거기까지 구체적으로 반지의 원류를 짚어 낼 수는 없었을 것이고, 아마 다른 이의 도움이 있었으리라.

'그러면 국과수인가?'

뭐, 대한민국의 과학수사 능력은 세계적으로도 알아주는 편이니까.

'이거, 생각보다 일찍 박상대의 꼬리가 밟히겠는걸.'

물론 그것도 어디까지나 서명훈의 협조를 전제로 한 말이지만.

그러나 서명훈은 입을 다문 채 물끄러미 사진을 바라볼 뿐, 그에 관한 가치판단은 하지 않았다.

그 대신.

"그러한 경위로 저희 뉴월드백화점 본점을 방문해 주셨습니까."

"네, 네. 그래서 성진이…… 외조카님도 이번 일과 전혀 무관하지 않다는 것이기도 하고요. 어디까지나 그런 의미에서요."

그러면서 강하윤은 구태여 이번 일과 내가 직접적인 관계가 없음을 힘주어 밝혔으나.

서명훈은 아랑곳 않고 사무적인 어조로 말을 이었다.

"제 질문엔 당사의 공식적인 견해가 아닌, 성진이의 외삼촌인 서명훈 개인의 혼잣말로 여기고 대답하지 않으셔도 무방합니다. 여쭤보아도 되겠습니까?"

그 다소 선을 긋는 말에 강하윤은 조금 긴장한 얼굴로 고개를 끄덕였다.

"네. 말씀하세요."

"반지는 유기된 아동이 발견된 모텔에서 찾으셨습니까?"

"예?"

잠시 생각하던 강하윤은 무방한 질문이라 여겼는지 곧잘 대답했다.

"아, 아뇨……. 근처에서……."

완전한 진실은 아니지만.

얼버무리는 강하윤을 보며 서명훈은 담담한 얼굴로 질문을 던졌다.

"……그럼 이번 역시 대답하지 않으셔도 무방한 질문을 여쭙겠습니다. 어디까지나 제 억측일 뿐이며, 긍정 혹은 부정하시는 내용에 저 개인은 판단하지 않겠습니다."

"……네."

강하윤은 조금 우물쭈물하며 말을 받았지만.

"혹시 해당 건은 혹시 저희에게 밝히지 않은 다른 중범죄 사건과 연루되어 있지 않습니까?"

"……."

이어진 그 말에는 흠칫하고 말았다.

단도직입적인 서명훈다웠다.

'……사실, 내 입장에선 물어보기 뭣한 이야기를 대신 해 주니 가려운 곳을 긁어 준 기분인걸.'

서명훈이 말을 이었다.

"제가 그렇게 생각하게 된 경위를 말씀드리겠습니다."

뒤이어 서명훈은 강하윤이 들려주었던 이야기에서 느껴지는 위화감과 모순점의 근거를 어렵지 않게 지적해 냈다.

"일반 시민으로서 수사기관은 사건의 경중을 따져 업무를 분담하는 것으로 알고 있습니다. 특히 강하윤 형사님이 재직

하고 계신 강력반에서는 예상 법적 형량이 중범죄에 분류되는 사건을 맡아 진행하고 있지 않습니까."

"……예."

대답을 바란 건 아닌 모양이었지만, 어쨌건 마지못해 대답하는 강하윤을 보면서 서명훈은 흔들림 없이 말을 이었다.

"방금 전의 전제와 관련하여, 만일 단순 실종 사건이라면 성진이와 연이 닿아 있는 보육원에서 해당 아동을 비공식적으로 보호할 필요가 없어 보이는 것도 있습니다."

"…….."

"그러니 저로서는 강하윤 형사님께서 비공식적인 협조를 요청하고 계신 사안은 형법상 중범죄로 분류될 만한 모종의 사건과 연루되어 있으리란 판단을 하고 있으며, 강력반에서 유기된 아동의 실종된 모친의 행적을 추적하는 일을 맡고 있다는 건……."

서명훈은 담담하게 말을 마쳤다.

"유기 아동과 개인적인 친분이 있는 것이 아닌 한 다른 중범죄와 연루 가능성이 있는 것은 아닌가 하는 것이 제 추측입니다. 어떻습니까?"

이거 참, 누가 형사고 누가 사업가인지 모르겠군.

즉석에서 허를 찔린 강하윤은 곤혹스러워하는 얼굴이었고, 서명훈은 이제 더 이상 섣불리 대답하지 않는 강하윤을 보며 쐐기를 박았다.

"그러면 이 자리에서 당사를 대표해 제 입장을 말씀드리겠습니다. 방금 전 강하윤 형사님이 말씀하였듯 당사는 반지의 실소유주가 실종 당사자 본인임을 판단할 수 없는 한, 고객 개인과 관련된 정보 공개에는 응해 드릴 수 없습니다. 또한 해당 업장과 백화점 측은 고용인과 피고용인 간의 위계 관계가 아닌, 기업 법인 간의 임대 관계에 불과합니다. 하지만 공식적인 협조 공문이 온다면 뉴월드백화점은 수사에 불편함이 없게끔 최선을 다해 적극적으로 협조할 것임을 약속드리며, 해당 매장에도 수사 협조에 적극적으로 응하길 바란단 요청을 정식으로 올리겠습니다."

흠, 잘하는걸. 언젠가 (그럴 일은 없겠지만)검찰에서 조사가 들어와도 눈 하나 깜짝 안 하겠어.

'……아니지. 이러면 내 입장에선 나가린데?"

잠자코 맡겨 두고만 있었더니, 도로아미타불이 되는 꼴이었다.

'쓥. 내가 나서야 하나.'

하는 수 없이, 나는 미소를 지으며 입을 뗐다.

"외삼촌, 제 생각은 조금 다른데요?"

두 사람의 시선이 나를 향했다.

이거, 입에 침 한 번 묻히지 않고 약을 팔아 보려니 조금 힘들군.

"어쩌면 누나도 그냥 반지가 예뻐 보여서, 굳이 업무 외적인 시간에 저를 백화점에 데려온 건 아닐까요?"

내 말에 서명훈은 급기야 포커페이스를 무너트리고 어처구니없어 하는 얼굴을 했다.

"성진아, 방금 전 내가 했던 이야기는……."

거기까지 말한 서명훈은 다시금 얼굴을 무표정하게 고치며 고개를 저었다.

"아니다. 그래서?"

역시.

하지만 나는 그 속내야 어떻건 미소를 띤 채 말을 이었다.

"……그러니까 하윤이 누나는 어디서 우연히 보게 된 반지가 너무 예뻐서, 이왕이면 같은 디자인, 그리고 이니셜을 새겨 주는 업체를 알 수 있으면 좋겠단 생각을 하셨던 거 같아요."

서명훈이 눈을 가늘게 뜨며 강하윤을 쳐다보았다.

혹시 여기 오기 전, 나와 말을 맞춰 둔 것은 아닌가 하는 의심의 눈초리였다.

나는 팔꿈치로 강하윤의 옆구리를 쿡쿡 찔렀으나, 강하윤은 '왜?' 하고 얼떨떨해하는 얼굴로 찔린 옆구리를 매만질 뿐이었다.

'눈치 드럽게 없네.'

만일 그 반지가 '물고기 배 속'에서 발견된 물건이라는 것을 '내가 알고 있었'다면 좀 더 그럴듯한 핑계거리를 댈 수 있었겠지만, 지금으로선 에두를 수밖에.

'그건 결국 강하윤이 입을 열어야 할 일이지만…….'

결국 나는 내가 아는 '사실'을 입에 담았다.

"사실 여기 오기 전에 누나가 저한테 밥 사 준다고 했거든요. 그래서 쇼핑을 마치고 나면 시저스에 가서 밥 먹을 거예요."

"……시저스?"

"그 왜, 있잖아요. 요즘 화제라는 그 패밀리 레스토랑이요. 뉴월드백화점에도 들어왔다죠? 누나가 거기 어떻겠냐고 말씀하셔서 기억하고 있어요."

그 말에는 잠깐 헛웃음을 터뜨릴 법도 하건만 여전히 무표정한 얼굴로 나를 물끄러미 쳐다볼 뿐이어서.

나는 어깨를 으쓱였다.

"그야 오늘은 예정과는 다르게 어쩌다 보니 쇼핑 도중 우연히 삼촌을 만나 뵙게 됐지만요."

"……."

"그래도 이런 식으로라도 외삼촌을 뵙게 되니까 기분은 좋네요. 어쩌다 보니 아는 사람을 만나게 되는 것도 쇼핑의 즐거움 중 하나겠죠?"

뭐, 그야 내 말이 먹힐지 안 먹힐지는 서명훈의 의사에 따라 달라질 것이긴 하나.

서명훈은 강하윤과 달리 바보가 아니었다.

그 목석같은 성격 탓에 오해를 사기 좋긴 하지만 서명훈도 그렇게까지 꽉 막힌 인물은 아니었다.

오히려 매사 원리원칙만을 따지는 인물은 공무원에 적합할지언정 사업가로서 필요한 자질은 아니었으니까.

그리고 서명훈은 사업가로서 역량을 타고난 인물이었다.

이미 서명훈은 한참 전부터 내가 하는 '허튼소리' 속에서 의도한 바를 읽어 냈고.

"후."

짧은 한숨을 내쉰 그는 잠시 생각에 잠겼다가 다시 입을 뗐다.

"강하윤 형사님, 아니 강하윤 씨."

"느아, 네!"

"그러면 비공식적으로…… 죄송합니다. 처음부터 이 자리는 비공식적인 자리였군요."

서명훈은 앉은 자세를 조금 고쳐 말을 이었다.

"반지에 관해, 그리고 또 유기된 아동의 실종 중인 모친과 관련해서 혹여 연결 고리를 매듭지을 만한 일이 있습니까?"

강하윤은 무슨 이야기를 하려는 건지 모르겠단 얼굴을 했다.

거기서 내가 끼어들었다.

"지금 이 자리는 우연히 방문한 조카와 삼촌 사이의 만남 속에 다정한 이야기가 오가는 곳이란 의미예요."

"……에."

입을 헤벌리고 우리 둘을 번갈아 보던 강하윤은 그제야 머릿속으로 퍼뜩 떠오르는 것이 있었던지 입을 꾹 다물었다.

서명훈은 여간해선 허례허식이 담긴 불필요한 겉치레며 사교적 허식을 입에 담지 않는다.

그가 하는 말에는 의미가 있는 것이다.

그러니 서명훈이 이 자리에서 줄곧 '비공식적인 자리'임을 주창해 온 것은 '여기서 나온 (사적인) 이야기는 외부에 발설되지 않는다'는 의미였고, 즉 우리가 이번 사건의 경위를 알게 되는 것도 '존재하지 않았던' 셈 치겠다는 의도를 처음부터 담고 있었던 것이다.

그런 의미에서 강하윤의 뉴월드백화점 방문도 그 진의 여부를 배제하고 일의 선후 관계 맥락을 건너뛰어 볼 경우.

그냥 어디선가 우연히 본 반지의 디자인이 정말 마음에 들어서 같은 물건을 구해 보려고 할 뿐이라면, 이는 고객의 니즈를 우선시하는 백화점 입장에선 딱히 마다할 까닭이 없는 서비스일 뿐.

서명훈도 지금껏 강하윤이 취해 온 입장이 '형사'였던 이상은 (영장이 나오지도 않은 이 시점엔)적극적으로 협조할 수 없다는 견지를 취해 왔던 것이며.

이는 달리 말해 그녀가 형사가 아닌, 개인이자 고객으로서 질문하는 것에는 모른 척 넘어가 줄 수도 있다는 가능성을 내포한 것이기도 했다.

다만 그런 방법은 초짜 형사인 강하윤의 입장에선 선뜻 내키지 않는 편법이란 심리적 저항감이 있을 뿐.

하지만 일의 경중을 따지자면 모로 가도 서울로만 가도 된다고, '결과적 진실'에만 도달한다면 그 과정을 연역해 보는 것이 아무것도 없는 맨땅에 헤딩해야 하는 귀납식 수사보단 훨씬 도움이 되는 것도 사실.

만일 이번에 반지 제조사를 특정할 수 있다고 하면, 이후는 '공식적인 수사'에 들어가 고객 명부 공개 협조를 요청하기만 하면 될 일이다.

그리고 서명훈은 그 일로 협조하기에 앞서 '도의적'으로 '비공식적인' 정보의 공유를 요청하고 있었다.

밀실이 가져다주는 공간감이 강하윤으로 하여금 이야기가 밖으로 새어 나가지 않을 것이란 안도감을 주었기 때문일까, 아니면 생각 외의 거물을 만난 것에 강하윤도 긴장하고 있었던 탓일까.

아니.

아마 강하윤 스스로도 이번 기회를 놓치게 되면, 이후 반지에 관한 단서를 얻는 건 무척 어려운 일이 될 거란 것을 직감했을 것이다.

강하윤은 저도 모르게 어깨를 움츠렸다.

"어디서부터 말씀을 드려야 할지는 모르겠는데……."

그녀는 잠시 뜸을 들인 뒤, 떨어질 것 같지 않던 입을 뗐다.

"사건은 우선 한강에서 발견된 변사체부터 시작합니다."

결국 강하윤은 한강 변사체 건을 입에 담았다.

강하윤은 육하원칙에서 주관이 개입되기 쉬운 '왜'를 제외한 '누가, 언제, 어디서, 무엇을, 어떻게' 된 일인지 그녀가 아는 바를 소상히 전달했다.

내 앞이어서 그랬는지, 아니면 그녀 스스로도 입에 담기 꺼리는 내용이어서인지 변사체와 관련해선 '신원을 알아볼 수 없을 만큼 심하게 훼손'되어 있었다는 정도만 언급하긴 했지만.

묵묵히 이야기를 경청한 서명훈은 강하윤의 보고가 일단락되자 다시금 입을 뗐다.

"해당 건은 언론에 보도된 사건입니까?"

"아뇨. 지금은 보도 통제를 걸어 두고 있습니다. 엽기 잔혹 범죄이다 보니, 윗선에선 국민 정서에 해가 될 거라고 보셔서요."

"……."

서명훈은 짧게 고개를 끄덕였다.

그는 아마, '오히려 잘됐다'는 생각을 하고 있을 터.

이것으로, 외부에 발설해서는 안 되는 대외비를 일반인 두 사람에게 누출한 강하윤은 공범, 아니 '비밀을 공유하는 동

지'가 되었다

거기서 서명훈은 잠시 강하윤의 인물됨에 대해 그녀가 신뢰할 만한 인물인지 아닌지 여부를 판단하려는 듯했다.

하지만 그 확신 단계 이전의 상황에서 서명훈은 판단을 보류한 채 입을 뗐다.

"반지에 대해 알고 있는 사람은 누가 있습니까?"

"관련해선 저희 서 반장님이랑 국과수의 양…… 박사님, 저와 제 선배 형사님만 알고 계세요."

그 말 속에서 나와 서명훈을 배제한 건, 그녀 나름의 눈치였으리라.

"그러면 영장 신청은 하지 않은 상황입니까?"

"아…… 네. 저희 선배님과 반장님께서 조금 더 두고 보자고 하셔서…… 또, 아마 기각될 거라고도 말씀하셨고요."

영장이 기각되기는커녕, 신청조차 하지 않은 듯했다.

하긴, 아무리 중범죄라곤 해도 당일 영장이 발부되지는 않을 터.

아니, 영장 건에 관해선 오히려 잘된 일이었다.

'하마터면 골치 아플 뻔했군.'

우연일까 아니면…….

'정진건이 의도한 바일까.'

즉, 지금 현재로선 '우연히' 발견된 반지와 변사체와의 관계를 특정한 적 없는 시점에서, 물고기 배 속에서 발견된 반지는 단순 유실물로 취급해 보관하고 있을 가능성도 있었다.

"그러면 반지는 현재 국과수에 있습니까?"

이어진 서명훈의 말에 강하윤은 고개를 끄덕였다.

"아, 네, 그렇습니다."

"그럼 반지는 현재 증거품으로 등록되어 있습니까, 아니면 단순 유실물로 취급 중입니까."

그 말에 강하윤은 어색한 미소를 지었다.

"죄송합니다. 저도 잘……."

서명훈은 보란 듯이 손목시계를 힐끗 쳐다보았다.

"혹시 지금 알아보실 수는 없겠습니까?"

강하윤은 잠시 망설이더니, 결심을 마친 듯 핸드폰을 꺼냈다.

"잠시만 기다려 주시겠습니까?"

무언으로 응하는 서명훈에게 강하윤은 묵례하며 자리에서 일어나 구석으로 갔다.

"예, 선배님, 접니다. 강하윤 형사입니다. 예……. 다름이 아니라, 혹시 오늘 발견한…… 예, 반지 이야기입니다. 혹시 반지는 현재 서류상으로 증거 품목에…… 아, 양상춘 박사님 말씀입니까?"

양상춘 박사란 이름이 거론되자 그다지 엮이고 싶지 않단 의미일까, 등 돌린 강하윤의 목소리에 당황하는 색이 묻었다.

그녀는 왼손가락으로 허벅지를 빙글빙글 돌려 가며 공손하게 전화를 이어 갔다.

"……혹시 쉬시는데 실례가 아니라면 양상춘 박사님의 연락처를 받을 수 있을까요? 네? 아, 메모……."

나 원, 모처럼 문자메시지 서비스를 시행 중인데 까짓거 '문자로 보내 줄게' 하면 될 것을.

'뭐, 아직 011이 전부인 초창기니까.'

난처한 얼굴로 안주머니를 뒤지는 강하윤에게 나는 가방에서 필기구를 꺼내 슥 내밀었고, 그녀는 내게 눈인사를 하며 허리를 굽혀 번호를 받아 적었다.

"네, 준비됐습니다. 011-××××-××××……. 네, 감사합니다. 옙! 예? 아, 아무것도 아닙니다. 감사합니다. 쉬십시오."

후우, 하고 한숨을 내쉬는 그녀에게 나는 메모된 종이를 부욱 찢어서 강하윤에게 내밀었다.

"여기요."

"고마워. 나중에 노트 사 줄게."

"신경 쓰지 마세요."

사실, 그러는 사이 나는 이미 그 번호를 외워 둔 상태였다.

'이걸 쓸 일이 있을지는 모르겠지만……. 양상춘 박사라?'

뒤이어 강하윤은 핸드폰 기판을 꾹꾹 눌러 '양상춘 박사'라는 인물과 통화를 했다.

용건만 간단히, 라는 캠페인이라도 진행하고 있는 걸까.
강하윤은 딱딱한 말씨로 통화를 마치고 다시 의자에 앉았다.

"아직 서류에 등록하지 않았다고 합니다."

반지에 대해 몇 가지 요소를 특정해 낸 상대적 유능함과
달리 퍽 설렁설렁한 인물인 모양이었다.

그것도 이쪽에선 다행이지.

'……아니면 혹시 나중에 엿 바꿔 먹으려고 그랬나? 하하,
그럴 리가.'

시시한 생각을 떠올리는 사이.

서명훈이 입을 뗐다.

"그러면 혹시 반지 실물을 가져와 주실 수 있겠습니까? 지
금이 아니어도 됩니다."

"예?"

강하윤은 '아까 물어볼 걸 그랬다'는 얼굴을 언뜻 우리에게
보였다가, 무슨 생각에 미쳤는지 진지한 얼굴로 고개를 끄덕
였다.

"가능……합니다."

호오, 마냥 원칙주의자로만 봤더니, 의외로 강단이 있군.

"확실합니까?"

"……예!"

거기서.

'그렇다면야 일이 훨씬 수월하게 풀리겠군.'

서명훈도 진즉 나와 같은 결론에 이르렀는지, 행동을 잠시 잠깐 멈춘 끝에 '(내가 전생과 현생을 통틀어 처음 보는)영업용 미소'를 지으며 강하윤을 보았다.

"저희 뉴월드백화점을 찾아 주셔서 진심으로 감사드립니다."

"……예?"

당황한 강하윤과 달리.

'저런 표정도 지을 줄 아네.'

나는 고개를 끄덕였다.

'하긴 경영자 수업의 일환으로 백화점 접객 일도 배운 인물이니, 그 정도쯤이야.'

그렇다고는 하나 서명훈의 '고객님'을 대하는 태도는 모름지기 롤 모델로 삼아 본받아야 할 요소였다.

여담이지만 서명훈이 평사원으로 일하던 그 매장은 아직도 그 매출 기록이 깨지지 않고 있다는 후문이 돈다.

서명훈은 강하윤이 화들짝 놀란 얼굴로 어리둥절해하거나 말거나 '공식적인 입장'을 이어 갔다.

"물고기 배 속에서 반지가 발견되었다고 말씀하셨죠?"

서명훈의 말에 강하윤은 얼떨떨해하는 얼굴로 무심결에 대꾸했다.

"아, 네……. 정확히는 강준치……입니다."

"그랬군요. 자세한 건 실물을 통해 확인해야겠지만, 사진에 찍힌 것만 본다면……."

서명훈은 보란 듯 사진을 들여다보며 마치 '이번에 처음 알게 되었다'는 양 말을 이었다.

"반지의 사용감이 오래되었군요. 소유주가 누구인지는 알수 없으나 여기엔 그 값어치를 매길 수 없는 소중한 추억이 가득할 것이라 생각합니다. 원래 주인께선 분명 이 반지를 잃어버린 것을 슬퍼하고 계시겠지요."

서명훈은 뻔뻔한 태도로 엽기 살인의 증거품을 그럴듯하게 포장하고 있었다.

"고객님도 아시겠지만, 라운드 브릴리언트 컷으로 커팅한 다이아몬드 반지는 최근 국내에서 혼수용으로 유행 중인 디자인이기도 합니다."

아, 그걸 라운드 브릴리언트 컷이라고 하는 거로군.

"다만 고객님들이 선호하시는 만큼이나 반지를 찾아 주시는 분이 많아, 이것만으로는 찾아 주신 유실물의 제조사를 특정하기 어렵지만……."

서명훈은 줄곧 생각해 오던 것이 분명함에도 잠시 뜸을 들여 가며 지점장으로서의 역할을 수행해 냈다.

"공교롭게도 해당 디자인은 몇 해 전 해외에서 유행하던 디자인이기도 합니다. 단정하긴 어렵지만 반지에 남은 사용감을 볼 때, 아마 원래 주인께선 몇 해 전 유행하던 브랜드의 명품을 구매하신 것이 아닐까, 생각하고 있습니다.”

이미 강하윤도 말한 바였지만, 아마 서명훈은 그 말을 듣기 전부터 경찰 측의 입장과 같은 생각을 하고 있었을 것이다.

“그러니 반지를 맞추었을 당시에는 당사가 취급하지 않던 브랜드일 수도 있으나, 마침 최근 들어 뉴월드백화점에는 국내 최대 규모로 해외 유수의 명품 브랜드를 대거 유치하고 있습니다. 어쩌면 저희 백화점 내에도 해당 디자인을 취급하던 브랜드 제조사가 있을지도 모르겠군요. 또한 반지를 비롯해 제품 디자인이란 시대와 장소가 요구하는 유행을 따르되 브랜드 제조사별로 차이를 두고 있으니까요.”

거기까지 들으니 강하윤이 반지의 디자인으로부터 ‘해외에서 몇 해 전 유행하던 브랜드의 기성품’임을 특정하고 뉴월드백화점까지 찾아온 경위가 자세히 이해되었다.

‘……그녀가 여기 찾아온 건 굳이 뉴월드백화점과 내가 연관이 있는 곳이어서가 아니야. 흠, 그리고 보면 그녀를 여기로 이끈 건 양상춘 박사란 인물의 추리 결과가 아닐까.’

자세한 내막은 알 수 없었지만 반지에 대해 아는 사람이 한 손에 꼽을 정도라는 것을 감안한다면 얼굴도 모르는 강력반 반장과 더불어 그를 후보에 꼽을 만했다.

거기서 서명훈은 반지 안쪽의 이니셜이 새겨진 부분을 근접 촬영한 사진을 집어 들었다.

“또, 마침 다행히도 반지 안쪽에 이니셜이 음각으로 새겨져 있군요. 이는 본래라면 제조사의 브랜드 네이밍이 각인되는 위치이기도 합니다만, 고객님의 의향에 따라 별도의 각인을 새기는 경우도 더러 있습니다. 만일 해당 반지를 제조한 브랜드를 본점에서 취급 중이라면 원래 주인이 어떤 분이셨는지 남아 있는 기록을 통해 브랜드 본사로 조회가 가능할지도 모릅니다."

서명훈은 미소 띤 얼굴로 고개를 숙였다.

"저희는 손님께서 본점을 믿고 찾아 주신 만큼 뉴월드백화점의 이름에 부끄럽지 않게끔, 부득이한 경우로 잃어버리고만 소중한 반지를 찾아 드리는 일에 최선을 다해서 협조하겠습니다."

그리고 서명훈은 비즈니스 미소를 거두며 평소의 무뚝뚝한 얼굴로 돌아왔다.

"백화점 측의 공식적인 견해는 여기까지입니다."

서명훈 안에는 인격을 바꾸는 스위치가 있는 건 아닐까.

서명훈이 말을 이었다.

"그러니 강하윤 형사님께서 반지를 유실물로서 요청하신다면 뉴월드백화점은 당사의 서비스 정신에 입각해 최선을 다해서 유실물의 원 소유주를 찾는 일에 협조하겠습니다."

증거품이 아닌 유실물.

그리고 유실물로부터 반지의 소유주를 특정하는 것.

그렇게 강하윤이 찾아낸 반지는 순식간에 변사체가 발견

된 한강 둔치에서 찾아낸 증거품이 아닌, 잃어버린 반지를 물고기가 물어다 준 것으로 탈바꿈했다.

하긴, 오히려 차라리 엽기 범죄를 방불케 하는 변사체 건만 떼놓고 본다면…….

'물고기 배 속에서 발견된 반지라니, 그림 동화 속에서나 나올 법한 낭만적인 이야기처럼 보이기도 하겠지.'

속사정이야 어찌 되었건 마케팅으로는 손색이 없을 이야기다.

강하윤은 차분하게 물었다.

"그러면…… 반지는 증거품이 아닌, 백화점 측이 유실물로 받게 되나요?"

"절차상 방법을 어떻게 처리하실지는 강하윤 형사님께 맡기겠습니다."

즉, 앞서 이야기가 나온 대로 반지를 증거품 취급해 뉴월드백화점의 협조를 없던 것으로 하거나, 백화점에 양해를 구하고 유실물로 취급해 원주인을 찾거나.

서명훈은 강하윤에게 양자택일을 요구하고 있었다.

한편으론, 이 반지를 구매한 것이 박상대임이 알려지더라도 그게 박상대를 궁지로 몰아넣을 결정적인 증거물로 제 역할을 할 것 같지는 않았다.

반지는 어디까지나 부가 요소로서, 박상대의 목을 옥죄는 '무기 중 하나'로 쓰이게 되리라.

‘……변사체의 신원이 정순애라는 사실은커녕, 박상대와의 접점도 떠올리고 있지 못한 경찰 입장에선 나쁘지 않은 거래겠지.'

물론 그렇다고 해서 반지가 전혀 중요치 않다는 건 아니다.

'강선이 입을 여는 것과는 별개로 변사체와 박상대 사이에 접점이 있다는 마각이 조금이라도 드러난다면, 그때부턴 안개가 걷히고 수사에 진척이 생기게 될 거야.'

물론 아예 처음부터 반지를 제조한 브랜드를 뉴월드백화점이 취급하지 않을 가능성도 있었지만, 그것도 어지간한 홍신소 뺨치는 뉴월드백화점의 컨시어지 서비스라면 찾는 게 불가능한 일도 아닐 터.

강하윤은 고심 끝에 입장을 밝혔다.

"……저 혼자 결정할 수 있는 일은 아니라고 생각합니다. 상사와 논의 후 전달드리겠습니다."

"알겠습니다."

서명훈은 당연히 그럴 것이라 생각한 듯 주머니를 뒤져 명함을 꺼내 그녀 앞으로 슥 내밀었다.

"제 개인 연락처입니다. 사안의 결과가 나오면 연락 주십시오."

"……네."

강하윤은 얌전히 명함을 챙겨 주머니에 넣었다.

"혹시 추가로 문의하실 것이 있으십니까?"

"아뇨…… 없습니다."

서명훈은 고개를 끄덕였다.

"그러면 잠시 밖에서 기다려 주십시오."

은근한 축객령에 강하윤은 가방을 챙긴 뒤 꾸벅, 고개 숙여 인사하곤 방을 나섰다.

진즉 쫓아냈어도 됐을 판국에 이만하면 서명훈도 적잖이 양보한 셈이었다.

그리고 방에는 나와 서명훈 둘만 남았다.

"……."

"……."

무슨 말을 하고 싶은 건데?

외조카 된 입장에서 과묵하기 그지없는 외삼촌을 대하는 건 어색하고 곤란한 일이었다.

'분명, 강하윤을 배제하고 내게 몇 가지 묻고 싶은 게 있겠지.'

마침내 서명훈이 입을 뗐다.

"지하 식품 매장에 있는 종가 손맛 브랜드가 제법 호평이다."

"아, 네. 그렇군요."

사모가 안동댁과 함께 얼굴마담인 박화영을 끼고 개장한 반찬 가게인 '종가 손맛'은 아직 방송이 나가기 전임에도 불구하고 제법 쏠쏠한 매출을 기록 중이었다.

"얼마 전 계약 갱신을 거쳐 당사 측이 지분을 나눠 갖게
되었다."

얼굴마담은 사기꾼 냄새가 풀풀 풍기는 박화영인 그대로
였지만 사모는 이태석의 조언을 받아들여 그녀의 얼굴을 데
포르메한 간판 디자인을 모두 고쳤고, 지분을 쪼개 뉴월드백
화점 측과 분배를 마쳐 둔 상황.

만일 훗날 이태석의 우려대로 '얼굴마담치곤 지나치리만
큼 브랜드 평판에 권리가 있는' 박화영이 우리를 배신할지라
도, 박화영이 저의를 의심하지 않는 선에서 이쪽 나름대로
반격이 가능한 자리를 만들어 둔 것이다.

"네 아이디어냐."

"아뇨, 아버지께서 하신 일이에요."

"음."

읽어 내긴 어렵지만, 서명훈은 '그럼 그렇지' 하는 느낌으
로 고개를 끄덕였다.

사모와 상담을 했을 서명훈 역시 그런 가능성을 염두에는
두고 있었겠지만, 여간해선 판단하거나 개입하지 않는 성격
상 혼자서만 속으로 고민하던 일이 해결된 것이 못내 만족스
러운 눈치였다.

"……."

"……."

다시 침묵.

방금 전 강하윤 앞에선 내가 평생 들어 온 정도로 떠들어 댔으면서, 그런 그도 정작 내겐 여전히 과묵했다.

'뭐, 그런 걸 물어보자고 나를 남으라 한 건 아닐 테고……'

마침내 서명훈이 입을 뗐다.

"조금 사적인 질문을 하마."

"예."

"이번 사건과 관련해서 네 어머니는 알고 계시니."

"아뇨. 이번 일은 저랑 외삼촌, 그리고 방금 전 강하윤 형사과 그 파트너만 알고 있는 내용이에요."

전예은도 있긴 하지만, 굳이 남에게 언급할 필요는 없으니, 나는 전예은의 존재를 자연스럽게 감췄다.

"그리고…… 가능하면 어머니는 모르셨으면 좋겠고요."

내 말에 서명훈이 고개를 끄덕였다.

"그렇게 하자."

"감사합니다."

이어서, 서명훈은 잠시 주저하다가 단도직입적으로 물었다.

"그럼…… 혹시 저분을 연모하고 있느냐."

"……예?"

순간 나는 무슨 농담인가 싶어 웃음을 터뜨릴 뻔했으나,

마주한 서명훈이 생각 외로 진지해서 얼른 웃음기를 거뒀다.

사실, 서명훈 입장에 굳이 그렇게까지 할 필요가 없음에도 불구하고 이렇게까지 협조를 해 준 것은 어디까지나 내 얼굴을 보아서 해 준 일에 다름 아니었다.

'서명훈은 아마도 삼풍백화점 건으로 내게 빚이 있다고 생각할 테니까.'

반면, 서명훈의 생각에 내 경우는 '그럴 만한 동기'가 없는 것도 사실이었다.

그는 나와 조광, 박상대 사이의 전생부터 이어진 악연을 모를 뿐만 아니라, 지금 시점에서는 '한강 변사체 건'을 사주한 장본인을 특정하고 있지 않다고 여길 것이다.

'그렇다고 그걸 남녀상열지사로 엮어 가려는 건…… 사모나 서명훈이나 마찬가지로군.'

서씨 일가 종특인가.

그런 의미에선, 어쩌면 이모인 서명화도 내가 시저스 건에 깊이 개입해 있는 까닭에 제니퍼와 내 사이를 오해한 상태로 있는 걸지도 모르겠다.

'……설마 그래서 한국에 있는 동안 제니퍼에게 은근히 꼽주고 다닌 건 아니겠지?'

그나마 서명훈 입장에선 내 동기와 관련해 최선을 다해 추측한 것이겠지만, 나는 일단 부정했다.

"그럴 리가요. 전혀 아니에요. 오히려 친분이 있다고 하면 강하윤 형사님보단 그분의 파트너이신 형사님과 더 있거든요."

내 말에 서명훈이 희미하게 눈썹을 씰룩였다.

"형사랑 친분이 있다?"

"음…… 사소한 거긴 한데, 그분의 따님이 제 학교 친구예요."

그 정도로 나오니 서명훈도 얼추 납득한 눈치였다.

"……그러면 됐다."

뒤이어 그걸로 용건을 마친 양, 서명훈이 자리에서 일어섰다.

'응? 고작 그걸 물어보려고 강하윤을 내보낸 건가?'

그야 당사자를 사이에 두고 물어볼 일이 아니긴 한데.

서명훈은 나가면서 내 어깨를 툭툭 건드렸다.

"종종 놀러 오거라."

방금 전 그건 서명훈 기준에선 조카를 향한 최대한의 애정 표현이 아니었을까.

"네."

나는 서명훈과 함께 방을 나섰다.

강하윤은 구석에 서서 손에 든 핸드폰을 만지작거리다가 얼른 몸을 돌렸다.

뭐, 강하윤 개인에겐 밑져야 본전이란 생각으로 나를 데리고 왔다가 예상한 것 이상의 성과를 거두었겠지만, 막상 본인은 생각이 많아 보였다.

'잠시 혼자 있는 사이 그 생각이 더 심화되었겠지.'

그리고 서명훈은 안에서 무슨 이야기가 오갔는지 모르게, 마치 손님과 접객을 마친 것뿐이라는 듯 정중한 태도로 강하윤에게 인사했다.

"실례했습니다. 그럼 즐거운 쇼핑 되십시오."

꿰다 논 보릿자루처럼 서 있던 매니저도 서명훈의 눈치를 살피다가 얼른 허리를 꺾었다.

"또 찾아 주시길 기다리고 있겠습니다."

여기가 백화점만 아니면, 우리가 나가자마자 소금을 뿌리지 않았을까.

강하윤과 나는 매장을 나와 한동안 1층을 배회했고, 줄곧 생각에 잠겼던 강하윤이 무심결에 중얼거렸다.

"……도움만 받았네."

그러곤 그녀 스스로 생각한 바를 입 밖에 내고 만 것이 놀랍다는 듯, 동그래진 눈으로 나를 보더니 애써 미소를 지었다.

"미안. 성진이가 있는데…….."

"아니에요. 괜찮아요."

강하윤은 쓴웃음을 지으며 볼을 긁적였다.

"그냥 왠지……."

강하윤은 얼굴의 웃음기를 슬쩍 지우며 딱히 누구에게랄

것도 없이, 아니 정확히는 그녀 스스로에게 하는 말을 중얼거렸다.

"결국 이번에도 역시 나 스스로 해낸 건 아무것도 없었구나, 싶어서.

"……."

'이번에도'라.

나름 사정이 있는 모양이었지만 내 알 바는 아니었다.

더욱이 거기에 대고 내가 뭐라도 되는 양 '아직 초짜잖아요' 하고 위로할 수도 없는 노릇이어서, 나는 묵묵히 듣기만 했다.

강하윤이 내게 어색한 미소를 지었다.

"그러다 보니 결국, 성진이한테도 도움만 받았네? 핸드폰도 그렇고, 네게 받기만 할 뿐이어서 면목이 없어."

자각은 하고 있군.

그래도 강하윤의 행동력이 아니었더라면, 일이 이렇게 빨리 진척을 보이지도 않았을 것이다.

남 푸념이나 듣는 건 내 성미가 아니어서, 나는 입을 뗐다.

"공짜는 아니에요."

"……응?"

그야 무형의 심리적인 빚을 지워 두면 언제고 상부상조할 날이 오기야 하겠지만.

'그런 건 입 밖에 내는 순간 증발하고 마는 것이니.'

나는 강하윤에게 보란 듯 미소를 지어 보였다.

"누나가 오늘 저한테 밥 사 준다고 하셨잖아요?"

"……아."

내 말에 강하윤은 동그래진 눈을 반달로 그려 웃고 말았다.

"후후, 맞아 그랬지."

강하윤이 기지개를 쭉 켰다.

부정적인 생각이 완전히 사라진 건 아니겠지만, 그래도 마냥 그 감정에 사로잡혀 있어서는 될 일도 안 될 테니까.

"그럼 우리, 조금 이르긴 하지만 말이 나온 김에 밥 먹으러 갈까?"

"시저스로요?"

강하윤이 생글거리는 얼굴로 말을 이었다.

"응, 안 그래도 한 번쯤 가 보고 싶었거든……. 아, 그러고 보니까 본점이 분당에 있댔나? 성진이는 왠지 가 봤을 거 같은데."

"음, 사실 그렇긴 해요."

내 시인에 강하윤이 난색을 표했다.

"어…… 정말? 어쩌지. 그러면 다른 데 갈까? 혹시 다른 거 먹고 싶은 거 있니?"

"아니에요. 마침 시저스는 지점마다 컨셉이 달라진다고

했거든요. 이 기회에 뉴월드백화점 쪽은 얼마나 다른지 확인해 보죠."

그리고 마침 시저스 3호점을 방문한 제니퍼와 오승환을 만나 내가 시저스의 오너 중 하나임이 강하윤에게 밝혀졌지만, 그건 별로 중요하지 않은 이야기다.

'결국 밥값도 강하윤이 냈고.'

그로부터 며칠 지나지 않아, 요한의 집에 있던 강선이 입을 열었다.

다음 권으로 이어집니다

Taming Master
테이밍마스터
시즌3

박태석 게임 판타지 장편소설

**테이밍 마스터, 히든 시나리오 발생!
신에게도 버림받은 세상을 구하라!**

신이 되기 위한 여정을 떠나시겠습니까?
조건을 충족할 때까지 기존의 세계로 다시 돌아올 수 없습니다.

신이 사라진 세계 베리타스로
신격을 얻으며 서버 이전된 이안

고대 유물은 이안이 쓰던 아이템인 데다
동고동락한 소환수들에 대한 설화까지 있다고?

**전 세계 실력자가 모인 서버에서
카일란의 전설 이안, 새로운 신화가 된다!**

암살자였던 구주

김기세 판타지 장편소설

가휼 판타지 장편소설

전능하신 영주님

꿈의 도약, 로크에서 하십시오
(주)로크미디어에서 신인 작가를 모십니다

즐거운 세상, 로크미디어는 꿈을 사랑하고 도전을 두려워하지 않는 작가
분들의 참신한 작품을 기다리고 있습니다. 21세기 장르 문학계를 이끌어 갈
차세대 선두 주자 (주)로크미디어에서 여러분의 나래를 활짝 펴 보시길
바랍니다.

모집 분야 판타지와 무협을 포함한 장르 문학
모집 대상 아마추어 작가, 인터넷 작가
모집 기한 수시 모집
  작품 접수 시 유의 사항
   1. 파일명은 작가명_작품명.hwp형식을 갖춰 주십시오.
   1. 파일에 들어갈 내용은 다음과 같습니다.
      – 성명(필명인 경우 실명을 밝혀 주세요), 연락처, 이메일 주소
      – 제목, 기획 의도
      – A4용지 1장 분량의 등장인물 소개
      – A4용지 2장 분량의 전체 줄거리
      – 본문
   1. 작품이 인터넷에 연재되고 있다면, 게시판명과 사이트의 구체적이고
      정확한 주소를 기재해 주십시오.

선택된 작품은 정식 계약 후 출판물로 간행되어 전국 서점에 유통됩니다.
작가 분은 (주)로크미디어의 전폭적인 지원하에 전속 작가로 활동하시게 됩니다.
※ 자세한 내용은 로크미디어 홈페이지(rokmedia.com)를 참조하세요.

(03920)서울시 마포구 성암로 330 DMC첨단산업센터 3층 318호
(주)로크미디어 편집부 신간 기획 담당자 앞
전화 : 02) 3273 – 5135
www.rokmedia.com   이메일 : rokmedia@empas.com

활쏘는 대마법사

한시웅 퓨전 판타지 장편소설

**거침없는 팩트 폭격으로
드래곤조차 눈치 보게 만드는
극강의 꼰대! 아니, 최강의 궁신이 나타났다!**

유일하게 '신'이라 불리는 무인, 궁신 허철혁
자격을 시험받다 우화등선에 실패해
새로운 세상에서 눈을 뜨는데……

내공이 한 줌도 없다?

제로부터 시작하는 이세계 생활에 놀람도 잠시
처음으로 아버지라 느낀 존재가 살해당하고
그 뒤에 모종의 음모가 있음을 알게 되는데!

**이세계에서도 궁신의 신화는 계속된다!
군필도 두 손 두 발 드는 FM 정신으로
안 되는 것도 되게 하라!**

기어코 무대로

공원동 현대 판타지 장편소설

"관심을 받으면 집중이 잘돼요."
사상 최강의 관종(?) 싱어송라이터가 나타났다!

데뷔 직전 사고로 인해 모든 것을 포기한 도원경
삼 년 뒤, 그에게 기적이 일어났다?

사람들의 시선을 받으면 능력이 발현!

너튜브 영상이 대박 나고
서바이벌 오디션 출연 제의까지?

도원경 사전에 더 이상 포기는 없다!
좌절을 딛고, 『기어코 무대로』!